Shokoofeh Azar

# スモモの木の啓示

ショクーフェ・アーザル

堤　幸［訳］

白水社
ExLibris

# スモモの木の啓示

死せる人、生ける人、私が知るすべての人に捧ぐ

幸福を得るすべての利器を備えた都市にいながら自らを破壊したのは私たちが最初ではない。

——バフラーム・ベイザーイー『荒廃宣言』

# 第一章

ビーターによると、母さんは一九八八年八月十八日午後二時三十五分ちょうどに、五十三軒から成る村を見下ろす丘にあるいちばん背の高いスモモの木の上で啓示を受けた。それは日々、鍋やフライパンを洗う音が木立まで響き、けだるさを吹き飛ばす時間だった。まさにそれと同じ瞬間、ソフラーブは目隠しをされ、後ろ手に縛られたまま絞首刑になった。裁判は行われないままの処刑だ。翌朝、数百人の他の政治犯とともに、テヘランの南にある沙漠に掘られた細長い穴に集団埋葬されることになるとは、本人も思っていなかった。墓には何の印も墓標もなかった。数年後に親戚が現れて墓石を小石で叩き、「唯一神《アッラー》の他に神はなし」と唱えられると厄介だからだ（イラン文化においては、小石で墓石を叩き、「唯一神《アッラー》の他に神はなし」と唱えるのが通例。小石で叩くのは、死者の魂を目覚めさせて、読誦を聞かせるため）。

ビーターによると、母さんはいちばん背の高いスモモの木から下りてきて、酸っぱいスモモを収穫してスカートに集めていたビーターには目もくれず、「思っていたのと全然違う」とつぶやきながら木立に向かった。ビーターはそれがどういう意味なのか説明してほしいと思ったけれど、母さんはまるで森林熱――私に言わせれば〝森林鬱《うつ》〟――に浮かされたような催眠状態で、うつろな目としっかりした足取りで木立に入り、いちばん高いオークの木に登っていった。そしていちばん高い場所にある枝に腰を下ろし、三日三晩過ごした。太陽が照りつけ、雨が降り、月の光に照らされ、霧に包まれる中、母さんは世界を初めて目にしたかのように見つめ、当惑した。

　母さんがいちばん高い枝に達し、自分の人生、遠くや近くにいる家族の複雑な人生、五ヘクタールの木立の中の、寝室が五つある屋敷での出来事、ラーザーン、テヘラン、イラン、さらにいきなり地球全体、そして宇宙を眺めたのと同時に、ビーターが家に駆け込んできて、「蛍熱狂《マニア》の母さんが今度は、高所熱狂《マニア》になった！」と叫んだ。最初は家族の誰も、新たに火が点いた母さんの情熱をまともに取り合わなかったけれど、夜になり、真夜中を過ぎても戻ってこないので、まず私、次に父さん、最後にビーターがランタンを手に外に出て、木の根元に座った。私たちは火を焚いて、ブリキのやかんをかけ、ジュラ紀みたいなヒルカニア〔現在のイランの北東部〕の森――最後に残された原始林――を燻製紅茶の匂いで満たし、母さんを誘惑して木から下ろそうとした。北部名物の燻製紅茶の香りが母さんの鼻に届いたとき、母さんは天の川を渡りながら、驚くほど整然と自転と公転を続ける恒星と惑星を見ていた。星々が回転しつつ切り開いた空間で、科学者たちはむなしく神の徴《しるし》を探っていた。星屑の上から見下ろした地球は小さな染みほどのサイズにしか見えず、母さんはその日の午後二時三十五分に得た啓示と同じ結論に達した。それには全然値打ちがない、と。人生は思っていたようなものとは違う。人生はまさに、母さんや他の皆が桁外れの規模で無為に過ごしているこの瞬間そのものだ。過去と未来をはらんだ瞬間――ちょうど手のひら、木の葉、あるいは夫フーシャングの目の中にある線と同様に。

翌朝五時頃、父さんとビーターと私は濃い霧の中で目を覚まし、ラーザーン村の鶏を食い荒らした最後のキツネたちが巣に帰っていくのを見て、わずか数センチ先で羽ばたくヤツガシラの翼を感じた。他の惑星や街、村、島、部族の里を経巡《へめぐ》っていた母さんは再び、いちばん上の枝に戻り、数千羽のスズメのさえずりを聴き、父さんの動きに驚いたハリネズミが体を丸めて木立の斜面を転がっていくのを見ていた。私たちは同時に、前の晩と同じ場所に戻った。母さんは木の上に、私たちは焚き火の周りに。ソフラーブは他の数百の遺体と一緒に穴の中に。結局のところ、処刑人たちは数の多さに圧倒されて、計画通りに遺体を埋めることができずにいた。しかし、それらの遺体はまだましだった。次の日からは、処刑される人間の数が急に増えたせいで、死体は刑務所の裏庭に高く積み上げられて悪臭を放ち始め、エヴィーン刑務所ができて以来これほどのご馳走にありついたことのない周辺のアリ、ハエ、カラス、猫が貪欲にそれを舐め、吸い、つついたのだった。若い政治犯たちは幸運にも、指導者《イマーム》によって赦免の機会を与えられた――死刑囚に銃でとどめを刺すという条件で。あざだらけの顔、震える手、小便で汚れたズボンという姿の十三歳、十四歳の少年たち――彼らの罪はせいぜい政治集会に参加したか、禁じられたパンフレットを読んだか、通りでチラシを配った程度だった――がとどめの一撃を放った相手は、時に引きつった瞳で彼らを見つめ返していた。

現場は混乱していた。処刑人たちはホールに充満するひどい死臭に圧倒されて、時々何人かがおかしくなり、すぐに軍の精神病院に運ばれてそのまま姿を消すか、数か月後に殺された。

イスラーム人民戦士機構《ムジャーヒディーン・ハルグ》〔イランの反体制派武装組織〕と共産主義者の最初の処刑が始まった一九八八年七月二十九

日から、テヘラン、キャラジなどの街で五千人以上が絞首刑や銃殺刑にされた同年九月半ばまでの間に、発砲命令に従わなかった地方兵士はわずか三人だった。彼らの体には、処刑された人々の遺体と同様、三発の鉛玉が永久に埋め込まれることになった。二か月目の半ば、遺体を街から遠い沙漠まで冷凍冷蔵車で輸送していた十人余りの運転手のうちの四人も、精神病院に入ることになった。腐敗した遺体の匂いが鼻に染みつき、どこに行っても匂うので、自分の体から発しているように感じた。妻もその匂いに気づいているのに、哀れみか恐怖からそれを口に出さずにいるのだと彼らは疑った。そして食糧配給クーポン、パン、殺菌された牛乳を求めて長い列に並ぶときにも、みんなから向けられる不安げな視線におびえた。運転手の一人は、死体でいっぱいになった塹壕の周りに集まるカラスが日々増えるのを見て、あれは自分に狙いを付けているのだと思った。家の塀の上に居座り、電柱の上に止まり、街の上空を飛んでいるカラスは、俺の体から出ている匂いが呼び寄せたのだ。俺はいつかカラスに食われる、と。もっと小さな街では、街外れの沙漠で政治犯を処刑することを命じられた銃撃隊の二人が任務を放棄して逃げ出し、背後から撃たれた。その一方で、数百の処刑人と腐敗遺体の輸送者は「任務遂行における顕著な功績」が認められて、革命防衛隊員、尋問者、市長、復讐執行人、刑務所長などに昇進した。

　朝、元気な声で「コンダーク（マーザンダラーン州で食べられる甘いパン）とお茶の時間だよ」と呼びかけたとき、父さんは母さんが最近ずっと気に入っているメニューを忘れるはずがないと思っていた。だからすかさずこんなふうに付け足したのだった。「私たちが先祖から受け継いだものが一つあるとするなら、それは熱狂《マニア》ってことだな。新し物好き。妙なものに凝ること」。それから徐々に朝の霧が深まり、私たち三人とランタン、焚き火とやかんの輪郭がぼやけていき、母さんは再び地球を丸ごと含んだ世界旅行に出て行った。地球自体が広大で、たくさんの国、宗教、本、戦争、革命、処刑、誕生、このオークの木などを包含しているにもかかわらず、それは宇宙の中ではごく小さな染みでしかないと母さんは悟っていた。

四十四歳だった母さんは突然、年を取った。髪は灰色に変わり、三日ぶりに戻ってきた母さんの姿を最初に見たビーターは、「知らないおばあさんがうちに来た！」と叫んだ。父さんと私がリビングに駆け込むと、母さんはソファーに腰を下ろして、不思議なほど落ち着いて左手親指の爪にやすりをかけていた。

母さんが木の上で三日間啓示を経験したことで、私は一つのアイデアを思いついた。母さんが右手親指の爪にやすりをかけ始めると、私は本棚にあった自分の本を掻き集め、みんなに笑顔を向けながら「家の中で何かがなくなったら、私が持っていったと思ってね」と言った。そして、驚いているビーター、浮世離れしたまなざしの母さん、いつもと同じしたり顔の父さんを尻目に、父さんの作業部屋に行って、必要な道具を引っつかんだ。ハンマー、釘、のこぎり、麻紐。私は五日かけて、望み通りの――つまり、木立でいちばん背の高いオークの木のてっぺん、周りからは見えない場所に――樹上小屋《ツリーハウス》を造った。それは一時間前に母さんが昇天を経験した場所だった。朝日の方角に窓、夕日の方角に扉、家のある側に小さなバルコニーを造り、縄ばしごを掛けた。大きな防水布が屋根と周囲の枝全体を覆っていたので、雨の日には、私が十三年の生涯でずっと愛してきたのと同じ音を聞くことができた。それはソフラーブの逮捕以前、毎年夏になると養蚕のために木の棚と地下室の床の上に広げられていた防水布だった。蚕の幼虫は二週間、その上で桑の葉を食べ、成虫になることを夢見て繭を紡ぐのだけれど、最後は、彼らが気づかないうちに大鍋に入ったお湯の中に放り込まれ、ゆでられた。繭から紡がれた白い絹糸は、エスファハーン、ナーイーン、カーシャーン（いずれも高級絨毯製造で有名なイランの都市）の裕福な絨毯業者しか手に入れられなかった。だから私の家族はこの絹糸を、太陽の光を拝むこともなく湿った地下室で働きづめの貧しい絨毯職人に譲った。彼らは一つのこと――蚕の夢を織る方法――だけは知っていた。

父さんは、無心に爪にやすりをかけている母さんを部屋の反対にある緑色のソファーから見ながら考えていた。自分はタール（イランの弦楽器）の名人だし、蚕の養殖を始めようと言いだしたのも自分だし、超自然的な生き物と話をする能力も間違いなく持っているけれども、飛んでいる母さんの姿は不運にして今まで一度も見たことがない、と。

ダルバンド（テヘランの北の山間にある観光スポットで、フーシャングの実家はこの近くにある）に向かう途中で父さんに初めて会ったとき、母さんはまだ十七になったばかりで、叶わぬ恋に苦しんでいた。ナーセル・ホスロー通りで宙に浮き、通行人や古本屋を見下ろすことを可能にした、人生における最初で最後の恋。母さんは父さんに会うちょうど六か月前に別の男と、もっと重要な意味で心浮き立つ出会い――しかし未来のない出会い――を経験していたのだ。そしてその感動のあまり、残りの生涯ずっと、何とも言えないため息をつき続けることになった。母さんは長く、深く、できるだけ目立たないようにため息をついたが、長年一緒に暮らしている中で、父さんから隠し通すことはできなかった。父さんは二十五歳のとき、一目で母さん

――ロザー――と激しい恋に落ち、その日のうちにダルバンドの夜霧の中で、ぼうっとしたまま彼女と結婚したのだった。立会人になってくれたのは、幽霊と霧を恐れて祈りの言葉をつぶやきながらオイルランプを手に坂を下ってきた通りすがりの律法学者《モッラー》だった。律法学者《モッラー》は二十トマーンとチップを受け取った後、若い二人が情熱的なファーストキスを交わすのを見届けることさえしなかった。父さんはハナミズキの実を一つ母さんの口に入れ、「早速、家に帰って君を家族に紹介しよう」と言った。

母さんも父さんも変わった人だけれど、私が親戚の中でいちばん好きなのは父さんの弟にあたる、ホスロー叔父さんだ。私は樹上小屋を造りながら、どんな仕事でも神秘的な儀式に変えてしまう叔父さんのことを思い出していた。三歳違いの三人きょうだいの二番目に生まれた叔父さんは、一族の中でいちばんの凝り性《マニア》な人物だった。叔父さんはモハンマド・レザー・シャーの統治下で一年、ホメイニーの統治下で二年、刑務所に入った。結婚と離婚も経験した。自ら三年間家に閉じこもって、インドと東アジアの神秘主義に関する七十九冊の本を研究し、サンスクリットを学んだ。チベットの墓地の空《から》っぽの墓で三日三晩横になって聖典《ヴェーダ》を読んだ後には、瞑想しながら地面から一メートル浮かぶことができた。シベリアでは、シャーマンに指示された通り、湖の真ん中に浮かべた木製ボートで一か月暮らした。

樹上小屋の壁にするために枝を編みながらホスロー叔父さんのクレイジーぶりを考えていると、私は一瞬、絶望に襲われた。私がこの世界ですべき新しいこと、人と違ったことは一つもないんじゃないか、と。とにかく私たちは、ホスロー叔父さんが現れるのを待つしかない。というのも、母さんのことをいちばん理解できそうなのは叔父さんだからだ。叔父さんは経験豊富な探求者であり、私たちとは正反対の人間だから。私たちはまだまだ未熟だ。

私が樹上小屋をせっせと造り、ホスロー叔父さんが今までにやってきたことを思い出し、母さんがスモモとオークの木の上で突然の啓示を得て昇天まで経験したことを考えていると、いきなり夏の雨が降り始め、三日三晩それが続いた。もしもビーター——空色のプリーツスカートを穿き、オレンジ色の傘を差した堕天使のような姿——が私のところに来て家に連れ戻してくれていなかったら、私は藻だの腐った果実だの苔だのを食料にするうろこだらけの爬虫類みたいな生き物に変わってしまっていただろう。木立の静寂の中、ホスロー叔父さんの到着かソフラーブに関する知らせを待ちながら、五日目の日が沈んだとき、私の樹上小屋は完成した。

# 第二章

誰かを待っているときには必ず違う人が現れるものだ。四十をいくつか過ぎた叔母トゥーラーンとその六人の子供たち——成人した子も、まだの子もいる——が息を切らしながら木立に続く坂を上がってくる。密集したオークの葉に隠された樹上小屋の窓からその様子を見ている私の姿は、向こうからは見えない。トゥーラーン叔母さんは十七か十八のとき、とても若くしてエスファハーンの名家出身の四十歳の男と結婚し、次々に赤ん坊を産んだ。少なくとも五十キロは太りすぎている叔母が坂を登ってくる様子は、まるで鼻を鳴らす動物〔豚の婉曲表現〕のようだ。怠け者で頭も悪い六人の子供たちは、脈を打つ列車のようにヒーヒー言いながらその背後に連なり、後れを取っては顔を歪め、途中で手を伸ばして枝を折ったり、果物を食べたりする。彼らは六つの頭を持つ怪物のように坂を登り、一瞬のうちに木立を荒らす。いつものようにスモモの木の下に座っていたビーターは彼らの姿を見つけると、大きな声を上げながらそちらに向かって駆け出す。それは挨拶であるのと同時に、家にいる家族に、叔母——家族の誰にとっても長居をしてほしくない客——の来訪を告げる警告でもあった。

母さんと父さんはそれぞれ、寝室が五つある家の違う場所から現れた。母さんはすぐに、今日から七人分増える食事のことを考え始め、父さんは作業部屋に鍵を掛けねばならないと考えていた。ビーターはピンクのレオタードとバレエシューズをどこに隠そうかと考え、私は家に残っている自分のものを隠さなくちゃと考えた。地元の人が三人雇われて彼らの重いスーツケースを引きずっている様子から、この木立の家が当分の間、彼らに支配されることは明らかだった。子供たちは家に着く前から、通ってきた場所に破壊の跡を残し、トゥーラーン叔母さんは苦しそうな息の合間に子供たちを叱りつけながら、名誉を保ったままで主《あるじ》の家にたどり着こうと努めた。見栄っ張りな叔母さんは門から玄関まで歩く間に、大都会テヘランにいる親戚に関するニュースを伝えた――ソフラーブの逮捕にショックを受けている母さんと父さんがそんな細々《こまごま》したニュースにちっとも興味がないことにはまったく気づいていなかった。

　父さんの父方のまたいとこにあたるシャフリヤールは経済学で博士号を取った人だが、文化革命〔一九八〇年から行われた高等教育の浄化とイスラーム化のこと〕の際に社会主義的傾向があるとして大学から追い出され、今ではテヘランとエスファハーンの間を往復する長距離タクシーの運転手をやっている。そんな彼がいつものように事故を起こし、乗客四人が即死したらしい。死に神がシャフリヤールの身辺をうろつきながら、彼が無傷で済んだケースはこれで五回目だ。叔母さんはさらに話を続けた。シャフリヤールは五回目の事故を起こした後、エスファハーンに着いたのに客の一人が車を降りないことに気づいて、ルームミラーで男の顔を覗き込んだ。黒衣の男の冷たく静かな顔を見た途端、その正体がわかった。だから彼は何も言わず、また新たな客を乗せてテヘランに戻った。そして真夜中、客が全員降りたのに黒衣の男がまだ車内に残っているのをルームミラーで見てこう言った。「お客さん、終点ですよ！」。彼は車のキーを抜いて男に見せた。黒衣の男は言った。「私が誰かわかっているくせに！」。叔母さんによると、毎日朝から晩までおまえのことを考えているから姿を見た瞬間にわかったよ、とシャフリヤールは男に言ったらしい。

トゥーラーン叔母さんはここまで話して初めて、母さんと父さんの興味を惹いたことに気づき、意地悪くちょっと間《ま》を置いてから、歩く足を止めずに言った。「ええ、それで早い話……死に神が魂を奪いに来たとシャフリヤールは考えたのだけど、実は『絶望しなくていい、おまえに手は出さないから』と言いに来ただけだったみたい」

トゥーラーン叔母さんは百二十キロの体重にあえぎながら玄関の前まで来てこう続けた。「それ以来、親戚の者は誰一人、シャフリヤールのタクシーには一瞬たりとも乗ろうとしない。あの子が死の天使アズラエルと取引をしたことは明らかだから。奥さんと子供もシャフリヤールは呪われていると言って家を出て行った。それに近所の人の非難の矛先がいつ自分たちに向くかわからないから。それでもシャフリヤール本人は何も気にしていなかった。死に神はそれぞれの人間に違った仕方で接するって言ってね」

トゥーラーン叔母さんが語った物語は間違ってはいなかったが、細部は多くが省かれていた。たとえば、客が一人タクシーを降りないことに気づいたシャフリヤール――大学を追い出された後、鬱から酒浸りになっていた――がそこからアクセルを踏み込んで、ダイヤモンドのように光るテヘランの街の明かりを眺めることのできるシャフラーン高台に向かったことを叔母は知らなかった。そして周囲に人がいないことを確かめると、座席の下からショットグラスを二つと携帯用の酒瓶を取り出し、見知らぬ男を後部座席に乗せたまま、運転席で両方のグラスに酒を注ぎ、片方を見知らぬ男に差し出してこう言った。「すでに記されていて、書き換えることのできないものに乾杯！」。見知らぬ男が口を開く前に、シャフリヤールはお代わりを飲み干し、男の方を振り返って言った。「さあ、これで私の準備は整った！」。シャフリヤールの潔さに感銘を受けた死に神は渡された酒を飲み、シャフリヤールの話を聴いた。「私は昔からこの場所で死にたかったんだ。テヘランの汚れと美しさを足元に眺めながら」。少しの間《ま》を置いて彼は続けた。「昔からよくここに来た理由がもう一つある。それはたくさんある光の中から、愛する人の家を見つけるのが目的だった」。それから大きな声で笑って言った。「何年もの間、愛について考えながら、点いたり消えたりする光を眺めていたんだが、その挙げ句に、自分には愛している女なんて一人もいないと気づいた」

　しかし死に神は、実際シャフリヤールの魂を奪いに来ていたのだけれども、こいつには最後の瞬間をちゃんと味わわせてやろうと思った。だからシャフリヤールに酒のお代わりを頼んだ。シャフリヤールはそれを聞いて笑い、車を降りて、トランクのスペアタイヤの横に隠してあった密造酒の四リットル瓶を取り出した。二人は何も言わずにグラスを合わせ、互いの健康に乾杯し、へべれけに酔っ払うまでそれを繰り返した。その後、暗闇の中を裸で山の方まで走り、踊り、歌い、指先で下着をくるくると回した。律法学者《モッラー》と金持ち、ヒズボラ〔シーア派系イスラーム原理主義組織〕と売春婦、政治犯と恋人たち、ホームレスと詩人のいるテヘランが足元でうとうとし始めると、二人は少し脚を広げてそこに小便をかけ始めた。そしてあそこの大きさを見比べ、笑った。二人ともひどく酔っ払っていたので、その場で地面に倒れ、深い眠りに就いた。数時間後、ひんやりした暁の風で体の冷えた二人ははっと目を覚ました。死に神は口に残る酒の味でいまだに目の前が回っていたけれども、これほど楽しかったことは今までなかったと認め、テヘランの街に戻ろうとシャフリヤールに言った。そしてシェミーラーン広場で車を降りるとき、料金を払いながら――支払いは無用だとシャフリヤールは何度も言ったのだが――「今後は死ぬ心配はしなくてもいい！」と言った。酔いの残る死に神は爽やかな朝の光の中、シャフリヤールよりずっと小さいことを知ったあそこを笑っていじりながら、シャリーアティー通りを千鳥足で去っていった。

トゥーラーン叔母さんは今度はたばこに火を点け、いとこの子であるショクーフェについて話を始めた。ショクーフェと婚約をしていたシャフラームは彼女を捨て、アメリカに行ってしまった。ある日、ショクーフェは眠りに就いた後、三日経ってから目を覚まし、「シャフラームはどこ？」と不安げに尋ねた。彼女は自分が三日三晩眠っていたこと、そして婚約者はとうの昔に去ったことを知っておびえた。その夜、彼女は眠り、ひと月の間、目を覚まさなかった。そして目を覚ましたときには再び、不安げに尋ねた。「シャフラームはどこ？」。彼女は今回、自分がひと月の間眠っていたこと、そして自分の記憶の持続時間がさらに短くなったことを知ると、眠るのが怖くなった。だから毎晩、眠らないためにナイフで指を切り、目に塩をすり込んだ。しかし眠らないまま数日が過ぎたある夜、彼女は眠ってしまった。それから六か月と十六日が経つけれども、いまだに目を覚ましておらず、「シャフラームはどこ？」と不安げな口調で尋ねてもいない。

母さんと父さんはそのいとこの子を哀れむようにため息をつき、トゥーラーン叔母さんの肩に腕を回してリビングまで案内した。そこでは天井扇風機が夏の昼間の熱い空気を冷やすのではなく、ただ右から左へと押しやっていた。部屋の下層の空気はまったく動くことなく、この呪われた夏の静かで不吉な出来事――それに似たことを意識的にであれ、無意識にであれ覚えている家族は、存命の者には一人もいなかった――を悼んでいた。最近は一族の出来事に歴史的相関を見つけるために歴史の本を読んで家系図をこしらえることにのめり込んでいるホスロー叔父さんでさえ、この二百年を扱ったどの本の中でも、この年に起こったような大虐殺に少しでも触れた文章を見つけてはいなかった。

あの事件の後、私たち五人の家族がテヘランからマーザンダラーン州の僻地にあるこの五ヘクタールの木立へ引っ越して以来、私たちのところを訪ねてきたのは親戚の中でトゥーラーン叔母さんが初めてだった。「どうやって?」というのは誰も知らなかったし、敢えて訊くこともしなかった。「もしもお邪魔なら帰るわ」という答えがすぐに返ってくるのは確実だったから。しかし、叔母が何を企んでいるのかが明らかになるのにあまり時間はかからなかった――そのときにはすでに手遅れになっていたのだけれども。太陽が照る暑い日に突然やって来てから二週間ののち、叔母は六人の子供を連れて木立の真ん中にある小さな池へ出かけ、私たちの目の前でいきなり姿を消した。

うちの家族の中で水泳が大好きで、彼らと一緒に池で泳いでいたのはビーターだった。ところが一瞬のうちに池の水と彼ら七人の姿が忽然《こつぜん》と消え、ビーターは気がつくと池の底で顔と体を泥だらけにしてばちゃばちゃと暴れつつ、泥の中で死んでいく小魚のように当惑して口をぱくぱくさせながら「水……水……水……」と言っていた。

身の回りで不思議なことが起きて驚いている家族の姿を私が見るのは、その日が初めてだった。ビーターは悲鳴を上げ、母さんの腕に飛び込んだ。母さんは池があった——七人がいた——場所をあまりにも長い間じっと見つめていたので、夜になると、父さんがわざわざランタンを持って連れ戻しに来なければならなかった。すべてを見ていた私は黙ったまま、ビーターが何かを言うのを待った。彼女なら事情を知っているかもしれないから。そう、ビーターは知っていた。細かいことまで。その夜、母さんがビーターの口に塩を含ませると、彼女はようやく正気を取り戻し、叔母さんが日没後に何度か木立に出かけるのを目撃したと告白した。叔母さんは目に見えない者と話をし、何かを企んでいた、と。

その後、母さんと父さんの本の一部が少しずつ書斎から消えた。次には、私のベッドの下に使わないままで置かれていた大きなマットも消え、さらに灯油のランタン、皿、フォーク、スプーン、鍋、いくらかの食料、そして最後に毛布が消えた。その前日には、ソフラーブの机の上にあったカメラも消えていた。今後家のものがなくなるかもしれないと私が前もって警告していたのに、母さんはそれを、姿を消したトゥーラーン叔母さんと六人の子供のせいにした。そしてついにある日、怒ってリビングに入ってきて叫んだ。「一体、この家はどうなってるの?」。怖くなった私は、慌てて自分の部屋から返事をした。「ソフラーブのカメラは私が相続した!」。ビーターはバレエシューズを脱いで大きな声で言った。「馬鹿! そんな言い方をしたらまるで兄さんが殺された——処刑された——みたいじゃないの!」。ただ一人ソフラーブの処刑を知っていた私はすぐに寝室の窓から飛び出て、必要な最後の荷物を持って樹上小屋へと急いだ。私はこれ以上のものを家から持ち出すことはしないと公式に宣言したけれども、家のものは相変わらずなくなったり、動かされたりし続けた。

時には、大胆にもものが目の前で動いた。そしてある日、私たちが食卓を囲んで昼食をとっている最中に、むしゃむしゃとやかましい咀嚼音が聞こえ、げっぷの悪臭が私たちの鼻に届いた。もはや否定のしようがなかった。というのも、皿から浮いた料理が宙に消えた後、うるさい咀嚼音が響いたからだ。もしも父さんがトゥーラーン叔母さんと食いしん坊で行儀の悪い六人の子供の行きすぎた行動に歯止めをかけていなければ、ラーザーンのまじない師を呼ばなければならなかったかもしれない。そんなことになれば、幽鬼《ジン》にとっては命取りだ。一人目のまじない師がラーザーンの炎の中に消えた後、ある日、あちらの世界との交渉を引き受けるべく、二人目のまじない師がラーザーンに現れた。いずれにせよ、まじない師がいなければラーザーンは森の中の目に見えない存在――常に地元の人々に対して力を見せつけ、自分たちの好みや掟を押しつけてくる存在――との関係や彼らの悪事を制御することができなかった。

ある夜、私たちが庭で火を囲みながらみんなで話をし、笑い、ひまわりの種を食べているとき、父さんが突然トゥーラーン叔母さんの見えない手首を宙でつかみ、家族にちょっかいを出すのをやめないとまじない師を呼んでひどい目に遭わせるぞ、と脅した。不意を突かれたトゥーラーン叔母さんはひまわりの種を喉に詰まらせて咳き込んだ。そしてしばらくするとこう言った。「兄さんが悪いのよ。私たちを邪魔者扱いして。私たちも同じ目に遭ったんだから。今度は兄さんがそれに辛抱する番」。しかし父さんはそれに負けず、手首をひねって言った。「それなら仕方がない。約束通りにさせてもらう！」。叔母さんは一瞬、後悔した様子で、偽りのない悲しそうな声で言った。「私たちのことは誰も歓迎してくれない。自分の家でも邪魔者扱い。ケチな旦那は子供たちのことをライバルだと思って、自分専用の冷蔵庫を買ってそれには鍵を掛けてる。どこの家に行っても、みんなすぐに冷蔵庫に南京錠を掛けるようになる。だから私は今年、一つ決心をした。幽鬼《ジン》と交渉をする秘密の方法が父さんの本に書いてあるのを読んだ。私は彼らの力を借りて兄さんの居場所を突き止めて、彼らの仲間になるためにこの場所に来た。幽鬼《ジン》と仲間になれて私は幸せよ」

そのときから、トゥーラーン叔母さんの子供たちが食事をする音や、叔母さんの臭いげっぷの匂いがすることはなくなった。けれども、叔母さんの話を聞いた私たちはみんな悲しい気持ちになり、家の中でものの置き場所が変わっていても騒ぎ立てないことを自分たちに誓った。冷蔵庫に食べ物――当時はなかなか食料が手に入らなかった――があることはあてにできなくなったが、誰も文句は言わなかった。わずか三日後、腹を空かせた幽鬼《ジン》の一団がラーザーンの村を荒らし回っているという噂が届いた。いよいよまじない師の出番だ。村人の話によると、まじない師が鏡の埃を払って呪文を唱える前に、経験の浅い幽鬼《ジン》たちは恐れをなして、抵抗もせずに逃げ出したらしい。今でも時折、遠くの森にある村からは、腹を空かせた幽鬼《ジン》の一団が食料をすっかり奪っていったという噂が聞こえてくる。

数か月の間、私の樹上小屋については誰も知らない状態が続いた。そしてある日、いつものようにパイプをくわえて栗毛の馬に乗り、木立の奥までぶらぶらとやって来た父さんが、木からぶら下がっている縄ばしごを見つけた。父さんは縄ばしごを登り、家からなくなったいろいろなものが置かれている中に私の書き物を見つけ、読み始めた。その夜、夕食の終わり近くになって、テーブルを囲むみんなの前で父さんは一冊のノートを取り出し、私の方には目もくれないで、声に出して読み始めた。

「父さんが手作りしたタールはそのときまだ私の手の中にあった。私にはそれをうまく表現する言葉が見つからない。自分の皮膚と目が焼けていくあの恐ろしい光景を、私は今一生懸命忘れようとしている……そのためには他のことで気を紛らわす必要がある。私は書かなければならない。彼らのことを考えなければ。すっかり孤独になった人たちのことを」

私は顔と首が紫色に変わったように感じた――それほど怒っていた。父さんを罵ることはできなかった。わが家でそんなことは許されない。でも本当に、〝くそったれ〟――これが私の知る最上級の悪罵――と呼びたい気持ちだった。「それで？」とピーターは言った。父さんは続けた。「私は書かなければならない。忘れずに、父さんの部屋からあの五百ページあるノートを持ってこないといけない。何かを書いている間はずっと気を紛らわすことができるから」

私は食事を終えることなく父さんの手からノートをひったくった。ノートが宙を舞い、扉の外に飛び出していくとき、母さんは厳しい口調でこう言った。「あなたはだんだん大人になる。いつまでもそんな振る舞いをしていては駄目」。私はみんなに背中を向けたまま、生意気に言い返した。「忘れたの？　私は大人になんかならない！」。私が家を出て行くとき、母さんはいつもの口癖を繰り返していた。「世間の人にとって人生は、新年《ノウルーズ》〔イランでは春分の日〕の前と後に分かれているのかもしれない。それか革命前と革命後に。でもわが家の暮らしは、アラブ人来襲前とアラブ人来襲後に分かれている」。あの出来事のことを母さんは決して〝火事〟とか〝火災〟とは言わず、いつも〝アラブ人来襲〟と呼んだ……。母さんは今でも、彼らがやって来て火を点けたこと、略奪して人を殺したことを強調したがっている。ちょうど千四百年前と同じように。

# 第三章

　前の冬、母さんがまだスモモの木に登っておらず、ソフラーブも処刑されておらず、トゥーラーン叔母さんと腹を空かせた子供たち絡みの事件も起きていない頃、一九八八年二月六日、雨が降る早朝のことだった。番犬のゴルギーの吠え声で私たち家族五人が目を覚ましたときにはもう、ソフラーブを木立に逃がそうにも手遅れだった。武装した四人の革命防衛隊員と一人の律法学者《モッラー》があっという間に家に押し入り、まだ寝床にいたソフラーブに手錠を掛け、そこらにあったパンフレットと本を適当につかんで兄さんを連行した。父さんが後を追い、母さんが「息子をどこに連れて行くの、この悪党ども⁈」と叫んだときには、パトカーはすでに動きだし、タイヤは私たちの顔に泥を撥《は》ねかけていた。犬のゴルギーは吠え続けた。

　それから五か月、ソフラーブがどこに勾留されているのか誰にもわからなかったのだが、ある日、悲しげな目をした粗野な顔の旅人がラーザーンに現れ、最初に出会った男に向かって、丘の上にある私たちの家を指差しながらこう言った。「あの家の人に、息子さんはエヴィーン刑務所にいると伝えてください」。悲しげな旅人はその足で、囚人たちからの伝言を他の家族に届けるため、曲がりくねった小道を通って森に続く道を目指した。ところが村を離れる前に、広場の片隅で砥石を使ってナイフを研いでいた男に声をかけられた。「どうして知り合いでもない人間にわざわざ伝言を届けて回っているんですか?」。すると悲しげな男は言った。「とても長い話なのでよほど辛抱強くなければ聞いていられませんよ」。そしてまた歩きだした。しかし村人はゆっくりと着実な足取りでその後を追い、手で巻いたたばこを渡して言った。「私はとても辛抱強い人間だ」。こうして旅人は村人と向かい合って腰を下ろし、村人はまたナイフを研ぎ始めた。旅人は言った。「私が生まれた家はとても貧しく、家族にとっては鶏肉を食べるのがいちばんの夢でした。私が十二歳のとき、母がまた妊娠しました。ある夜、鶏のもも肉が食べられたらもう死んでもいいと母が父に言うのが聞こえました。翌日、私は鶏肉を盗んだ罪で刑務所に入れられましたが、逮捕前に母に鶏肉を食べさせることができたので、私は満足でした。母はとても幸せそうにもも肉を食べてくれましたから。私は一年後に釈放されましたが、両親と会ってショックを受けました。二人とも以前より貧しくなって、十歳は年を取ったように見えました。私は十五歳のとき、また刑務所に入りました。今度は給金を払ってくれなかった親方を殺した罪でした。母に会いたい気持ちは日々募りましたが、母は一度も会いに来てくれませんでした。月日が経ちました。私は六回、処刑台まで連れて行かれましたが、そのたびに縄が切れ、結局、釈放されることが決まりました。しかしその数日後、両親の希望の光だった弟が私と同じ刑務所に入ってきたんです。弟は私がどれだけ尋ねても、何をしたのか白状しませんでした。そしてついに真夜中に、夜警がこんな話を教えてくれたんです。弟は六人の兄弟姉妹、そして両親を皆殺しにしたというのです。私はそれを聞いて目の前が見えなくなり、何も聞こえなくなって、すぐその場で、眠っている弟の首の血管を剃刀で切りました。弟は涙を流しながら一瞬だけ笑顔を見せました。次の日、刑務所に新聞が届きました。そして一つの房から隣の房へとニュースが伝わり、囚人たちのささやき声から私は真実を知りました。家族の中でたった一人学校に通わせてもらっていた弟は、エーテルを使えば人を眠らせることができると、科学の授業で習ったのだそうです。その夜、弟はエーテルに浸した八枚の布切れを寝ている家族それぞれの顔にかぶせて、街にたばこを売りに出かけました。働くことを許さない両親に知られずに、家計を助けるためです。弟には暇があったらずっと勉強だけをしてもらいたいと父は思っていました。少なくとも息子が一人は出世をして、貧困のサイクルを抜け出すというのが夢だったんです。もしもその先生が、エーテルを人に数秒以上嗅がせたら死んでしまうと教えていれば、あんなことにはならなかったでしょう。結局、弟が朝早く、両親に渡す金を手に喜び勇んで家に帰り、布切れを顔から取り除いたときには、家族はみんな冷たくなっていたというわけです」

旅人はたばこに火を点け、ゆっくりと煙を吸ってから話を続けた。「私はそれを聞いた瞬間、同じ剃刀で自分の手首を切り、自殺をしました。私は死んだんです。そして一晩、死体置き場で横になっていました。しかし翌朝、看守の一人が私の顔を覆うビニールに水滴が付いているのを見つけました。私は診察室に連れて行かれて、生きていることがわかりました。動脈が完全に切断されて黒くなっていたのに、です」

悲しげな旅人は息を吐き、苦々しげにたばこの煙を吸って、村人に左の手首を見せた。革のリストバンドの下に深い傷痕があった。明らかに血管が途中で切れ、いまだにそれが黒ずんでいた。村人はゆっくりとナイフを研ぐ手を止めることなく、男の腕を見た。悲しげな男は「続きをまだお聞きになりますか?」と訊いた。「もちろんです。でもその代わりに、後で私の話を聞くことも約束してください」と村人は答えた。

悲しげな男はたばこを口に持っていき、静かにゆっくりとナイフを研ぐ村人の手を見た。そして砥石の上をのんびりと行き来するナイフの動きを見つめながら先を続けた。「私はそれからさらに三回、処刑台に連れて行かれましたが、やはり毎回縄が切れました。その後、私はこっそり刑務所から放り出されました。死ぬ値打ちもないほど呪われた人間だと思われていましたからね。私は中途半端に科学を教えた教師を殺す決心をしていました。ところがその夜、道端で眠っていて、初めて母の夢を見たんです。母は窓も扉もないガラスの家に暮らしていました。私は今にもひびが入るかもしれない、割れるかもしれないと思って手でガラスを触りながら、その周りを歩いていました。家の中は空っぽでした。母は壁際に外を向いて立っていました。私の姿を見ると、私の髪に優しく手を伸ばして、こう言いました。『おまえがまだ生きていると知っていれば、ちゃんと毎週面会に行ったのに』と。母は私に袋を渡しました。それから私の手を撫でて、『この袋を持ってあっちへ行きなさい』と言いました。私が目を覚ますと、横の地面にこの袋が落ちていました。中には囚人が家族に宛てて書いた手紙がたくさん入っています。私はその日から、母が指差した方角に向かって旅を続けています。そしてその道すがら伝言を届けています。刑務所にいる子供が生きていることを知れば、母親は面会に行くでしょうから」

旅人はたばこを大きく吸い、もみ消してから言った。「しかし、母が私をこの方角、北へ向かわせた理由はいまだにわかりません」

「それを理解したときがあなたの死ぬときですよ」と村人は冷めた口調で言った。一瞬、悲しげな男の目が光った。そして、間《ま》を置いてからこう言った。「私は初めて処刑台に立ったときからずっと死んでいたんです。ただ誰も気づいていなかっただけで」。続いて村人が「次は私の話を聞いてください」と言って、鋭いナイフで歯をつついた。「うちの家族も貧乏でした。私が生まれる何年も前に、父は森や山を抜け、村から村、街から街へと旅をしてようやくテヘランにたどり着きました。そこでつらい思いをしながら何年も働いて、煉瓦を使って自らの手で小さな窯を作りました。ところがその数か月後、父は殺されました。父は殺される前の夜、袖から出てきた蛇に咬まれる夢を見ました。翌日、父は母にこう言いました。『私は弟子に百トマーンの給金を払ってやらなければならないのにそれが払えない。他の人にも借金がある』と。そこで父は、万一自分が死んだらどうすればいいのかを母に伝えました。母はすぐその場で結婚指輪を外し、足元の絨毯を丸め、それを売るように父に言いました。そして借金を返し、死を遠ざけるため貧しい人に施しをするようにと。ところが父は、指輪と絨毯を売った後、そのお金で死装束と葬式用のいくつかの品を買いました。そして弟子に支払う百トマーンのお金をポケットに入れ、残りは母の戸棚にしまいました。その日の正午、父はお金を渡す前に、腹を立てた弟子に刺し殺されました。何があったかを知った母はすっかり弱り、悲しみから死んでしまいました。残された私は当時まだ十歳でした。その後は物乞いをし、体を使って働き、街から街、村から村へと旅をして、ここにたどり着きました。ここに着いた最初の夜、父の夢を見ました。父は窓のない、そして家具の一つもないガラスの家に暮らしていて、今にもガラスが割れて崩れ落ちてくるのではないかと私は心配になりました。父は優しく私の足を撫で、口づけをして言いました。『おまえがこれほど苦しむと知っていたなら、貧しい人に施しをしたのに』。それから父はガラスの壁に近づいてその外にある広場を指差して言いました。『ナイフを持ってあの広場に行って待つのだ』と」。村人は悲しげな男にナイフを見せて、「これは父を殺したのと同じナイフです」と言った。それを聞いて悲しげな旅人は立ち上がり、「死ぬ前に、あなたの手に口づけをさせてください」と言った。

村人は落ち着いて旅人に手を差し出した。悲しげな男はその手に口づけをして、「私が望んでいるものを手に入れる手伝いをしてくださったことに感謝します」と言った。二人は黙ったままゆっくりと森の奥へ進み、村の目が届かない場所まで来ると、村人は悲しげな男の心臓にナイフを柄まで突《つか》き刺した。悲しげな男が死ぬ前にかすかな笑顔とともに見せた物寂しい表情を、村人は決して忘れることがないだろう。その後、遺体とナイフを沼に捨てて蛆《うじ》と虫の餌にしようとしたとき、初めて死人の目を見て、村人の心の中で何かが崩れた。彼は開いた瞳孔を見て、それが自分が生涯ずっと憎しみを抱き、待っていた男と同一人物とは思えないと悟った。村人は夜になるまでその二つの瞳を見ていた。それから小さな火を焚き、その炎越しに一週間、遺体を眺めた。遺体は徐々に膨張し、悪臭を放ち、蛆やゴキブリや蛇がたかった。そうしているうちに鼻の中が腐臭でいっぱいになった——ちょうど彼の人生が嫌悪で満たされていたのと同じように。そして湧いてきた蛆とたかってきた蛇とサソリにぞっとすればするほど、自分をさげすむ気持ちも強まった。遺体の匂いが限界に達して周囲の花がしおれ、蝶やトンボがあたりを避けて飛ぶようになると、男は遺体の残りとナイフを沼に捨てた。それから旅人が運んでいた重い袋を肩に担ぎ、遠い村に向かって歩きだした。しかしその前に私たちの家に続く坂を登り、玄関ポーチに座っていた父さんに静かだがはっきりした声でメッセージを伝えてから去った。

父さんはようやく届いたソフラーブの消息に安堵しつつ、一瞬、この男はなんて悲しそうな目をしているのだろうと考えた。それから家に入って支度をし、すぐにテヘランに向かった。ソフラーブがエヴィーン刑務所に移される前、すぐ近くの街の独房に十一日間も放置されていたことを、父さんはそのとき知らなかったし、その後も知ることはなかった。

革命防衛隊員はソフラーブを独房に放り込んだ後、更衣室に行って着替え、休暇届に署名をし、職場を出た。そしてアルダビールに近い自分の村で十一日間過ごし、自分の結婚を祝い、新婦と寝て子供をはらませてから職場に戻った。男はそこでお茶を飲み、同僚たちとおしゃべりをしながら「テヘラン出身の若造はどうなった?」と訊いた。そこで初めて「誰の話だ?」ということになり、みんなが暗くじめじめした長い地下通路の奥にある独房に駆け込んだ。ソフラーブはそこで幻覚と恐怖、飢餓と死にさいなまれながら今にも息絶えそうになっていた。その十一日前、例の隊員が食料も水も置かずに出て行った後、ソフラーブは最初、二、三時間もすれば誰かが尋問にやって来るのだろうと思った。房内の匂いは最初から頭痛を催した。流れたばかりの血、膿《うみ》、汗、反吐《へど》と小便が混じった匂い。兄さんは誰かがすぐに来て、今後のことを教えてくれるだろうと考えて自分を慰めた。部屋は真っ暗だった。立ち上がり、部屋の大きさを測ろうとした。幅は一歩分、奥行きは三歩。墓穴と同じくらいの大きさだ。ほんの小さな窓さえなかった——少なくとも、暗闇で見つかるようなものは。鉄の扉に耳を当て、遠くのかすかな音に耳を澄ました。外から一切の物音が聞こえない状態が数時間続いた後、最初の恐怖の波に襲われた。自分は忘れられているという恐怖だ。ぞっとして立ち上がり、扉を叩き始め、その後はむちゃくちゃに蹴った。そんな苦闘がさらに数時間続いた後は、恐怖と飢えと渇きから壁を手探りし、床のすぐ近くに蛇口を見つけた。しかしあまりにも位置が低いので、頬を床に付けてむさぼるように飲んだ。すると口の中に錆の味が広がった。その後、腹が痛くなったのは水のせいなのか、不安のせいなのか、わからなかった。トイレはなかった。さらに一時間が経った。結局、その場で用を足し、同じ蛇口の水で体を洗うしか方法はなかった。恐怖による下痢の匂いで、何度か吐かずにはいられなかった。服を脱ぎ、悪臭を抑えるために排泄物にそれをかぶせたが、まったく役に立たなかった。

それから幻覚を見始めた。恐怖。迫りくる死の感覚。窒息。嘔吐。自分を慰めるため、今までに読んだ政治小説のすべての主人公に自分をなぞらえたかったが、彼らの名前は頭から消え去っていた。ステレオでよく聴いていた、自分の好きな音楽さえ思い出せなかった。そしてここに入れられた最初の数時間から、昼と夜の区別がつかなくなっていた。

三日目には、今日が何日なのかわからなくなった。七日目には、何年の何月なのか思い出せなかった。あまりに長い間、目の前の闇、空虚、死の双眸《そうぼう》を見つめていたので、目は眼窩から飛び出しそうになり、眼球の毛細血管が完全に乾いたみたいに感じられた。口の中が乾燥して、何度も咳が出た。壁に両手を当て、爪か鋭い物体でそこに付けられた疵《きず》をたどり、どんな文字が刻まれているのかを読み取ろうとした。一度は完全な文章を読み取ることができた。〝第三世界は私たちと同じ苦痛を味わっている。しかしたどっている道は違う〟。どれだけ頭を振り絞っても、それが誰の本からの引用だったか、思い出せなかった。ベルトを外した。何かをしていなければ頭がおかしくなりそうだ。バックルのピンで壁に詩を刻もうと思ったのだが、何を書こうとしていたのかすぐに忘れてしまった。あまりにも腹が減ったので床に落ちていた漆喰を口に詰め込んだ。すると乾いた舌がひりつき、さらに咳がひどくなった。七日目以降は扉に耳を当てて遠くの音を聴く気力もなかった。最近では、自分を殺す計画をひそひそと話し合うような声が聞こえていた。くぐもったその声は、暗闇の中で彼の首を絞める計画を練っていた。いくつもの声が一つに溶け合い、殺人者、拷問者、尋問者の笑い声とわめき声が混じり、処刑台で足元の椅子を引き抜く役の声も聞こえた。八日目、どれだけ床を探っても、食料となるゴキブリが見つけられなかった。ある本の主人公が同じ経験をしていたが、本のタイトルは思い出せなかった。その後は、生き延びるために自分の排泄物を食べることとさえ考えた——自分を犬のように捨てた汚らわしい獣どもに対して、どんなことをされても生き延びたと証明してみせるために。乾いた大便のかけらをシャツで拾い、せいぜい泥のような味だろうと自分に言い聞かせた。だがそれを口元まで持っていく前に激しく嘔吐し、腹にわずかに残っていた苦い胆汁まで壁にぶちまけることになった。その後は何も記憶に残らなかった。恐怖もなかった。恐ろしい幻の声が聞こえることもなかった。空腹感も。死も。悲しみも。母さん、父さん、ピーター、私を恋しく思うことも。

どれだけ時間が経ったかわからなくなった頃、まぶたの隙間から一筋の光が射すのが見えた。気がつくとベッドに横たわり、両方の腕に点滴の針が刺さっていた。その後に聞こえたのは一発の平手打ち、げんこつの連打、蹴り、そして誰かが怒鳴る声だった。「こいつが死んでたら誰のせいになると思ってるんだ、この馬鹿、トルコ野郎⁉」。翌日、点滴を取り替えに来た看護師が耳元で教えてくれたのだが、兄さんを置き去りにした革命防衛隊員は一か月徴兵期間が延びる処分を受けただけだった。すべては終わった。まるで何も起こらなかったかのように。まるで兄さんが生き延びたのが間違いだったかのよう。あるいはひょっとして、兄さんを死の瀬戸際から連れ戻し、革命にふさわしい儀式の中で処刑する計画だったのか。

三週間後、ソフラーブは地方の刑務所に移された。父さんがそこに行って彼の消息を尋ねると、前と同じ答えが返ってきた。「誰ですって？」。兵士はリストを調べ、首を横に振って、同情するような口調でこう言った。「いいえ、その名前の人はここにはいません」

父さんが息子を探して街から街へと行く間に、ソフラーブは熱々のジャガイモのように街から街へと移された。激しく殴られたソフラーブは血の小便を流し、片方の腎臓が使い物にならなくなった。そして彼らは最後に、ソフラーブの死が自分たちの刑務所の責任にならないよう、彼をテヘランに移すことに決めた。最初はさまざまなファダーイー・ゲリラ〔共産主義系ゲリラ組織〕のパンフレットを読んだ罪と徴兵拒否という罪状が書かれたたった一枚のファイルだったものが、移送を正当化するための記載で膨れ上がっていた。こうして、顎の骨が折れ、肋骨が砕け、片方の腎臓しかまともに働いていない状態のソフラーブはテヘランに送られ、五か月ぶりに母さん、父さん、そしてビーターと対面することになった。面会の間はみんなで冗談を言い合い、笑った——あまりのにぎやかさに、他の面会者がいらだって、にらみつけるほどだった。

母さんはその日、屈辱的な思いを味わっていた。というのも、ラーザーンに引っ越してから八年ぶりにヘッドスカーフをかぶらざるをえなくなったからだ。テヘランからこの僻地の村に引っ越すことにした八年前、母さんはとにかくヘッドスカーフをかぶりたくないがために、この体制が続く限りは村も離れないし、木立を出ることもないと誓っていた。そしてこの八年というもの、本、鶏、雨、音楽、思い出を理由にして外出を拒んできた。一九八七年七月二十六日のダルバンドの洪水で親戚が亡くなったという知らせが届いたときにも、葬儀に行くにはヘッドスカーフをかぶらなければならないので、木立から一歩も出なかった。母さんは親戚の子供とその家族との団結を示すデモに参加する機会があったときも、スカーフをかぶってテヘランに行くことはしなかった。十三歳だったその子供は断食月《ラマダン》にスモモを食べたというだけの罪で、革命《エンゲラーブ》広場で七十回の鞭打ちの判決を下されたのだった。母さんはそのとき、人前での暴力は見たくないと言った。「街角や広場で暴力を見ることに目が慣れてしまうと、感覚がどんどん麻痺してしまう。すると人はいつの間にか自分が敵だと思っていた人間になる——そんな暴力を広める側の人間に」というのが母さんの口癖だった。母さんは何年も後になって、イラン国民に対する恨みを抱いたその十三歳の子供が何の未練もなくフランスに渡ったことを知っても驚かなかった。ある噂を聞き知っていた母さんがその子を責めることはなかった。というのもあの日、鞭打ちを任された男はやせこけた十三歳の少年を哀れに思って、少し手加減しようとしたのに、街角に集まってそれを見ていた人たちが、まるで大道芸でも見物しているかのように「おい、力を抜くんじゃない！……もう一回だ！……最初から始めろ！……一回目からだ！」と大きな声を上げたらしい。その結果、少年は七十回ではなく、九十三回の鞭打ちを受けた。のちに少年は家族にこんなことを言った。「僕は鋭い鞭が柔らかな骨と肌に当たるたび、痛みに踏んばりながら心に誓った。

生きてこの刑罰を終えられたら必ず次のどちらか――どちらでも、先にチャンスが訪れた方――をやるんだって。イラン人に対する復讐か、永久にこの国から逃げ出すか」。数年後、彼はトルコとの国境を越え、ヨーロッパに行った。噂では、名前も身元も変えたらしい――出身を訊かれたら答えはいつも「ギリシアです！」と。

にもかかわらず、母さんは「世の中には避けられないこともある」――これは父さんの口癖だ――ということを知らなかった。そしてある日、母さんはやむを得ず、自分で作った規則を破って息子の面会に行った。こうして何の音沙汰もなかった五か月を経て再会したソフラーブは体重が二十キロ減っていた。家族はみんなそれに気づかないふりをしたばかりでなく、母さんが義務的にかぶらされたヘジャーブと恣意的に収監されているソフラーブの立場という重い雰囲気を軽くするためにみんなで笑って話をした。母さんは刑務所の食事について尋ね、ソフラーブは笑いながら「すごくおいしいよ」と答えた。父さんがいつ釈放されるのかと尋ねると、ソフラーブは再び笑って、「釈放されるなんて初耳だ！」と言った。その後は、話題を変えるためにビーターがこう言った。「バハールも一緒にこの面会に連れてこようと思ってあちこち探したんだけど見つからなかった。鶏小屋にも厩《うまや》にもいなかった！」と。ソフラーブは笑って、「昨日の夜、バハールの夢を見たから大丈夫だ」と言った。父さんは急に真面目な顔になって、「バハールはどんな様子だった？　何て言ってた？」と訊いた。みんなは笑ったが、ソフラーブは真面目な顔で「あの子は僕に、〝人生は続く〟って言った」と答えた。こうして冗談を言っている間に、三十分の面会は終わった。ソフラーブの逮捕は何かの手違いでもうすぐ釈放されると、みんなが思って喜んだ。しかし母さんは、同様に浮かれている他の面会者の話を耳にして不安になり始めた。でもそのときには、心配な様子を見せてもすでに手遅れだった。というのも、折悪しく看守が鐘を鳴らし、みんなを驚かせたからだ。

刑務所の広い中庭で、何か騒ぎが起きていた。何も知らない面会人たちは一瞬だけ、イスラーム教体制を潰そうとする抗議がついに始まったのかと期待を抱いた。当時は多くの人がとても無邪気だったので、ちょっとした騒動、発砲音、テレビ番組の中断、停電など、何か普段と違うことがあると、誰もが喜んで「来たぞ……来た！」と叫び声を上げた。しかし誰が来たというのか？　それは誰も知らなかった。だから最初のツバメが面会室の壁の天井近くにある小さな窓から飛び込んできたとき、看守は慌ててガラスに向かって弾丸のシャワーを浴びせたのだった。というのも彼は反射的に**来たぞ……来た！**と思ったからだ。

誰もが息を呑んで見守る前で、羽のちぎれた血まみれのツバメが床に落ち、息絶えた。当の看守と囚人と面会人が突然の発砲に呆然としていると、二羽目のツバメが割れたガラスから飛び込んできた。次いでもう一羽。さらに一羽。あっという間に部屋は高い声を上げる鳥でいっぱいになり、そのさえずりは人の心に不安を植えつけた。父さんはわけもわからないまま、「ツバメ……ツバメ！」と叫んでいた。職員たちは、恐怖で混乱している鳥に向けて発砲した。突然、あたりの空気は真っ黒になり、発砲音があらゆる表面で反響した。おびえた人々は両手で頭を覆って、愛する収監者に別れを告げることもせず、銃を突きつけられながら庭へと追い出された。庭は弾丸と羽毛であふれていた。そこにあったのは、春のような天気が数日間続いたのを渡りの季節と勘違いしてテヘランの空に飛び立った数千のツバメの死骸だった。大きな長方形の中庭で、職員に銃弾を浴びせられた恐怖で方向を見失っに降ってきた。銃弾は人にも当たった。血まみれの人間とツバメの死骸がエヴィーン刑務所の中庭の地面に転がった。裏口に案内されて外に出された人々は、その死骸を踏みつけ、悲鳴を上げ、彼らのためにたツバメたちが人にぶつかり、刑務所の塀や有刺鉄線に突っ込んでいた。死んだ鳥が黒い雹《ひょう》のように降ってきた。銃弾は人にも当たった。血まみれの人間とツバメの死骸がエヴィーン刑務所の中庭の地面に転がった。裏口に案内されて外に出された人々は、その死骸を踏みつけ、悲鳴を上げ、彼らのために涙を流した。「かわいそうなツバメ……かわいそうなツバメ！」と泣き叫んでいた一人の老人は銃の床尾で口元を殴られた。

三十分後、刑務所の中庭にはツバメの羽毛、血まみれの鳥の死骸、そして誤って撃たれた面会人の遺体が散らばっていた。空は再び青く晴れ渡り、わずか数分前にそこを真っ黒にしていた渡り鳥のことなど忘れたかのようだった。職員は中庭の端に腰を下ろして息をつき、まだ空中に舞っている白黒の羽毛と、地面に落ちている血まみれの鳥の死骸を見ていた。季節を勘違いしたというだけの理由でこれだけたくさんの鳥がみじめに殺されようとは、誰が想像しただろう？　職員の一人はそう考えて笑った。それからまた一人。さらに一人。刑務所の高い塀の中に、武装した職員たちの高笑いが響いた。エヴィーン刑務所に一陣の風が吹き込んだ。風はテヘラン北部の高台を越え、勝ち誇って大笑いをする職員の上を通り、宙を舞っていた羽毛を運んでエヴィーン刑務所の高い塀を越え、あちこちの家や何も知らない人の上に羽毛を降らせた——人々は普段と変わらず果てしなく、街の中を行き来していた。行ったり来たり。行ったり来たり。一時間後、銃弾を浴びて血の付いたツバメの羽毛の一つが、シルバーのビュイック・スカイライトのフロントガラスに貼り付いた。それを運転している男は恐怖におびえ、目に涙を溜めて、黙って北に向かっていた。車が向かう先は森だ。他に人が暮らしているとはまったく思えないような土地。

# 第四章

エヴィーン刑務所上空でツバメが大量に虐殺されていたちょうどそのとき、母さんと父さんとビーターは雨のように降る弾丸の下を走り回っていた。ソフラーブは房の小さな窓から血まみれのツバメたちをなす術《すべ》なく見ていた。そして私は家の中でくねくねした廊下を歩き回り、すべての部屋を覗き、時々何かをくすねていた。キッチンの背後にある父さんの作業部屋——小さな扉で裏庭につながっている——に入ると、中には木材、本、作業用の工具や額がたくさん置かれていた。それから母さんのお気に入りの鶏の〝ヘンナさん〟が部屋に入ってきて、誰もいないのをいいことに好きな場所で糞を落とし、私と同じようにあちこちを覗き込んでいる間に、私は何か月も前から探していた写真を見つけた。それは父さんの他の写真——大好きなタールを抱える父さん、タールを作る父さん、ジャリール・シャフナーズ、ファルハング・シャリーフ、ピール・ニヤーカーン（それぞれにちなんだ名前の演奏法があるほど有名なイランのタール奏者）と並ぶ父さん——と一緒に黄色い封筒にしまってあった。背後から両腕で私を抱え込むようにして一緒にタールを弾く父さん。これが探していた写真だ。私は朝に食べ残したクルミと一緒に、それをワンピースの下に隠した。父さんの作業部屋の隅では古い二人掛けのソファーが埃をかぶり、その前に置かれたテーブルの上にはあらゆるもの——タール以外の——が載っていた。灰皿から読書用のランプまで。魚も水も入っていない古い水槽には、代わりに貝殻が詰められていた。父さんが海岸で拾い集めた貝殻だ。父さんはしばらく前から貝殻集めに熱狂《マニア》していた。それが始まったのは、母さんが蛍に熱狂《マニア》し始めた頃だった。母さんは毎晩木立に入り、たくさんの蛍を瓶に集めて帰ってきた。そして皆が寝静まると木立の片隅で捕まえてきた蛍を部屋の中に放ち、自由に飛ばせるのだ。母さんはいつも私に見られているとも知らずに、床の真ん中で横になり、蛍をじっと見ていた。蛍は星のように輝き、髪の中に入り込んで愛を交わした。ある夜、母さんがソフラーブの逮捕によって引き起こされたつらい不眠症を蛍と——そして静まり返った家と影と——分かち合おうとしたとき、蛍に囲まれて光っている私の姿を見つけたことがあった。私は笑い声を上げ、母さんは乱れた髪のまま、おびえた目で私を見た。母さんはその夜、私と並んで床に座り、蛍のハーモニーを一緒に味わわせてくれた。私には母さんのことがちっともわかっていないと悟ったのはその日のことだった。毎日三食をともにし、毎晩私を寝床に入れてくれ、その優しい〝おやすみ〟という言葉が一日の最後に家に響く安心の鍵となっているのにもかかわらず。その夜、母さんは自分で作った詩を一つ、私に教えてくれた。それは結婚前——詩人になることを夢見ていた頃——に作った詩だった。母さんは目を閉じたままローテーブルにもたれ、瞬く蛍に囲まれながら詩を朗誦した。

創造主はいつも満ち足りている

希望と喜びに囲まれて。蛍は一日孤独。
世界の終わり。
夜ごとの心配事もなく、聞こえる叫びは
ああ、創造主よ、あなたの正義はどこにある？

そんなふうにみんなが眠れずにいる夜、父さんはソフラーブの運命を心配しながらビーターと私の寝室を覗いてから、シルバーのビュイック・スカイライトに乗って海岸へと向かった。そして湿った砂の上に腰を下ろし、恐ろしげな夜の波音に耳を傾けた。父さんは懐中電灯で貝殻を調べ、ポケットをカラフルな収集品でいっぱいにして家に帰り、それを空っぽの水槽の中に新たに並べて朝まで時間を過ごした。今でも父さんが時々夜中に目を覚まし、アメリカが流しているラジオでイラン国内のニュースを聴くことがある。ラジオはわが家で唯一のマスメディアだ。『アメリカの声《ボイス・オブ・アメリカ》』の司会者がニュースの合間に、革命後アメリカに亡命したイラン人歌手の曲を流すと予告すると、父さんはボリュームを絞り、大きな貝殻の一つをぎゅっと耳に当てて潮騒を聴いた。そして目を閉じ、パイプの煙を深く吸って、ソファーの上で足を伸ばした。その様子はまるで、家族そろってサルマーンシャフルのホテルに行っていた昔のようだった——私たちのことをブルジョアと呼ぶ革命防衛隊が存在しなかった頃。あるいはヘッドスカーフを額の上の方までずらしていたことを国家の安全を脅《おびや》かす行為だと言ってビーターを責める人がいなかった頃。父さんは時々、のこぎりで木材を切ったり、ニスを塗ったり、書道《カリグラフィー》のためにマーブル紙を用意したりしながら、好きな歌手の歌を聴くこともある。聴くのはたとえばデルキャシュ――今どこに暮らしているのかわからないが――あるいはマルズィーエ、あるいはヴィーゲン、そして革命後にアメリカに亡命したハーイェデ。

悲しい私の家のため
悲しい私の小路のため
あなたのため、私たちみたいな人々のため
それは歌っている、〝私は悲しい〟と

あるいはバナーンの歌。

私は毎晩、笛のように悲しみにもだえる
あなたは私の心と魂を奪ったのに、恋人にはなってくれなかった
あのときは一緒だったのに、私のもとを去った
花の香りのように、あなたはどこへ行ってしまったのか？
私は今一人きり、あなたは一人で去っていった

母さんも時々、夜中に目を覚ますことがある。そんなとき二人は一緒に木材を切り、あるいは仕上げのニスを塗る。ある夜、『アメリカの声《ボイス・オブ・アメリカ》』の政治ニュースを伝えるアナウンサーが部屋の中の沈黙

を破ったときも、二人は顔を上げて互いを見ることさえなかった。というのも、二人とも心の中の目はソフラーブに向けられていたからだ。二人はひたすらギーギーギーと木を切っていた。アナウンサーはこんなニュースを告げていた。「アーヤトッラー・ホメイニーが八年戦争を終結させることに同意しました。国連安全保障理事会決議第五百九十八号が受諾されました。ホメイニーはこの敗北に対する復讐を匂わせているので、イランの将来には不安がありますが、何が起こるかはどの政治アナリストにも見通せません」と〔一九八八年七月の出来事。八年戦争はいわゆるイラン・イラク戦争のこと〕。父さんは母さんが泣いていると思い、母さんは泣いているのは父さんだと思った。

朝早く、私のお気に入りの雄鶏〝ナムー隊長〟の声で母さんと父さんがわれに返ったときにはすでに朝日が射し始めて、床には使いようのない妙な形の木切れが散乱していた。父さんは最初、額縁に使う木材を台無しにしたと母さんを叱った。すると母さんが「私の目の前に次々に木を差し出したのはあなたでしょ」と言い返した。最後に二人は笑いだした。あまりに笑いすぎて、涙が頬を伝った。それから父さんは母さんの頭を腕に抱いたので、その泣きわめく声が私たちの眠りを早朝から妨げることはなかった。

屋敷の中で先祖の家に最も似た雰囲気があるのは天井裏だった。そこではサテンの布、象眼細工の木のテーブル、生者と死者を含む先祖の肖像画の間をたくさんのネズミが走り回り、時には防虫剤を食料にしていた。ノートと書類、虫の食った手書きの本と古い写真も山のように積まれ、ジャージームやキリムのような立派な年代物の絨毯もたくさん置かれていた。それらはすべて、ネズミや蛾やシロアリにできるだけ早く食い尽くしてもらいたいと願った母さんが持ち込んだものだった。革命後の生活をひどく嫌っていた母さんは、過去を振り返るのを怖がり、昔の幸福を少しでも思い起こさせるものを恐れた。だからたくさんのネズミを放置したのだ。時々ネズミとシロアリが立てる音がうるさくなると、母さんは天井裏に上がり、息の詰まりそうなむっとする空気の中、埃の積もったソファーの一つに腰を下ろして、ネズミどもがご馳走を食べるのを見ていた。少しずつかじられていく美と歴史。そうしたものすべてが数十年にわたる記憶と過去のアイデンティティーを形作っていた。何世紀もの時を生き延びたものたち。**幸福を得るすべての利器を備えた都市にいながら自らを破壊したのは私たちが最初ではない**、と母さんは思った。それから目を潤ませたまま階段を下り、できるだけ家から離れた。そして木立の中で木の下に座り、すすり泣いた。いったん涙が落ち着くと、目を腫らし、鼻を赤くしたまま家に戻り、美しい声でシャームルーの詩をゆっくりハミングしながら料理を始めた。

太陽は眠り、地球も眠った
息子に先立たれた母のように泣いた
夜の暗いテントの方を向くやつれた顔
緩慢な死を遂げた私の幸福を覆う海

母さんが妙にソフラーブを愛することについては、家族みんなが口には出さずに受け入れ、敬意を持って無関心を貫いていた。ソフラーブは、単に母さんが溺愛する二十六歳の息子ではなかった。母さんにとっては、不確かな刑務所に閉じ込められて不確かな運命を待つ息子ではなく、生涯胸に抱いてきた心臓の鼓動、欲望、愛、希望の頂点——母さんが夢に見、小説の中、何層もの詩の中に探し求め、最後に失った存在——だった。ソフラーブが逮捕された折には一言も口に出さなかったけれども、母さんは彼の運命を知っていた。おそらく私以外で兄さんの運命を知っていたのは母さんだけだ。ソフラーブが処刑された瞬間にスモモの木のてっぺんで啓示を得た母さんは、その数秒前まで前夜に見た夢を思い返していた。ソフラーブが処刑される前の夜、母さんは恐怖におびえて夢から目を覚まし、左の胸をつかみながら、**ソフラーブが殺された**と思った。それからシャツに付いた血液の染みを不安げに見つめ、シャツを持ち上げて左の乳房を見ると、小さな二本の乳歯の嚙み跡から血が出ていた。それはソフラーブが赤ん坊のときに嚙んで血が出たのとまったく同じ場所だった。その血の滴を見た直後、目に見えない力が母さんをスモモの木に登らせて、その結果、母さんはいつの間にか木登り好き《マニア》になり、突然の啓示も得たのだった。

ソフラーブの名前と十代の頃の母さんの恋との結びつきを知るずっと前、私たちは母さんがソフラーブを妊娠していたときに見た夢の話を聞かされていた。母さんの夢の中では、お腹にいる赤ん坊自身が深い森の中を裸で這う夢を見ていたらしい。赤ん坊は特に他の木と違いのない一本の木の前まで這っていき、そこから木に登り始める。しばらくすると動きが止まるが、また登り始める。そこで赤ん坊は、自分が動く間は木が生長し、自分が止まると木の生長も止まることに気づく。赤ん坊はどんどん木を登り続け、木はますます背が高くなる。赤ん坊はとても高いところまで登り、木は上にも横にもとても大きく生長して、地球の半分を吞み込むほどになる。巨大な木のてっぺんまで達すると、赤ん坊ははるか下の地面に目をやり、動きが止まる。その後、樹皮に吸い込まれるように姿を消す。
のちに、母さんがソフラーブの十五歳の誕生日パーティーでこの夢について話したとき、家族のみんながそれぞれの解釈を披露した――ソフラーブを除いて。ソフラーブはただ肩をすくめ、いつものようにおどけた調子で「へえ、ちなみに僕は何も覚えてない」と言った。

ソフラーブがまだ元気だった頃、夏にする遊びの一つは部屋や天井裏でバドミントンのラケットを使って赤ちゃんネズミを捕まえることだった。その後、私たちきょうだい三人は父さん――ネズミを殺す役――が帰宅する前に即席裁判を開いてネズミたちの運命を決めた。「赤ちゃんネズミを殺しても何の解決にもならない。自然の法則を犯しては駄目。私たちは血で手を汚すべきじゃない」。私たちはそう慈悲深い判決を下して、おびえるネズミを天井裏の隅に放し、遠くに消えるその姿を満足げな笑顔で見送った。しかし今、天井裏でネズミの餌になっているのは、イラン民芸品の貴重な宝の山だった。と言ってもおじいちゃんの家にあるものと比べれば、骨董品を入れた小さなトランクのレベルにも達しなかった。一九六一年の秋、母さんが初めて父さんの家族に会い、家を見たとき、十八の寝室に廊下と控えの間、来賓用の高座にテラスが備わった大邸宅の立派さに驚いた母さんは、しばらく口も利けず、動くこともできなかった。もしも父さんがすぐにその肩に腕を回し、先へ進ませていなかったら、母さんはきっと最初の嫁として、夫の母ゴルダーファリードと父ジャムシードの前で恥をかいていたことだろう。実際、その家はガージャール朝〔近代イランの王朝（一七七九―一九二五）〕の邸宅で、金細工や漆喰仕上げが施され、鏡が飾られたホール、控えの間、廊下は人目を引き、初めて訪れる人は誰しも息を呑んだ。屋敷にはロザーが本でしか読んだことのないもの、雑誌の写真でしか見たことのないものがたくさんあった。イランと中国とインドの色とりどりの絹織物、垂れ布の付いた椅子、イラン製のビロードのカーテン、百に枝分かれしたクリスタルのシャンデリア、磁器の花瓶に紫色のチューリップ、花や鳥の絵が添えられた磁器の皿、ペイズリー柄のクッション。ナーイーンとカーシャーンで織られた希少な絹の絨毯。ガージャール朝とパフラヴィー朝〔イラン最後の王朝（一九二五―一九七九）〕のシャーたちと、一族の偉大なる祖先ザカリヤー・ラーズィーの肖像画。エスファハーンの名工が作った、彫刻と象眼細工の施されたテーブルと椅子。イタリア製の家具と銀食器。ロシア語、中国語、英語、フランス語、ドイツ語からチベット語、サンスクリット、アラム語、パフラヴィー語、ラテン語、アラビア語に至るまで、あらゆる言語で書かれた本が並ぶ本棚。それらの本と伝統的・現代的両方の家具調度が備わったその家には、ガージャール朝とパフラヴィー朝という二つの時代が入り混じっていた。そこに住む人も多様だった。まだ二十五歳だった父さんはその日、ドゴルーの滝〔テヘラン北部にある滝〕の近くで見つけた小さな洞窟で一週間を過ごして家に帰る途中だった。父さんはその一週間、指先から血が滴り、赤い地衣が石から生え、花を咲かせるまでずっとタールを弾いていた。そして家に向かう途中、まだすっかり暗くはなっていなかったダルバンドの丘で、その目が母さんに留まった。母さんはソフラーブ・セペフリーの詩集にすっかり夢中で、周りの人もオレンジ色の美しい夕日も見ていなかった。おかげで父さんはじっくりと母さんを観察することができた。母さんは『旅人』を読み終わるまで顔を上げなかった。顔を上げたときには心はもうこの世になかったので、人の姿は目に入らなかった。母さんは自分とソフラーブの二人だけが旅をしている宇宙にいた。周囲から聞こえるのは、ブーンという音だけだった。たった一つのフレーズが心の中で反響していた――まるで夜、寂しい寝室の窓に繰り返し雷が響いているみたいに。

そして愛、愛だけが
私を人生の悲しみの果てまで連れて行き
私はそこで鳥になった。

父さんはその場で母さんに近づいた。でも、そこで知恵を使っていなければ、永遠に母さんを失っていただろう。父さんは利口だったので、セペフリーの詩を会話の糸口にして詩人に関する新しい情報を教えたので、母さんは最初の瞬間から、この人なら話題は尽きないと感じた。そのとき時刻はまだ夜の十時になっていなかったのだが、こうしてロザーはそれまでの人生で最も大胆な行動に出ることになった――ただ一人の家族である母親に相談することも、その許可を得ることもなく、私の父となる男との結婚に同意したのだ。真っ暗な坂道から現れた律法学者《モッラー》は寒さに震え、幽霊と霧を恐れていたので、その場で、二十トマーンで結婚式を執り行ってくれた。
それから何年も経って、ピーターとソフラーブと私が母さんと父さんに、どうしてソフラーブの名前だけ私たちとは違ってSで始まるのかと尋ねたとき初めて、母さんはナーセル・ホスロー通りに本を買いに行ったときのことを話してくれた。母さんは当時本屋街だったその通りで、出版されたばかりの『旅人』を買った。その長い詩を読んでいると突然、体が地面から浮き上がった。『旅人』の上に小糠《こぬか》雨が降りかかる中、母さんは通行人や本屋の上を飛んでいた。その日のことを振り返る母さんの話に、父さんはパイプを吹かしながらじっと耳を傾けた。小雨の中で『旅人』を読んでいるうちに足が地面から浮き、ナーセル・ホスロー通りで人の上を飛んでいたことに気づいて驚いている母さんを正気に戻したのは、若い男が肩に置いた手だった。男はとてもやせていて、濃い顎鬚のせいでヒッピーのように見えた。その後、男が優しく丁寧な言葉を発していなければ、母さんは自分をナーセル・ホスロー通りの丸石を敷き詰めた地面に再び引き戻したこの小柄でやせた鬚男に対して、厳しい言葉を浴びせていたかもしれない。男は母さんを見て、財布を落としましたよと言った。母さんはお礼も言わずに財布を拾い、歩きだした。頭の中ではいまだに詩がこだましていた。〝私の心はとても悲しくむなしい／苦いオレンジの枝の上で黙り込むかぐわしい瞬間も／アラセイトウの二枚の花弁の間で押し黙る正直な言葉も／周囲のうつろな群衆が発するどんな言葉も／私を自由にはしてくれない〟。しかしまだわずかに二、三歩しか踏み出していないところで、さっきの若い男が再び肩に手を置いた。ただし今回は、一緒にコーヒーでも飲みませんかと誘うためだった。母さんがそれに好意的に応じたのは本人にとっても男にとっても驚きで、驚きのあまり二人は笑いだした。二人はそれから『旅人』の詩句の生き生きとしたしなやかな魂について話をし、高校を卒業したばかりだったロザーは詩人になる夢を語り、若い男はつい最近まで行っていたという神秘的なインド旅行について語り、コーヒーが二度冷め切ってしまうほど夢中になって語り合って二時間が経ったところで、ロザーは突然、一人きりでいる老いた母を心配させないためにすぐに家に帰らなければならないことを思い出した。二人は慌ててさよならを言い、早くも迫りくる夕闇に急《せ》かされてロザーが降りしきる雨の中へと駆け出し、混雑するシャー・レザー通りを渡っているまさにそのとき、車のクラクション、激しい加速音、ブレーキのきしむ音の合間から男の名前が聞こえた――ソフラーブ・セペフリー、と。

名前が聞こえた瞬間、膝の力が抜けて車に轢《ひ》かれそうになった、と母さんは言う。通りを走って戻り、叫びたかった。彼を呼び止め、「行かないで……ここにいて……」と言いたかった。しかし手遅れだった。ソフラーブは夕立に走る人々の群れの中に消え、ロザーはクラクションとブレーキの音に囲まれて、そこにじっと立ち尽くしていた。手には、若い男が記念にとくれたパーカーの万年筆が握られていた。それは何年も後になって、息子ソフラーブを逮捕するために革命防衛隊と一緒にやって来た律法学者《モッラー》が母さんの机の上から気まぐれに盗んでいった、まさにそのペンだった。その数か月後、母さんがフーシャングのプロポーズをすんなり受け入れたのはおそらく、チャンスを失うのが怖かったからだろう。また一人、ソフラーブを失うわけにはいかない。もしもソフラーブ・セペフリーにもう一度会っていたら決して逃がしはしなかっただろう、と母さんがのちに認めたとき、父さんはそれほど腹を立てなかった。なぜなら父さんは文学者や音楽関係の仲間から、ソフラーブは浮世離れした詩人で、恋人もおらず、結婚願望もなかったと聞いていたからだ。その噂に間違いはなかった。それからまた何年も経った一九八〇年四月二十一日、新聞に「『旅人』の詩人、**永遠の旅に出る**」という見出しが載ったとき、ソフラーブは独身のままだった。父さんは母さんを悲しませたくなかったので敢えて伝えず、母さんが自分で知るのを待った。数か月後、父さんの日記をめくっているときにソフラーブ・セペフリーの死に関する記述を目にした母さんは、黄泉路《よみじ》へ立った旅人のために泣き、父さんは何も言わずに丸一日それを見守った。

天井裏で見捨てられた聖なる品々の間を歩いているとき、そこがご先祖様の幽霊にとって喜びの場であり遊び場でもあることを私は思い出した。そう言ったのはビーターだ。ビーターは幽霊の足音や笑い声、電気のスイッチを入れたり切ったりする音が天井裏から響くのを何度も耳にしていた。ビーターいわく、私たちの一族はみんななかなか死なないと言われているけれども、死んだご先祖様の数は少なくはない。あるとき父さんの留守を利用して、涼しい作業部屋で本を読んでいたビーターは、天井裏からよぼよぼの老人が下りてくるのを見た。老人は白い絹のマントを羽織り、頭にはゾロアスター教徒の白い帽子をかぶっていた。ビーターは目を丸くして老人を見ながら、その正体を即座に見抜いて言った。「わざわざ私を驚かすために来たの?」と。老人の正体は他ならぬ私たちの先祖、ザカリヤー・ラーズィーだった。十世紀の学者で、アルコールの発見者、そして医学、錬金術、哲学について百八十四冊の本を書き残した人物。預言者の欺瞞と無益さについて二冊の本を書いたせいで、イスラーム教に改宗したばかりの他のイラン人によって追放された男。二冊はその後、焚書にされた。水銀の蒸気で目を傷めたこの偉大なるご先祖様は背中を丸めて階段を下りてきて、ビーターの方を向いてこう言った。「おまえにはやらなければならないことがある」。「どうして私が?」とビーターはおびえて聞き返した。弱々しい老人は「トランクを受け継ぐのはおまえ一人だから」と答えた。「どのトランクのこと?」とビーターは尋ねた。すると偉大なるご先祖様は言った。「それはいずれわかる。おまえは定められた時までやつらの悪の手からトランクを守ると約束しなければならない」。老人は、〝やつら〟と言うときビーターにもその意味がわかるはずだと言いたげに目と眉を動かした。

ビーターは早く話を終わらせるために「わかった。約束する」と言った。「でも、どうすればいいのか私にわかるかしら？　おじいちゃんが恐れている連中はそこら中にいる。ここにも」。老人は階段の最後の段に腰を下ろし、難しそうな顔をして「その通りだ」と言った。

それから二人は考え込んだ。老人の手と顔の青白くしわだらけの皮膚を見つめていると、ビーターの中で恐怖心がゆっくりと融け去り、憐憫の情に変わった。そして彼のために本気で何かをしようという気持ちになって、こう言った。「どこか〝やつら〟がいない場所に私を送り込んでくれたら、ちゃんと約束は果たす」。老人は少し考えてから言った。「たとえばどこ？」。「私にもわからない。それはおじいちゃんが考えて」とビーターは言った。

老人はそれを聞いて立ち上がり、下りてきたときと同じように威厳と思慮を感じさせる歩調でそろりそろりと階段を上り、天井裏で埃を集めている絨毯と大量のガージャール朝の織物の上のごみと汚れの中に消えた。老人が去った後、ビーターはこの出会いのことをすっかり忘れていたが、何年も後になって、ぬるぬるした自分の尾びれに手が触れたとき、ずっと記憶の隅に泥のように埋もれていたこの会話が再びよみがえった。

私はそのときまで、さまよえる幽霊は一度しか見たことがなかった。ある雨の夜、樹上小屋で眠っていると、冷たく湿った匂いで目が覚めた。誰かがそこにいることは明らかだ。明かりを点ける必要はなかった。その誰かがゆっくりと近づいてきて、ランタンの芯を引っ張り、マッチで火を点けた。それは大昔に迷子になったシベリアの狩人の幽霊だった。私は起き上がり、水の入ったコップと焼いたジャガイモを二つ渡した。さまよえる幽霊は決まって空腹で喉が渇いていると知っていたからだ。男は何も言わずに部屋の隅に座り、むさぼるように食べた。食べながら「塩が欲しい」と言うので、それも渡した。そして水を飲んだ後、もっと欲しいと言った。その後、私が頼んだわけでもないのに、男は鹿の革でできた服を見せてくれた。その服からはウサギの皮とキツネの皮、そして手作りの大きな狩猟用ナイフが何本かぶら下がっていた。シベリアから来た狩人だという男は、生きていたとき、シャーマンに「大きな熊を仕留めることができたら、おまえが愛している族長の娘と結婚できる」とそそのかされた。ところが大きな熊は彼を八つ裂きにして食べてしまい、その後、シャーマンが代わりに族長の娘と結婚した。老人は「俺が死んだときはまだ二十歳だった」と言った。しかし死者も徐々に年を取るのだとのちに知った。彼は死んでから、ずっと復讐願望にさいなまれている。でも、千年経った今もまだ復讐が果たせない。別の人生で四度、そのシャーマンの首を切り落とし、一度は刺し殺したけれども、それでは足りなかった。最後の生まれ変わりのとき、シャーマンは前世から覚えていた呪術を使い、狩人の幽霊を竜巻の中に閉じ込めたのだ。三日三晩竜巻の目の中でぐるぐると回った後、狩人は陸に下りた。しかし数世紀の時間が経っても、シベリアへ戻る道がいまだにわからない。このあたりにいる幽霊と彼とでは魂の世界におけるレベルがまったく違っていたので、彼が何を訊いても無知な幽霊たちからはまともな答えが返ってこなかった。彼らはシベリアがどこにあるかも知らず、今自分たちがどこにいるのかも知らなかったから。私は老人に言った。「シベリアの場所ならわかる。シベリアは北にある。もしも詳しく知りたいなら、明日の夜また来てくれたら、地図を使って教えてあげる」と。老人は数百年にわたる放浪から自分を救い出す力が私にあるとはあまり信じていない様子で、シベリアの言葉で呪文を唱えて姿を消した。

次の日の夜、私は世界地図を用意して老人と並んで座り、ランタンの明かりでそれを見ながら今いる場所と行くべき場所を教えた。私が説明する間、老人はいろいろな質問をし、地図の上で色分けされた国を手で触った。それから黙り込んだ。長い沈黙だった。私は最初、老人は説明に満足して黙っているのだと思った。しかし徐々に、それが哲学的な自失状態だとわかってきた。老人はようやく口を開き、地図から目を逸らすことなくこう言った。「ということは、俺が今まで生きてきた場所は地球という場所で、それは丸い惑星で、おまえの説明によると、これだけたくさんの国と部族の土地があって、七十億の人がこの球《たま》の上に暮らしている。俺には〝億〟なんて数さえよくわからん。とにかくすごく多いというのがわかるだけだ」

そして老人は少し間《ま》を置いてから言った。「すごく、すごく、すごくたくさん。シベリアにいる部族を全部合わせた数よりも多い」。私は地図の上に身を乗り出したまま、老人が結論を出すのを待っていた。彼はかなりの間考えてから言った。「何だかもう、馬鹿らしくなってきた」。私はなじみのあるその言葉を聞いてうれしくなった。これからどうするのか尋ねようと思った矢先に、老人はこう言った。「うん。これだけたくさんの人が生きているのなら、この球の上で同じように生きているたくさんの死者やさまよえる幽霊はどれだけいることだろう。さまよえる幽霊の一人一人が皆、別の幽霊や人間に復讐をしたいなんて言いだしたら、世界は地獄だ」。それから老人はそのアーモンドみたいな形をした黒い目で私をじっと見つめ、笑みを浮かべることのない日焼けした唇で空気を大きく吸い込み、最後に笑い声を上げた。それを聞いて私も笑った。老人の笑い声は徐々に大きくなって、しまいには眠っている鳥たちがびっくりして目を覚まし、近所の家のあちこちで明かりがともった。それからシベリアの狩人は立ち上がり、狂ったように笑いながら扉の外に出て、私に向かって手を振りながら――もう片方の手は笑いに揺れるお腹に当てて――空中に消えた。

エヴィーン刑務所の上空で季節を勘違いしたツバメが処刑されたあの長い不吉な日の終わりに、私は家と天井裏に巣くう思い出の巡回を済ませた。それとちょうど同じ時刻に、母さんと父さんとビーターの乗る車は民兵《バスィージ》（革命後に若い志願者を集めて創設された革命防衛隊傘下の民兵。治安維持、警察の補助、社会サービスの提供、公的な宗教儀式の組織、風紀の取り締まり、反体制派集会の妨害などを行う）と革命防衛隊の一団によって停められていた。彼らはフィールーズクーフへつながる道路に抜き打ちで検問所を設け、荷物やトランクの中に禁制品が隠されていないかを調べていた。父さんの車にはアルコールも音楽のカセットテープもなかった。マスウード・ラジャヴィー（イスラーム人民戦士機構の指導者）やキヤーヌーリー（トゥーデ党（共産党）の指導者（一九一五―一九九九））の演説を録音したテープも。コムのフェイズィーイェ神学校《マドラサ》でホメイニーが行った演説も（ホメイニーが一九六三年に行った初期の演説。その中ではシャーを非難すると同時に、体制の転覆やシャーの国外退去は望まないと主張している）。バックギャモンもトランプのカードもなかった。ひょっとすると奥の方に一冊の本があったかもしれないけれども。G3自動小銃を肩に担いだ十四歳の民兵《バスィージ》が車に近寄り、父さんの方を見ることもなくタイヤを蹴って、あざけるように「外国の車じゃねえか！」と言った瞬間から、「車に戻って先に進んでいい」と許しが出るまでの間、母さんと父さんとビーターは寒い中、道路の脇に二時間半も立たされた。車は隅々まで調べられて、ようやく革命防衛隊員がビーターの鞄の中でガルシア＝マルケスの『百年の孤独』を見つけたとき、彼らは一時間かけてそれを交代で調べ、無線で方々に問い合わせをした結果、それが政治的に危険な本ではないと納得した。父さんの車がやっと動きだしたとき、きれいなビーターの前で力を見せつける口実を失った民兵《バスィージ》の少年は、彼女が座っている席の窓ガラスにひまわりの種をつばと一緒に飛ばし、虫歯を見せてにやりと笑った。

# 第五章

死にはいいことがたくさんある。突然体が軽く、自由になり、死、病気、裁き、宗教がもう怖くなくなる。大人になる必要もないし、人と同じ人生を自分が送らなくてもよくなる。勉強を強いられることもなく、教理だの祈りを妨げるものは何かだの試験で問われることもない。でも私にとって、死の感覚でいちばん大事なのは、知りたいと思ったときに何でも知ることができるということだ。「有れ《コン》」との一言でその通りになる《ファヤコン》（神が天地創造のときに発した言葉（『クルアーン』二章一一七節））。いとも簡単。どこかに行きたいと思ったら、あっという間にそこにいる。私は自分が死んだ日に、こうしたことに気がついた。一九七九年二月九日。イスラーム革命の頂点に至る二日前のことだ。テヘランパールスにあった私たちの家に革命的憎悪と熱狂で興奮を極めた革命支持者たちが押し寄せ、奇声とともに「神は偉大なり、神は偉大なり！」と叫んだ日、私は死んだ。彼らは地下にあった父さんの作業部屋に押し入り、手作りしたタールと本、そして桑の木材（タールを作る材料）に灯油を掛け、火を点けた。まだ十三歳だった私はそこでタールの練習をしていた。彼らが野蛮な攻撃を仕掛けてきたとき、私はテーブルの下に隠れたが、そのまま恐怖で動けなくなった。そして彼らがいたるところに灯油を撒き散らし、ライターを投げるのをこの目で見た。ボーン。

すべては一瞬の出来事だった。どんな痛みを感じたか、どれだけ叫んだかは覚えていない。でも自分の肉が焼ける匂いと巻き毛の燃える音は記憶に残った。震えながら燃えさかる炎の中心から、一瞬、廊下と窓の向こうにいるみんなの姿が見えた。母さんは気を失って、快楽という悪徳と戦う名目で火を放った女たちの腕に抱えられていた。父さんは半身に火傷を負いながら、数か月前まで弟子として自分を〝先生〟と呼んでいた革命支持者たちに囲まれて立っていた。ピーターとソフラーブは叫び続けた挙句に声が出なくなり、黙って中庭の地面にしゃがみ込んでいた。そんなみんなの姿が一瞬消え、そして……また現れた。あれから何年も経った今でも、火の中に飛び込んで私を助けようとした父さんの姿を思い出すと胸が苦しくなる。体の半分を火に包まれた父さんはみんなに引き戻されて、病院に運ばれた。母さんは父さんと私に手を伸ばそうとして、油だらけの女たち――革命の情熱と悲惨を私たちの静かな幸福の上に注ぐためのひしゃくを持った女たち――の手を振りほどこうとしていた。

当時の私には死という概念も死後の世界のイメージもなかったので、死が別の生への道標だとは知らなかった。だから、まだ燃えているときに急に自分の体が軽くなって、自分を上から見ていることに気づいたとき、私は驚いたのだ。頭を整理するのに時間はかからなかった。身体的能力を失った途端に、別の能力が手に入った。私はそこから試せる道を一つずつ学び、最後に、私にまた会いたいという家族の要望に応えるのがいちばんだという結論に達した。

やっと父さんが病院から帰ってきたとき、家は死んだような恐ろしい沈黙に支配されていた。誰も地下室に近寄ろうとはしなかった。破壊と煙と炎の跡は地下室から中庭まで広がり、花と木を焼いていた。煙で汚れた地下室と中庭の壁、スミノミザクラと桃の木の裸になった枝と焦げた幹のせいで、家中が悲しみに暮れ、新年《ノウルーズ》の蝶やトンボでさえ庭を通り過ぎることはなかった。ソフラーブとビーターは学校に通うことをやめた。そこで、この悲痛と哀悼にうんざりした私はある日、いたずらを始めた。母さんがシャワーを浴びながら忍び泣いているとき、あるいは涙を流しながらソファーに座っている父さんの背中の火傷に軟膏を塗っているとき、私はその耳元で「やあ、娘さん、娘さん、娘さん／僕の膝に腰掛けなさい」と歌を聴かせたり、ビーターとソフラーブの教科書を鞄の中で入れ替えたりした。

また別のときには、圧力鍋のふたをソフラーブのリュックに隠し、ビーターの靴を冷蔵庫に入れた。そんなことを続けていたある日、気力を失って横になっている母さん――当時はそんなことがよくあった――を見て、私はその体をくすぐり始めた。すると母さんは我慢できずに、長々ときれいな笑い声を上げた。しばらく前から家の中で大きな物音や声――ましてや笑い声――を聞いていなかった父さんと子供たちが慌てて部屋に来ると、私たち二人がそちらに背を向けてベッドの上に座り、笑いながら抱き合っていた。こうして私は家族との生活を再開した。母さんは時々状況を忘れて、教科書を手に私に学校のことを訊く。ビーターは以前と同様に、どちらが皿を洗うかで私と押し問答をする。ソフラーブはいつも、死後の世界について根掘り葉掘り訊いてくる。

私は一族の間で、謎めいた噂の種となった。私の葬式に来た人たちは、のちに私が家で母さんと一緒に料理をしたり、父さんと一緒に本を読んでいる姿を見て、自分の正気を疑った。こうしてジャムシードおじいちゃんの有名な言葉がわが家の標語となった。私の姿を時々見ることのできるおじいちゃんは哲学的な口調で「この世に当たり前のことなど一つもない」と言った。こうして一族は――遠い親戚も近い親戚も――徐々に私を、説明できない謎の存在として受け入れた。

〝アラブ人来襲〟――母さんはいつもそう呼んだ――の後、私たちはテヘランを離れることに決めた。説得が必要だったのはビーターだけだった。テヘランにいればバレエを続けられて、偉大なバレリーナになることもできる、と姉さんはまだ思っていた。父さんにたくさんの新聞や雑誌を見せられて、新しい政府が踊りや音楽、女の歌う歌などをイスラーム法に反すると批判していることを知ると、ビーターはようやく残念そうに折れた。父さんが言った通り、私たちはギャングみたいな党――新たな権力と律法学者《モッラー》との蜜月――に加わることもできなかったし、革命の名の下に行われている恣意的な不正と復讐を黙って傍観していることもできなかった。パフラヴィー朝の指導者や役人が処刑され、毎日のテレビで政治犯が青ざめた顔で言葉に詰まりながら「私たちはだまされていた」と〝革命の偉大なる指導者〟に謝罪する様は見ていられなかった。反ブルジョアという大義の下でアルボルズ先生の家のものを奪い、その貴重な絵画を街角やトラックの荷台で配るような人々には耐えられなかった。父さんはシューラーバード（テヘラン南部）を通りがかったとき、イランと外国の映画のビデオやフィルムが山のように積まれて焼かれるのを見た。冬だったので、炎に包まれた雪が空中で溶けていた。炎の山を囲んでいるのは、西側の製品を取り締まることを仕事とする役人たちで、皆その頃革命支持者たちの間で流行っていた緑色のコートに手を突っ込み、昔のイラン映画のパッケージを指差して思い出話をしながら笑っていた。

もうたくさんだった。よその人はそれでもやっていけるのかもしれない。他の人たちは、日に日に暴力性と野蛮性を増している出来事に耐えるだけの覚悟ができているのかもしれない。でも私たち――私たち一家――にとっては、もうたくさんだった。みんなはお腹の大きなバハーイー教徒の女性がイスラームの名の下、〝神は偉大なり〟という声に合わせて屋根から投げ落とされるのを見ていればいい。刑務所の中で行われていた処刑が、家の前の広場や公園で行われることに徐々に慣れっこになればいい。多くの人が慣れっこになることを自ら望んでいるんだ、と父さんは言った――〝自ら望んでいる〟を強調しながら。彼らは前もってそうすることを決めていたかのように、イスラームの敵――金持ちとブルジョア――から戦利品、土地、仕事、会社、工場を奪い、手に入れたものを山分けして、一晩のうちに村の野宿者から給料付きの革命防衛隊員か都市評議会メンバーに転身した。こうして私たちは愛する家を売り払い、マーザンダラーン州にある森の、まだ定かではない場所に向かうことになった。そこではテレビも映らず、ケイハーン新聞〔保守系新聞〕も届かないが、銃を突きつけられることも、マグナエ（革命後に広まったヘッドスカーフの一種で、頭、顎、肩、胸までを覆う）をかぶった婦女委員会――そこにいる女たちは以前、シャフレ・ノウ（革命以前は売春宿や酒場で有名だったテヘラン南部の歓楽街）で売春をしていたのだが、今では美徳の推進と悪徳の撲滅を訴えるのが仕事だ――もない。私たちが望んだのは、ますます暴力的、敵対的、犯罪的に変化していくテヘランの色あせた歴史のページから、黙って姿を消すことだった。

次の夏の始まりに、不動産屋が時価の三分の一の額で家を買いに来たとき、母さんはお気に入りの場所をうろつきながらショックで独り言を漏らしていた。母さんが出た中庭には半分焼けたサボテンに花が咲き、リビングの天井に届きそうなほど背が伸びていた。テラスにはフクシアとコリウスがたくさん植えられていた。テラスでお茶を飲みながら過去の思い出に浸る母さんの前を、ヘッドスカーフやチャードル（顔以外の全身を覆う黒い一枚布）をまとった女たちが行き来した。母さんは悲しげに独り言をささやいた。「女は今、頭にふたをしなくちゃならない。笑うときに口を覆わないといけないように。家も夢も小さくなって、蝶までこのテヘランを離れていく。塀はまた高くなり、みんなが厚いカーテンを買って窓に掛けるようになる。バルコニーは植木鉢や椅子や本を置く場所ではなくなって、人に盗《と》られても構わないものを置くスペースになる」

　不動産屋が最終的な契約書を持って現れるのを待つ間、母さんは地下につながる焦げた階段に座って、すすけた壁を手で撫で、地下の暗闇を見つめていた。そして追放された預言者のように、こんな警告を口にした。「あなたたちは罪のない子供を殺した。いつか罪のない自分の子供が殺されるのを目にするがいい」と。

　私たちは不動産屋から現金を受け取るとすぐに街を離れた。何日も道標のない曲がりくねった泥道を走り、森の中で道を見失い、また道を見つけるということを繰り返してようやく、ここぞという村を見つけた。村人の穏やかな目を見ただけで父さんにはそれがわかった。私たちが暮らすべき安全な場所、ラーザーン。古代のゾロアスター教の拝火神殿跡を見物した後、村人が案内してくれたいくつかの場所の中で、母さんは周囲一帯を見渡す丘の上の五ヘクタールの土地に決めた。そこにつながる道路はとても悪く、村からも遠かったので、誰もそこに家を建てようとは考えていなかった。村には実際、お金と引き換えに土地を売る人はいなかった。神の土地は村人のものであり、村の人はまるで隣人に食べ物をお裾分けするように、こう言って私たちに五ヘクタールの土地をくれた。「ここは神の土地。家を建てるのはあなたの仕事だ」と。その日、母さんは丘に立って、ゾロアスター教の拝火神殿跡がある方角を向いて、「千四百年前のあなたたちと同じように、私たちもここに逃げてきた」と言った。

しかしラーザーンの村を見下ろす丘の上で、森の近く——そして古代の拝火神殿のそば——に家を建てるため最初の石を置いたときには、はるばる首都から逃げてきたのが無駄だったとは思いもよらなかった。というのも結局、そのわずか九年後には村へとつながる道路をボディーガードを連れた律法学者《モッラー》が車でやって来て、木立まで坂を登り、わが家の玄関を訪れたからだ。私は彼らがどんな嫌らしいやり方で知らせを届けるのだろうと思いながら、樹上小屋からその様子を見ていた。遠くから車の音を聞きつけていた母さんとビーターは、家にはもうソフラーブもいないし彼の本もないのに、今回は何の用事で来たのかと部屋で気をもんでいた。ポーチでパイプを吸っていた父さんは眉をひそめて立ち上がった。律法学者《モッラー》が車から出てきた。革命防衛隊の一人が庭に入ってきて、「三日後、ルナパーク・テヘラン（革命前はテヘラン最大の遊園地だった）に来い」と言った。

三日後、子供の頃の遊びと笑い声、ポップコーンと焼きトウモロコシ、にっこり笑ったインスタント写真を思い起こさせるルナパーク・テヘランには、武装した革命防衛隊と無線を持った私服警官が集まっていた。彼らは上下が逆さまになるバイキング船と恐怖のジェットコースターを停めて、人々の逆さまになった人生に本物の恐怖をもたらしていた。

　黒い服を着た千人以上の男女が番号を呼ばれるのを待っていた。木の上、観覧車、バイキング船、園内列車の駅に設置された拡声器は激しく音が割れていた。拡声器のノイズとそれに向かってしゃべっている人物の荒っぽい言葉遣いのせいで、何を言っているのかはほとんどわからなかった。拡声器に向かってしゃべっている男は、「黙っておとなしく座ってろ！」と言ったかと思うと、次には別の人に向かって「あ？　おまえは耳が悪いのか?!　おまえのガキは処刑されたって言っただろ。ここにあるのは遺品。さっさと消えないと逮捕するぞ！」と叫んでいた。

　心配しながら広場の隅に石のように立ち尽くし、手に握った数字をじっと見ている父さんのような人たちは、将来の面会の約束がもらえるのか、それとも拡声器の向こうから大きな声で口汚く叫んでいる人物から服の入った袋を受け取るのかわからずにいた。半分以上の人は地面に座り込み、自分の頭を拳で打ちながら泣いていた。三時間後、父さんはその座り込んだ人々の仲間入りをしていた。面会の日時を告げげられるのではなく、袋を一つ手渡され、「葬式は禁止。埋葬場所は不明！」と大きな声で言われただけだった。時折、座り込んで泣いている黒衣の一人が立ち上がり、別の仲間にこんなことを言った。「私たちの子供がいるのはハーヴァラーン（テヘランの南の沙漠にある墓標のない合同墓所。一九八八年の処刑の名もない犠牲者がここに埋葬された）か沙漠のどちらかですよ」

　家は再び静寂に包まれた。私たちが燃えたときと同じように。タール、本、そして私が。

　今回は家の明るい色自体がくすんだ。喪服の必要もなかった。世界は黒くなった。黒い木、黒い空、黒い雪。夏の盛りに雪が突然降りだして、百七十七日間降り続いた。思いがけずスモモの木の上で啓示を得てからちょうど一か月経ったとき、母さんは何も言わなかったけれども、すべてを感じ、悟っていた。父さんが肩を落とし、腫れておびえた目をしてテヘランから戻ってきたとき、すでに雪が降り始めていた。その朝は真っ黒な雲から執拗に雪が降っていたので、母さんもビーターもまもなく届く知らせを疑う余地はなかった。特に昼前になって巨大な蛾が現れ、母さんの寝室の窓の外で羽を閉じたり広げたりしたときには。ビーターの左目が痙攣を起こし、カラスの一群が私たちの家に向かってカーカーと鳴いた。ビーターは蛾を見たとき、ソフラーブの魂が別れを告げに来たのだと確信した。でも、ビーターも母さんも、そんな徴《しるし》を無視した。二人はその意味を考えないように努めたが、体は鉛のように重くなり、全身からすべての気力が失われた。その結果、二人はポーチに腰掛け、真っ黒な空と風に舞う雪を眺めた。雪は二人のスカートに染み込み、色を黒く変えた。父さんはびしょ濡れになって凍えながら夜中に帰ってきたが、何も言わなかった。二人も何も訊かなかった。父さんはまっすぐソフラーブの部屋に袋を持っていった後、熱いシャワーを浴びに行って、三時間バスルームから出てこなかった。三時間後にようやく出てきたのも、雪の重みで屋根が落ちた村人の悲鳴が聞こえたからだった。

黒い雪は百七十七日間降り続いた。田んぼの米は泥に変わり、畑のナスとトマトにはかびが生え、蝶の羽はくっついたまま凍りつき、腐った。翼の濡れた鳥は飢え、雌牛は死んだ子牛を産んだ。私たちはストーブの火が絶えないよう、交代で番をした。というのも、油はもうなかったし、湿気のせいで燐《りん》マッチの先がぼろぼろになったからだ。やむことのない雪の中、私は毎日木立で薪を集め、何度もポーチまで運び、そこから家族の様子を覗いた。ガラスは曇り、姿はよく見えなかった。かつては自信と喜びにあふれていた五人の家族が、今では哀れな三人だけ。家の壁はかびが生え、苔に覆われた。錆びた屋根には穴がいくつか開いた。家の中で聞こえる音楽は、天井から金だらいに滴る水の音と雷、そして雪がしんしんと降り積もる静かな音だけだった。誰も口を利く者はいなかった。母さんも、ビーターも、父さんも。そして私たちの家のポーチに森から避難してきた無口な濡れたスズメも。

　天気は先が読めなかった。すべては湿気と冷気に呑み込まれた。私たちの爪はずっと湿っているせいで黒ずみ、ふやけてきた。革命《エンゲラーブ》通りの古本屋で再び買った本や日記のページが互いに貼り付いてインクがにじんでいるのに気づいたときには、少なくとも先祖の書類や本の入ったトランクはテヘランにあって、湿気ることなく無事であることに感謝した。雪が降り始めてからちょうど四十日目の夜、もう外の黒ずくめの世界や空腹はどうでもよくなった私たちが黙って薪ストーブを囲んで座っていると、白髪に白くて長い顎鬚を生やし、白くて長いローブを着た男が扉をノックし、うずくまるスズメたちを驚かすことなくその脇を通り、私たちが立ち上がる間もなく扉を開いて中に入り、薪ストーブの前にいる父さんの隣に座った。男は口元に曖昧な笑みを浮かべながら火に向かって両手を差し出し、祈りを唱えた。「火よ、あなたに祈る。火よ、あなたに挨拶を。真実は最大の善なり、そして喜びなり。最大の誠意で真実を望む者に喜びあれ。創造主とその被造物が、火よ、アフラ・マズダーの光よ、あなたに喜びと誉れをもたらしますように。この家で燃えさかれ。この家でいつまでも燃えよ。この家で明るく燃えよ。この家で永遠に燃えさかれ。真実は最大の善なり、そして喜びなり」。祈りが唱えられている間、私たちは意識を集中して沈黙を守っていたので、その真っ白な男が敬意を表して少し頭を下げてから後ろに下がり、リビングの扉の手前で夜の中に消えたときも、みんな何も言わなかった。私たちはただ、急に激しく燃え上がった薪ストーブの中の火を見つめていた。そのときから雪が振り続いている間ずっと、私たちの家ではストーブの火が絶えることはなく、老人は毎晩やって来た。老人は毎回数人の仲間を連れてきて、私たちの横に座らせた。みんな同じ服を着て、同じ祈りを唱えた。

それから何日かした夜、ゾロアスター教徒の集団がいつもと同じ火の祈りを唱えているとき、私たちの目がポーチにいる村人に留まった。内気な男はそこでノックもせず、妻と三人の子供を連れて縮こまっていた。私たちが扉を開き、あちこちの部屋を行き来して最後の乾いたタオルと服を渡してやる間、彼らは私たちがすっかり聞き慣れていた祈りの言葉にじっと耳を傾けていた。その様子に私たちの心は少し和んだ。その夜から、白服の男たちの集まりに加わるように、村の人が数人ずつ、最後の鍋とフライパン、毛布と食料を持って私たちの家に避難してきた——ラーザーンでまともに建っているのはもはや私たちの家だけだった。雪の重みで屋根が潰れ、牛と羊は死ぬか、山に逃げていた。残っている鶏は木の上で暮らしていた。鶏が木から木に飛び移るのを見た人もいたし、野生の鳥と交尾しているのを見たという者もいた。また、山の洞穴で牛と羊が暮らしているのを見たと言う者もいた。牛や羊は草を食べる代わりに、薬になる石を舐め、鉱泉の湯を飲んでいたらしい。

数週間後、眠る場所も食料もなくなったスズメたちは危険を察して翼を広げ、ポーチから飛び立った。その日、弓矢とナイフを持った若者が五人、腹を空かせて森に入ると、翌日、一頭の羊、数匹のウサギ、そして百羽のスズメを獲って帰ってきた。彼らは私たちの家のポーチで火を焚き、獲物を焼いて、がつがつと食べた。

人々は白服の奇妙な男たちに徐々に慣れた。白服の男たちは毎日同じ時刻に現れ、きっかり一時間後にまた消えた。彼らが家に入ってきて祈りを唱える間は黙って耳を傾けるが、消えた途端にまた大声で早口にしゃべってもいい、という暗黙の決まりができていた。私たちの家に居着いた人の中には、寝る場所を探す者もいれば、腹が減ってうなる者、どこかのベッドの下か押し入れの中で眠ってしまった幼い息子を探す母親もいた。みんな、私たち家族の私物には触れないようにしていた。でもビーターは、ピンクのバレエシューズを勝手に履いている子供を見つけたとき、癇癪《かんしゃく》を起こし、「人がうじゃうじゃいるのにはうんざり！　勝手に部屋に入ってこられるのにもうんざり！」と叫んだ。するとみんなが黙って頭を垂れた。ビーターは丸一時間泣き叫んだ後、手癖の悪い子供、黒い雪、ソフラーブと私を殺した連中、ぐちゃぐちゃの地面、そして空っぽの冷蔵庫を呪った。彼女が子供の足から力ずくでシューズを脱がせて自分の部屋に戻ると、みんなはまた大声で早口におしゃべりを始め、残った食事と寝床の奪い合いが再開した。その場で黙ってみんな——ビーターも含め——の様子を見ていたのはホメイラー・ハートゥーンの孫、イーサーだけだった。彼はこのとき、数年後に自分がビーターに熱烈な恋をし、その後、ブロンドの髪のデルバルに心移りして彼女を裏切ることになるとは思っていなかった。デルバルはこの瞬間、すぐ横で眠っていたのだが、のちに彼と結婚して、五人の子供をもうけることになる。

それからしばらくして、私は騒ぎで潰れそうな家を離れて白服の男たちの後を追い、彼らが古代の拝火神殿跡で姿を消すのを見た——そこはまさに、何世紀も前にイスラーム化された土地から逃げてきたゾロアスター教徒の墓があったと地元の人が信じていた場所だった。私は家に最初に来た老人のローブの裾を引っ張って尋ねた。「望みは何ですか?」。老人はまるでそう訊かれるのを待っていたかのようにこう答えた。「希望、喜び、そして繁栄」

三つとも、私たちの家からとうの昔になくなったものだった。老人はそこで姿を消し、彼も仲間たちも二度と戻らなかった。

雪が降り始めてから百七十七日目、スズメ、イノシシ、そしてウサギが全滅の瀬戸際に追い込まれたとき、空が徐々に晴れ、黒かった雲が灰色に変わり、風に舞う黒い雪が軽く柔らかいものに変わった。その夜、暗くなる頃には雪が完全にやんだ。百七十七日にわたる雷と稲妻、雪の降り積もる音、金だらいに滴る水の音に慣れていた私たちの耳は急に鈍くなったように感じられた。近くの森の木の枝に止まっている雄鶏の声、水っぽい陽光の中を飛び、突然さえずり始めたスズメの声を容易に信じることはできなかった。

天地創造の一日目のように、空気は澄み、明るかった。村人たちは庭に駆け出し、抱き合い、大声を上げ、叫び、チャッケ・セマー(マーザンダラーン州に伝わる踊り。男女がペアで踊る)を踊り、くるくると回った。しかし、ラーザーンの家に帰れる人は一人もいなかった。降り積もったたくさんの雪で、地面はまったく見えなかった。再びみんなで時を待った。一か月後、厚い雪の層の下から地面が現れたが、私たちの丘を囲む大地は今、巨大な黒い沼となってすべてを呑み込んでいた。人々は再び待った。今回は二十日間にわたって毎日、男たちが丘から谷へ下り、太陽が全力で照りつける地面の状態を確かめた。ようやく川が元の流れを取り戻し、木々に色が戻り、黒い雪によって奪われたものが黄金の太陽の下で元に戻り、足元の地面がまた信頼できるものになると、男たちは妻と子の手を取り、再び生活を始めるため、残された鍋とフライパンを持って谷に向かった。誰一人として私たちに礼を言わなかった……まあ、そんなものだ。土地を与えるときも無償なら、世話になるときも無償。地球と同じ。水と同じ。空気と同じだ。

奇妙なひなを連れた鶏や、赤ん坊を連れた牛や羊が徐々に森から姿を見せ、山からラーザーンの村へと下りていった。太陽がゆっくりと黒色を清め、植物の緑が再び現れた。毎日午後になると、歌と笛の音と羊飼いの声がまた風に乗って私たちの木立まで届いた。地上に残された最後の黒い有毒な蒸気は放浪する部族の幽霊のように空に昇り、雲に紛れた。

母さんが別人のようになったのは、スモモの木の上で得た啓示が原因なのか、百七十七日にわたった雪のせいなのか、ソフラーブの死のせいなのか、それとも白い服を着たゾロアスター教徒のせいなのか、私にはわからない。とにかく母さんは突然、殻から飛び出した。エネルギーと野心をみなぎらせて、今なお美しさが際立つ唇にかすかな笑みを浮かべることもなく、まるで垣根の隙間を縫うセキレイのように森でも家でも端から端まで飛び回り、次々に指令を下して私たちをへとへとにさせた。黒い窓は洗わなければならない。黒くなった服は捨てて、新しいのを作らなければならない。ぼろぼろになった毛布、シーツ、マットレスはまだ使えるものと分けて、燃やさなければならない。カーシャーンとナーイーンで織られた絨毯でまだ残っているものは天井裏とそれぞれの部屋から庭に持ち出して、天日で干さなければならない。天日で干すのはすべての本も同じだ。『フェルドウスィー』『セピード・ヴァ・スィヤーフ』『フーシェ』『ケターベ・ジョムエ』（革命前に発行されていた知識人向けのさまざまな雑誌）、そしてネズミや律法学者《モッラー》や黒い雪から守るために天井裏のトランクにしまわれていた『アーヤンデガーン』の新聞も。

父さんは悲しそうな顔で、湿った雑誌を一冊ずつに分け、日に当てるためにポーチに広げながら言った。「少なくともこれらはおまえの子供たちに残してやれる」。かわいそうな父さんは、記憶を持たない魚以外には自分の子孫が残らないことを知らなかった。壁は塗り直す必要があった。天井裏に開いた穴には蠟《ろう》と樹液を詰めなければならない。森に逃げた馬は誰かが連れ戻しに行かなければならない。ボケ、レンギョウ、ガマズミ、薔薇はまた庭に植え直す必要がある。かびた壁、錆びた窓、腐った扉は修繕しなければならない。でもそんな中で、予想もしていなかったのは音の問題だった。雪がやみ、木でできた家の壁板が乾き始めたとき、徐々に音が戻ってきた。カリカリカリ……雪の間、退散していたシロアリたちが、勢いを増して戻ってきたのだ。それはあらゆる場所にいた。家具の中、扉、窓、キッチンの食器棚、空《から》の本棚、天井。シロアリのカリカリが壁の間柱《まばしら》の間から聞こえるようになると、私たちはもう我慢ができなくなり、いくら修繕を加えてもこの家は救いようがないということに気づいた。こうして父さんは人生最大の犠牲を払う決断をすることになった。テヘランのおじいちゃん――あるいはひいおじいちゃん――のところに行って家をすっかり建て替えるお金を借りることに決めたと父さんが宣言したとき、私たちはみんな安堵のため息をついて、むき出しの床にくずおれた。でも笑みを浮かべた家族はいなかった。というのも、まだまだ気は抜けなかったからだ。

父さんの言葉は私たちを安心させたが、お金の問題は思っていたよりもずっと簡単に解決した。きっかけはエッファトの幽霊が私の樹上小屋に現れたことだった。その日の夜、それまで会ったことのないエッファトが現れ、拝火神殿跡の中心から森に向かってきっかり十歩歩いたところに亀の彫刻が施された石板があると言った。そこから南に十二歩のところに腰を下ろすことのできる椅子に似た石がある。そこに座って太陽の昇る東に目をやると、森の中に周囲の木から飛び抜けて背の高い古い木が見える。その木の南側を一メートル掘ると、先祖のゾロアスター教徒が遺した金の壺がある、と。どうして私にそんなことを教えるのかと尋ねると、彼女はあっさりこう答えた。「あなたのお父さんなら、村の人が家を建て直し、学校を作るのを助けられるから」

エッファトの姿がまだ暗闇に完全に消える前に私は家に行き、寝ている母さんと父さんとビーターを起こし、それぞれの手にシャベルを持たせた。数時間後、古代の墓と骨と陶製の鉢の間から、ササン朝（アラブ人来襲前の、ゾロアスター教を国教とするイラン最後の王朝）の金貨と宝石がいっぱいに詰まった壺が出てきた。私たちはみんな驚いていたが、父さんはどうやってそれを売って金に換えるかを早くも考え始めていた。私たちはそれを持ち帰り、かろうじてきれいなリビングの床に置いた。ビーターは宝石の埋め込まれたネックレスを手に取りながら言った。「この国はどこを掘っても古代の宝物《ほうもつ》が出てくる」

テヘランやコムにいる有力な律法学者《モッラー》に支配された情報省は古代の宝物をすべて押収して仲間で山分けし、発見者はみんな密かに収監されるか処分されていることを父さんは知っていた。だから父さんは自ら危険を冒してテヘランに行き、ホスロー叔父さんとおじいちゃんとひいおじいちゃんの手を借りて自分でそれを売るしかなかった。でも運のいいことに、おじいちゃんとひいおじいちゃんは古代からイランに伝わる宝物をたくさん持っていたので、家族の財産や貯金の一部を使って自腹でほとんど買い取ってくれた――その後、多くのマスコミの目の前で国に寄贈され、国宝に登録されることになるけれども。

　宝物がおじいちゃんの手に渡っても、まだ危険は残った。私たちはみんな、おじいちゃんの家にある骨董品の未来を心配していた。特に、テヘランの市長はそれらを買い取ることに熱心で、直々に何度も申し入れをしていたからだ。一家はにべもなくそれを断ったので、市長は法律を使って脅しをかけるようになった。それからしばらくして、幹線道路敷設のために市が家を買い上げるという通達が市役所から届いた。そんなことは想像するだけで悪夢だった。私たちはみんな、十八の寝室に廊下と玄関ギャラリー、手の込んだ木の象眼細工のある家が気に入っていた。それは一族とイランの歴史の一部だった。結局、ホスロー叔父さん、父さん、おばあちゃん、おじいちゃん、ひいおじいちゃんの五人は妙案を絞り出した。まずホスロー叔父さんが信頼できる旧知のジャーナリストに電話をした。一週間後、記者たちのいる場所で、ゾロアスター教徒の財宝は伝来の家宝という名目で国に寄贈され、国宝に登録された。アケメネス朝やササン朝のネックレス、ブレスレット、王冠、硬貨が写真に収められ、記者たちが詳しい記事を書いた。その後は、そう簡単にこれらの財宝が盗まれることはないだろうと私たちは思ったが、骨董品泥棒は政財界や宗教の有力者に太いパイプを持っていることも承知していた。こうして普段と変わらないある日の早朝、太陽がまだ泥を乾かそうと必死に働いているとき、ラーザーンの村は今までに見たことのない大型トラックの音に目を覚ましたのだった。父さんの車を先頭に、材木と建材を積んだトラックの列、熟練した建設作業員を乗せた二台のトラック、そして本を積んだもう一台のトラックが村にやって来た。

　六か月間、二十人の建設作業員と村人が炎天下で働いた結果、ラーザーンは街から来た作業員までうらやましがるような場所に変わった――父さんも村人たちも、いつまで経っても見飽きることのない村に。見事に建てられた大きな民家の間を網のように縫う大通りと小道。壁は天然の白い漆喰が塗られ、ラピスラズリの青色と土から取った黄土色で装飾されていた。川は容易に氾濫しないよう、運河みたいに両岸が石で固められた。大きな鶏小屋、森の植物のいい香りがする公衆浴場、両側に花壇のある通り、庭の果樹、整然と区切られた大きな田んぼ。こうしたものに初めて村を訪れる人々は目を奪われた。作業員の多くが魅力的なラーザーンの娘たちに恋をして、結婚したのは驚くべきことではなかった。ラーザーンに幸せな日々が訪れた。人々は新たな希望と気力を持って働き、戦争から戻ってこなかった息子たちの記憶は心の中のトランクにしまい込み、娘の結婚を祝って踊った。村人は学校を建て、陶器を作り、先祖たちと同じようにマットとキリムと布を織った。父さんは村がこうして発展する間も、道路のことは一度も考えなかった。街からの道路がラーザーンにつながることは望まなかった。泥や土、草原や牧草地に残るトラックのタイヤ痕も消せるものなら消したかった。父さんは村の娘と結婚した作業員のうち読み書きのできる三人を、学校の教員として雇った。今や、私たちの丘の上からラーザーンの村――いろいろな秘密、記憶、夢を抱えた村――を見下ろすと、以前よりさらに美しく、繁栄して見えた。しかし、そのめまいがするような生き生きした暮らしを満足げに見ている父さんの唇に笑みが浮かぶことは一度もなかった。ひょっとすると父さんは私や他の家族と同じように、どうしていつまで経ってもソフラーブから何の音沙汰もないのか――娘はこうしてずっと家族に付きまとっているのに――と考えていたのかもしれない。

# 第六章

ソフラーブから何の知らせもなかったのは、ひたすら待っていたからだった。処刑が終わるのをソフラーブは待っていた。処刑はようやく終わった。一九八八年九月二十七日だったと言う者もいるが、もっと後だったと言う者もいる。いずれにせよ、処刑は終わった。老若男女五千人が単なる政治的あるいは宗教的信条のために、テヘラン、キャラジ、マシュハドなどの都市にある刑務所で殺害された。全員が死に、遺体が沙漠でカラスや野犬に食われてしまうと、彼らはじっとしていなかった。一斉に動きだした。

五千の政治犯と宗教犯の幽霊は各都市の外れにある沙漠やテヘラン近郊やハーヴァラーンから立ち上がり、カラスや犬の口によってあちこちに散らばり、蛆虫だらけになって悪臭を放っているわが身の断片を見た。彼らは同じ憎悪を胸に抱いて歩きだした。自分たちを殺した人間の顔をすぐそばで見たいとみんなが思っていた。彼らはホメイニー――処刑命令に署名した男――の寝室に一瞬で移動することもできたが、まだそう昔ではない生きていたときを偲《しの》んで、黙って一緒に歩くことを決めた。

こうして愁《うれ》いに沈んだ不幸な幽霊の一団がテヘランの南と西と東の沙漠から行進を始め、ヴァリーアスル通りの交差点で合流した。五千の幽霊はポケットに手を突っ込み、あるいは通行人からくすねたたばこを吸いながら、ヴァリーアスル広場、ヴァナク、タジュリーシュ、そしてさらにジャマーラーン通り（ホメイニーの住居があった、テヘラン北部の通り）へと進んだ。彼らは自分たちの存在にまったく気づかずに体をすり抜けていく人間の姿を見た。そして自分たちの子供であってもおかしくない子供の姿も。人でごった返す店、売り子が並ぶ通り。市立劇場、ゴドゥス映画館、サーイー公園、メッリー公園。自分たちがいなくなった今も、世界はなんと生き生きとしていることか！　映画館の外では綿菓子が売られ、クルミを使った占いをやっている。ブティック、本屋、金商人の多いこと。相変わらず若い男たちは若い娘に一目惚れし、付け回し、電話番号を渡していた！　ヴァリーアスル通りのスズカケノキは今もなお神々しい！　テヘランには猫やカラスが一体どれだけたくさんいるのか！　幽霊たちは存在しない肺に空気をいっぱい吸い込んで暗くなるまで歩き、そうして結局、殺人者と対峙するのをやめることにした。自分たちの悲しみはあまりに大きく、殺人犯を殺しても事態は一向に改善しないと気づいたからだ。生きている人々の顔を眺めながら歩いていると、生と死の歴然とした違いが見えてきた。彼らの心はすっかり、郷愁《ノスタルジア》と絶望でいっぱいになった。街は徐々に静かになった。恋人たちが二人ずつレストランや映画館から出てきて、迷路のような小路へと消えた。商店の明かりが消え、あちこちでホームレスの人が火を焚き、その周りに集まった。街頭から人影が消えた。温かい料理の匂いがあたりに漂い、窓の向こうからは夜の会話がくぐもって聞こえた。幽霊たちは突然悲しみに襲われ、喉につかえていたものが一気にあふれ出した。五千のみじめな幽霊たちはヴァリーアスル広場から北に歩きながら泣き始めた。泣いて……泣いて……泣いた。彼らは愛する人と食事をともにできないことを泣いた。ハーブシチュー、肉とナスのシチュー、鶏肉とクコの実の入ったピラフを食べたかった。家族と一緒にくつろいで笑いたかったし、家族のキスやおやすみの言葉が恋しかった。彼らは大量の涙を流し……ついにそれが川になった。

最終バスに乗り遅れた通行人たちがあちこちで満天の星を見上げて、その洪水がどこから来ているのかといぶかった。ホームレスの薬物中毒者とさまよう狂人たちだけが、ヴァリーアスル通りを流れる涙の川の源泉が絶望に暮れた五千人の幽霊であることを心の目で見ていた。涙を流す幽霊たちは打ち負かされた軍隊のように行進しながら、時折古いスズカケノキにもたれ、葬式のように泣き叫んでいた。洪水は川のように流れ、タジュリーシュ広場とジャマーラーン通りに達し、乾いた川床に架かる橋を渡り、私服の将校の足元を流れた。それは中庭に入り、階段を上り、敷物を濡らし、アーヤトッラー・ホメイニーのベッドへとまっすぐに進んだ。涙の川はそこまで来るとツインベッドの脚を伝い、普段と変わらない夏の夜、午前二時三十二分に落ち着かない眠りに就いている男に達した。男は例によって悪夢を見ていた。彼は処刑された人々の何千という遺族にアーザーディー広場で取り囲まれ、爪を立てられ、体を引き裂かれる夢を見ていた——一滴の血が地面に落ちることも許さないほど、彼らは野蛮だった。

はっとして彼が目を覚ますと、手の指先、足の爪先、そしてこめかみにねばっとした汗をかいていた。そして体を横にして、長いぼさぼさの顎鬚を掻き、緩いシャツ、マットレス、枕も濡れていることに気づくと慌てて体を起こした。すべてがこれほどまでに濡れてべとついているのは、自分の血が原因ではないかと不安になったのだ。彼は濡れている部分を指で触り、舌でその味を確かめた。それは少し粘り気があって、しょっぱかった。血の味ではなかった。涙に似た味だ。恐ろしくなった彼がベッドを出て、齢《よわい》八十を越えてくたびれた足を濡れた絨毯の上に下ろすと、足首までそこに沈み込んだ。彼は手探りでスイッチを探して明かりを点けた。すると部屋は涙で水浸しになっていた。死の恐怖で心臓が縮み上がった。彼が恐ろしい悲鳴を上げると、警護隊員はパニックを起こし、木の天井をかじっていたシロアリたちはその場で凍りつき、寝ぼけていた数羽のシラコバトは恐怖におびえた。普段は怠惰な八人の警護隊員が跳び上がり、銃をいつでも撃てる状態にして建物に駆け込み、ルーホッラー・ホメイニーの部屋からはるばるヴァナク広場まで涙の川をたどった。その近くにある迷路のような小路では、薬物中毒者やホームレスが温かい夕食の匂いが残る窓の下で眠っていた。

ジャマーラーン通りから少し入った、指導者《ラフバリー》小路の突き当たりにある家の隅々に溜まった涙を完全に拭き取るのには、三日三晩取り憑かれたように必死に掃除する必要があった。それでもなお、彼は思いがけない場所で大きな水溜まりを見つけ、右手の小指の先を使って味を確かめ、怒りと恐怖で大声を上げることが続いた。翌年六月三日の夜十時二十分に死ぬそのときまで。あるとき、眼鏡を探してマントルピースの上を手で撫でていると、またそこに涙が溜まっていることに気づいた。彼はあまりにも大きな声で悲鳴を上げたので、それから三日間は喉が痛くてしゃべることもできなかった。コムの宗教指導者たちと一緒に支持者を集めて開くはずの集会はキャンセルになり、すっかりおびえて、いまだに建設中だった謎の地下室に引きこもってしまった。

こうして、涙の行進から一夜が明け、朝日が昇ったとき、さまよえる悲しき幽霊たちはばらばらに散っていった。村や街に住む家族のもとに戻った者もいたし、激しい革命の日々の希望や夢を思い出してテヘランの街に残った者もいた。あるいは、自分たちをハエのように殺した体制が崩壊するのをいつか自分の目で見るために残った者もいた。そしてさらに、地上の出来事にうんざりして、精神世界における超越を探求し始める者もいた。

ソフラーブはその一人だった。

# 第七章

扉がきしんだ。靴とサンダルが庭に投げ込まれた。小石が窓ガラスに当たった。電球が点いたり消えたりし、カーテンが開いたり閉まったりした。おびえる警護隊員の見開かれた目の前で、降り積もったばかりの雪の上に足跡が付き、庭へと進み、家の方へと歩いていった。扉が開き、閉じた。一つの手がホメイニーの外套を衣装だんすから取り出し、窓から庭に投げた。別の手が彼のターバンをほどき、端をトイレに突っ込み、水を流した。夜中に、警護隊員が総出で必死にあちこちを調べ、妻のバトゥール〔通常はハディージェ・サカフィーと呼ばれる〕が自分の寝室で恐怖の祈りを唱える間、ポーチには足音が響き、ささやき声が聞こえ、それから師の演説の日だけに使うため普段は布で覆われている椅子が動き、まるで誰かが腰を下ろしたかのように沈んだ。ある夜には、周囲の木の下や灌木の向こう側からはっきりと聞こえる「人殺し……人殺し……人殺し……」という声におびえた若い警護隊員が思わず引き金を引き、他の警護隊員の声でわれに返るまでペチュニアとジャスミンに弾丸を浴びせた。真夜中にルーホッラーの眼鏡がマントルピースから浮き上がり、頭の上で宙返りをして、彼の弱い目の前を通り過ぎ、床に落ちて割れたときも、部屋にいる者は誰一人として何の反応もしなかった——ホメイニーが何も命じなかったからだ。

イラン・イスラーム共和国の最高指導者となって以来ずっと大きな鏡の前に座って命令を出すのが習慣となっていた男が急に沈黙した。鏡の前に座って人と話していると自然に自信と勇気がみなぎり、指を一本動かすだけで山も沙漠も空も征服でき、ムハンマドの純粋なイスラームの教えを世界中に広められるように感じた。しかし彼はただじっと黙っていた。幽霊たちがその夜、寝ぼけた彼の重い体をベッドから下ろし、ケルマーニー〔「絨毯王」として知られる世界的に有名な絨毯作家〕の手織りの絨毯が敷かれた部屋から隣の広いリビングの反対側まで彼を引きずり、二階から突き落とそうとするような無茶をしていなければ、警護隊員たちも自制し続けただろう。しかしその日の夜中、ホメイニーはすっかりおびえ、大騒ぎをしたので、ジャマーラーン通りを警備していた十二人の革命防衛隊員が悲鳴を聞きつけて家に飛び込むと、八人の特別警護隊員が何かにおびえながら彼の脚を引っ張って部屋に連れ戻そうとしていた。二人の革命防衛隊員が目に見えない力に向かって発砲したとき、警護隊員たちはようやく窓から落ちそうになっているしわだらけの老体を部屋に引きずり込むことができた。その夜、ホメイニーはズボンを流れ落ちている黄色い液体をみんなに見られたと悟って大声を上げた。そして、常に変わらず傲岸なしかめ面の奥にいる男が実はいかに小心で孤独であるかを初めて人前にさらすことになった。

一時間後、十二人の革命防衛隊員と八人の特別警護隊員は彼が自分の寝室でしゃべるのを聞いた。いつものように鏡に向かってしゃべっているのだろうと彼らは思った。時にその声は叫び声にまで高まり、時には吠えるような泣き声が古い屋敷の日の当たらない部屋部屋に響いた。翌日の正午、彼が落ちくぼんだ目と汗まみれの顔で、腕と脚を震わせながら、くしゃくしゃの紙を手に握って部屋から出てきたとき、寝室の中で投げつけられた品々以外にも壊れてしまったものがあることに誰もが気づいた。同じ日、二人の技師を前にひざまずかせて、ホメイニーは地下宮殿の建設を命じた。何かにおびえ、いらだちと焦りとともに目の前で突飛な図面を描く彼に何かを言い返す者はいなかった。彼は最初に話を切り出す際に、「質問は受け付けない」と言っていたのだった。

新聞に書かれていたこと、ラジオやテレビで語られていたこと、そしてヴァリーアスル通り、トウヒード通り、革命《エンゲラーブ》通りの二十メートルある巨大看板に書かれていたこととは正反対に、志願して前線に行った兵士の多くはイスラームの布教に入れ込んでいたわけでもなく、革命やホメイニーの支持者でもなかった。彼らはただ自国の領土を敵に一センチも与えたくないと思っていただけの、愛国心を抱いた単純な若者たちだった。死者の数が一万を超え、五万、それから十万に達すると、殉教者たちは自分たちの代表をテヘランに送り、処刑された政治犯たちのさまよえる幽霊――革命の夢を偲びつつ、彼にとどめを刺すためにまだあたりをうろついていた――に合流させた。あの雪の降る一月の夜中、ついに寝室でホメイニーと対峙した彼らのメッセージははっきりしていた。「今すぐ死ぬか、それが嫌なら鏡の宮殿を造れ。詳しい指示は今後毎日、少しずつ与えてやる。おまえは宮殿が完成した日に死ぬ」

こうして数百人の建設作業員が昼も夜も、屋敷の地下を山の方へ向かって掘り始めた。技師たちが作業を進めるように指示したところにしばしばホメイニーが現れ、人差し指を上に向けて振り、作業をやめろと叫んだ。落盤の危険があるので掘削をやめろと技師が指示したときには、ホメイニーは不可解な指示を出し、掘削を続けるように言い張った。鏡の宮殿を建設するのにふさわしい穴を山の中に掘る作業は一年かかった。面積にして数百平方メートル、高さは場所により三十メートルから、わずか一メートルしかないところもあった。しかし、技師の考えとは逆に、作業は終わるどころか、最も大変な部分はまだ始まったばかりだった。一日ごとに計画の全体像が見えてくるように思えたのもつかの間、日ごとに不可解さを増していっているのがわかった。誰もが混乱し、疲弊していた――とりわけホメイニー自身がそうだった。しかし、作業員たちが金を動機としてのろのろと働いているのとは対照的に、ホメイニーの唯一の動機は生存だった。時間が経つにつれ、彼はますます混乱し、急速に老け始めた。戦死者と元政治犯から成る幽霊評議会によって一分ごとにホメイニーに与えられる明確な指示に従って、建設作業は一メートルずつ進められた。宮殿の入り口は細長く曲がりくねった回廊になっていて、ところどころ天井が低いせいで技師や作業員はしゃがんで通らなければならなかったが、ところによっては三十メートルの吹き抜けになっていた。いたるところに鏡が取り付けられていた。階段、壁、天井、手すり、そして回廊。床に貼られた割れた鏡は、足元で常にバリバリと音を立て、一瞬たりともその存在を忘れさせなかった。階段の先が突然、切り立った崖になっていたり、緩やかな上り坂になっている回廊の先が天井とつながっていたり。幽霊評議会の気まぐれに従って造られたねじれた七つのフロアでは、自分は二階にいると思った作業員が四階に出たり、五階から一階に移動していたはずが七階の突き当たりに出てしまったりということも起きた。床、扉、天井にも窓があった。あちこちにある柱は、上がどこにもつながっていないものもあった。暖炉は十二基作られたが、外につながっているものは一つしかなかった。それは扉のない寝室につながる暖炉で、いくつかの暖炉は換気孔でそこにつながっていたが、他の暖炉の換気孔は山とつながっていた。ある寝室の内部には別の寝室があって、さらにその内側にもう一つの寝室があり、その床にある扉を開くと下の階に行けるのだが、そこには階段がなかった。それ以外にも曲がりくねり、入り組んだ回廊があって、先がどこにつながっているのかは誰にもわからなかった。

鏡。鏡はいたるところにあって、あらゆる角度から人の姿を映し出し、驚かせた。徐々に恐怖が、そこで働く者を襲った。昼も夜も恐怖の悲鳴——迷路から出してくれと助けを求める声——が聞こえた。作業員の中には、頭や脚のない怪我を負った幽霊を真っ暗な回廊で見たと言う者もいた。ある日、一人の作業員が殉教した兄を見つけた。喜んだ男は大声で泣いたので、他の幽霊が周囲に集まり、男の体を抱き締めて慰めた。それからしばらくして、殉教者や他の戦死者を探している人はここの作業員として働けばいいという噂が出回った。暗く謎めいた宮殿の内部に泣き声や笑い声が響くのが日常となった。国中の人々が愛する人の幽霊と密かに会うため、仕事——ただ働きでもいいので——をもらおうとしてジャマーラーン通りの屋敷の前に長い列を作り、雨や雪の中で何時間も待った。その後、警護隊は数人の女が男に変装してそこで働いているのを見つけた。彼女たちは殉教した夫に中で会い、宮殿内の暗がりでもう一度交わりを持って子供を授かる魂胆だった。最初は警護隊も技師もホメイニーも喜んでいた。たくさんの人が革命への情熱に燃え、偉大なる指導者を尊敬し、その気持ちを表現するために集まってきたと考えたのだ。しかし、作業員たちが殉教した兄弟や息子、父親や夫と中で会っているという情報がホメイニーと八人の特別警護隊員の耳に届いたとき、作業員の選び方はより慎重になった。そのときから作業員は、家族に殉教者がいないことを証明する書類の細かい項目に延々と記入しなければならなくなった。再び家族に会えていささかの喜びと心の平安を得ていた戦死者の幽霊はこのやり方に腹を立てた。その後すぐに、八人の特別警護隊員の一人の遺体が天井の扉から逆さ吊りになっているのが見つかった。首には銃の負い紐が巻きついていた。それ以後、人が迷ったり姿を消したりするのを防ぐため、小さな鈴を付けたカラフルな燐光性の縄がいたるところに張られた。しかし、そんなことをしても無駄だった。というのも、その縄はすぐに付け替えられて、あるところでは交差し、また別のところでは平行に走り、それをたどっていくといつの間にか元の地点に戻っていたからだ。技師と作業員はおびえ、徐々に数が減った。彼らが仕事に来なくなったのか、それとも仕事から戻ってきていないのか、誰にもわからなかった。最後の技師は山腹に面したところに窓を作っているのを目撃されていた。彼はそこで顔から五センチのところにある鏡を見つめていた。工事中の真っ暗な回廊や部屋や階段をランタンを手に怖々覗き込んでいたホメイニーが「何をしているんだ」と訊くと、技師は振り返りもせずに答えた。「昨日の作業を思い出しているんです」

そんな状態がしばらく続いた。ホメイニーは政府の人間がずっと面会に来ていないことに気づき、驚いた。そのとき、現実がようやくわかってきた。この国はもう自分を必要としていない。戦争はない。政情不安もない。すべての声はすでに黙らせた。誰もが街や戦場を離れ、家に戻った。今は建て直しの時期だ。そうした計画を立てるのは他の政治家でもできるだろう。日が経つにつれ、周囲の人間は徐々に減り、気がつくとホメイニーは完全に一人きりで、あらゆる場所にある鏡と静寂と暗闇によって心を乱されていた。最後の技師がいなくなったとき、その代わりを務める勇気を持つ者は現れなかった。作業員たちは消え、戻ることはなかった。ホメイニーは最終的に、一日のうちかなりの時間を自分の鏡の迷宮作りに捧げなければならなかった。彼は八十七年の生涯において初めて、震える手に斧《おの》を持ち、ダイヤモンド刃で鏡を切り、木材をのこぎりで切断し、傷口にペニシリンの粉を振りかけた。最初の数日は大変だったが、鏡に映る自分の姿と静かな宮殿の回廊に響く道具の音に徐々に惹かれ、夜が更けても屋敷に戻ることを忘れるようになった。目止めの匂いは魅惑的で、かつて大工になることを夢見ていた――はるか昔に忘れ去った――記憶がよみがえった。

昼が過ぎ、夜が過ぎ、何週間もが経過した。それでも彼はまだ石の上に石を積み、鏡の横に鏡を並べ、配線をし、階段に板を取り付け、おびえた作業員たちが迷宮のあちこちに残したものを食べ、鈴の付いた燐光性の縄を結んだ。最後に、政治と手下という彼とこの世をつないでいた絆が切れ、彼は自己完結した存在になった。そして回廊と鏡、曲がりくねった階段と工事途中の部屋から成る迷路の奥深くに進んだ。作業員たちはそれほど暗く遠い場所には足を踏み入れていなかったので、そこではもはや食べ物は見つからなかった。

彼は電気も階段もない場所に達した。回廊もホールも、部屋も壁さえもなかった。真空のようなその場所では、ふと気づくと、足元に地面を感じさえしなかった。あたりは真っ暗で、空気の流れもなかった。どこに手を伸ばしても、壁はなかった。彼は恐怖を感じつつ、そこで行き止まりだと悟り、じたばたするのをやめた。そして必死に息を継ぎながら老いて背中が丸くなった体を動かし、明かりと階段があるはずの場所へ行ったが、またしてもそこには何もなかった。時折、遠くでちらつくかすかな光で周囲の様子がわかった。遠い光の鈍い反射の中で、子供時代のぼんやりした記憶がよみがえることがあったが、そちらに向かって足を一歩踏み出した途端、それは記憶から消えた。彼は祖母、祖父、おば、おじの名前を声に出して繰り返し唱えて正気を保った。いとこの名前に達したところで、自分より五歳年上で、腕が水晶のように白かった従姉《いとこ》のことを思い出した。彼は彼女に恋をしていた。朝、目を覚ました彼女が寝ぼけ眼《まなこ》でマットレスを探り、ヘッドスカーフを探しているのを見たのは、彼が十歳のときだった。それほどきれいな腕は見たことがなかった。扉の陰から彼が見ていることに気づいた彼女は声をかけ、笑いだした。しかしびっくりした彼は恥ずかしくなって逃げた。今の彼には、どうしても彼女の名前が思い出せなかった。彼女の姉がアクラムだったので、ひょっとするとアクダスだったかもしれない、と思った。彼はまるで遠く霧のかかった記憶を覗くかのように、シャワーを浴びながら湯気の立ちこめる中で初めて自慰をした日のことを思い出して恥ずかしさを覚えたが、すぐさまその記憶を打ち消した。壁を探して周りを手探りしながら、空気のない暗闇の中を歩いていると、ふと、彼女の名前はファーテメだったかもしれないという気がした――兄の名前はアリーだということは覚えていたので。

彼は何も見えないまま前に進み、老いて弱ったわが身を呪った。そして今度は、その従姉の顔を思い出そうとした。美人だったことは確かだ。雪のように色白。目は青かった。あるいは明るい茶色かもしれない。どちらにしても、妻のバトゥールと似たところはまったくない。

あえぐように息をしながら虚無の中を歩いていると、突然、扉の前に出たような気がした。しかし手を伸ばしてみると、目の前にあるのは滑らかで冷たい鏡だった。彼は進み続けた。サンダルはどこかでなくしてしまい、鏡張りの冷たい床で足の感覚はなくなっていた。そうしているうちに回廊のような感じの場所に出た。しかし、「ルーホッラー」と自分の名前を暗闇に向かって呼びかけると、声はそのまま戻ってこなかった。四方八方に手を伸ばしても、何にも触れることができなかった。壁はなかった。突然、足元から階段が始まった。階段を下りていくとそこには部屋があったが扉はなく、また別の部屋へとつながっていた。それからいくつもの扉と通路を抜け、たくさんの階段を下りた。たくさんの柱があった。たくさんの窓もあって開けることもできたが、すぐ外は山だったので光が射し込むことはなかった。

彼は再び、インクのような闇に向かって自分の名前を呼んだ。「ルーホッラー!」。その声はまた遠くへと飛んでいったが、今回はこだまが返ってきた。まるで大きなホールの中にいるような感じだ。足はその次に、上に向かう階段を進んだ。彼は延々と歩き続け、通路と回廊を抜け、階段を上り、カーブを曲がり、角を折れ、部屋を抜け、最後にいきなり、深く落ち着かない眠りから目覚めるときのように、最初の場所――彼の人生で最も暗い瞬間――に戻った気がした。窓なし。光もなし。よく考えると、足元に地面を感じることもできなかった。今では従姉の名前も思い出せず、まして顔はまったくわからなかった。彼は少なくとも、もう一度自分の声を試してみたかった。声は今でも自分のものだ。今回は八十七歳で出せる力を振り絞って叫んだ。「ルーーホッラー!」。その声はどこまでも遠くへと響き、子供のようなこだまが「何?」と返ってきた。

源のはっきりしない青白い光が、鏡にもたれてこちらを見ている十歳の子供の姿を照らし出した。

子供は訊いた。「あなたは誰？」。すると、鏡に映った自分の姿で自信と力を取り戻したかのように、ホメイニーは言った。「私は私である。数百万人が投票で選んだ人物。八年戦争を切り抜けた人間。イスラームを地の果てまで広げた人間だ」。子供は少し笑みを見せて言った。「どうして？」。ホメイニーは言った。「イスラームは普遍的にならねばならない」。再び子供が「どうして？」と訊いた。「イスラームは最後の、最も完璧な宗教だからだ」。再び子供が「どうして？」と訊いた。ホメイニーは興奮して叫んだ。「〝どうして〟もへったくれもあるものか！　おまえの頭はまだ成熟していない。大人になれば、この問いに答えがないことがわかるだろう」。すると子供は静かに、しかし執拗に言った。「だから、それって、どうして？」

　ホメイニーはもじゃもじゃの眉をひそめた。その目が鏡に向けられたとき再び自信と決断力を取り戻したが、また鏡から目を逸らして、のんきに鏡にもたれている子供を見た途端、自分は人生最大の目標――そのために数千人を殺し、あるいは外国の土地に追いやった――を人に淀みなく説明することさえできない愚かな人間にすぎないと感じた。独裁者は一瞬黙って、「どうして？」というその子供っぽい問いの深みを測った。しばらくしてまるで難問が解けたかのように、眉間に寄っていたしわがにわかに伸びた。彼は人生最後のこの数秒間、自分が今ようやく理解したことを人に説明するだけの時間を持っていないことに絶望した。片方の目が自分の鏡像に留まり、反対の目が少年を見たとき、疲れ切った心臓がついに止まった。その一瞬に彼は悟った。私は独り言《モノローグ》を言うときには獰猛な独裁者だったが、対話《ダイアログ》をするときにはただの強情っぱりで気取った理不尽な子供――顎鬚を生やした子供――だった、と。彼は人生最後の瞬間に一つの文章をささやいた。「独り言《モノローグ》と対話《ダイアログ》の知的で合理的な決まりは基本的に異なっていることを理解するのに、八十七年の年月がかかった」と。

三か月後に彼の遺体を見つけたのは、宮殿に入る前にホメイニーの息子アフマドと二十億トマーンで捜索契約を結んだ人々だった。彼らは衛星ＧＰＳ、方位磁針、無線、燐光性の縄を使ったが、それでも、真っ暗な鏡に映し出された腐敗した遺体を見つけ出すのに三か月かかった。結局、彼らを導く手掛かりとなったのは腐敗臭だった。それはすべての独裁者が最後に放つのと同じ悪臭だった。

# 第八章

すべての独裁者と同様にホメイニーは、自分が起こした革命――あるいはそれが生み出したイスラーム国家――が国民の生活にどれだけの混乱をもたらすかを知ることなく死んだ。実際には、都市に住む者の生活ばかりでなく、沙漠や山の住人の生活もめちゃくちゃになった。決して都会に足を踏み入れることのない人々、都会へつながる道路もない場所に暮らす人々、首都がどこにあるのかを知るための地図さえ持たない人々、そしてたとえ地図を持っていても、そこに書かれた地名を読めない人々の生活も。

シャーによる統治時代には、健康・識字教育隊が最も辺鄙な村までやって来て、人々に教育を施した。しかし革命の時代に同じ村まで来た革命防衛隊がやったのは、兵隊集めだった。最初に危険な匂いが漂ったのは一九七九年だった。何年も前にラーザーンに来るようになって、ほとんど地元の人間のようになりつつあった――一人は村の娘と結婚していた――識字教育隊が年に一度の給料を受け取るために首都に行ったまま、帰ってこなかった。どんな危険が迫っているのか誰にもわからなかったが、五人の教員が村を出て行ったきり戻ってこないというのは不吉だった。一人の教員と村の娘との間にできた女の子の赤ん坊がすっかり大きくなった一九八六年のある朝、砂利を踏むタイヤの音が村中に響き、まだ眠そうな村人が恐る恐る村の中心にある広場に集まると、かつて村にいた五人の教員のうちの一人が泥だらけの車に乗って手を振りながら現れた。村人は最初、その男のことがわからなかった。二台のパトカーには男に同行する形で、もじゃもじゃの顎鬚を生やした三人の武装した男が乗っていた。全員が同じ緑色の制服を着て、大きな銃を肩に掛けていた。その教員は大きな音を立てながら緑色のパトカーから笑顔で降りて、村人たちの方へ歩み寄った。彼が一人の村人と握手をして「私です、バフラームですよ！」と小さな声でささやくのと同時に、兵士の一人が「ホセイン同志、やっと目的地に着いたのか？」と訊いた。ホセインと改名したバフラーム（バフラームがペルシア人の名前であるのに対して、ホセインは特にシーア派に多いアラブ人ムスリムの名前。彼は革命の気運に同調して改名した）は、「着きましたよ、同志」と答えた。彼はまた村人の方を向いて言った。「私と一緒にいるのはともに戦う同志たちです」。奇妙な風采と言葉遣いに困惑した人々は「同志？　戦う？」と尋ねた。バフラームは一人の老人の肩を強く叩きながら言った。「イスラームのために戦争で戦う仲間！　宗教における同志です！」。村人はぞっとして声をそろえた。「戦争？」。ホセインは怪訝な顔で村人を見て言った。「イランとイラクの戦争ですよ。まさか知らないんですか？　イスラーム革命のことも？　ホメイニー師のことも?!」

テヘランからラーザーンへの情報は意図的に遮断されていたので、一九七九年に起きたイスラーム革命の知らせは七年経ってようやく、元教員で今や武装した鬚もじゃの革命防衛隊員によって村にもたらされた。彼はついでに、一緒にいた四人の教員がどうなったのかも村人たちに話した。一人はイスラーム人民戦士機構《ムジャーヒディーン・ハルグ》のメンバーということで処刑された。別の一人は戦場で初日に殺された。もう一人はイスラーム教と祖国を裏切り、海外に逃げた。残る一人は宗教裁判にかけられて、恋に落ちた女――正式にはまだ夫と離婚していなかった――と一緒に投石の刑に処せられた。

　無邪気な村人たち――彼らにとっては、周りの森や野原に潜む自然や超自然の力と妥協しながら共存していくのが人生最大の難問だ――は洪水のように押し寄せる恐ろしい知らせに唖然とし、困惑した。何にどう反応すればいいのかわからなかった。革命？　イスラーム？　戦争？　今までずっと耳にしてきたのとは違うイスラーム法？

　ホセインが仲間の隊員たちと一緒に一週間村に滞在したのは、妻と娘にとってはいいことだったが、彼が村からいなくなっていた間に都会で起きたことに対する人々のショックと恐怖が和らげられることはなかった。ホセインの手短な説明によると、七年前、人々は街頭に繰り出し、「シャーに死を、アメリカに死を」と唱えた。その結果、シャーとその一家はイランから逃げ出し、最高宗教指導者であるアーヤトッラー・アルオズマー・イマーム・ルーホッラー・アルムーサヴィー・アル＝ホメイニーが亡命先のフランスからイランに戻ってきて、神聖イスラーム共和国が専制的なパフラヴィー朝に取って代わり、国民投票で九十八パーセントの賛成を得てイラン・イスラーム共和国が成立し、前体制の指導者たちは処刑され、イスラーム共和国に反対する残党は逮捕され、刑務所に送られた。アーヤトッラー・ホメイニーは普通のイラン人に住居、水道、電気が無償で与えられるよう命じ、女性はヘッドスカーフの着用が義務づけられた。革命の偉大なる指導者はアメリカをはじめとするブルジョア国家との関係を断ち切ることを命じた。ホセインは続けて言った。イラクがイランへの侵略を始め、今では神聖なるイスラーム国家を守るため、すべての男たち――老いも若きも、子供までも――が前線で戦っている。この話の途中で、一人の老人が一度だけ質問をした。「それはともかく、イラクってどこにあるんだ？　アメリカって誰だ？」

　単純な村人の心には「ムハンマドよ、あなたは／破壊を目にすることはなかった／あなたの仲間が／血で解放し、果実をつけた街が滅ぼされるのを」と歌う戦争歌手コヴェイティープール（英雄をたたえる詩や情熱的な戦争の歌を歌う歌手で、多くの若者が参戦するきっかけとなった）の声がてきめんに効くということをホセインとその仲間が知っていたなら、そしてそれを聴けば村の若い男たちが恍惚とした顔で自分も殉教という幸福に与《あずか》ろうとわれ先に押し寄せることを知っていたなら、貧しく弱々しい村人の前でわざわざ七日と七夜を費やして革命と神聖イスラーム国家の意義をたたえる必要はなかっただろう。むせぶようなコヴェイティープールの声はとても感動的で胸に響いたので、カセットテープを二度流す前に、涙目になった若者たち――最年長でも十六歳――が列を作り、ホセインがその一人一人に〝勝利を得るまで戦い抜く。ああ、神の血《サーラッラー》、聖なる場所への道はカルバラー〔イラク中部都市でシーア派の聖地〕を通る。そしてアメリカに死を〟と書かれた緑色のはちまきとぶかぶかのブーツを配ったのだった。若者たちはそのブーツを履いて戦争に行き、殉教の日にそれを脱がされることになった。

　前線におけるイマーム・ザマーン（シーア派が信じる最後の最高指導者（イマーム）で、今もわれわれの間で生きているが、審判の日まで姿を現さないと考えられている）による神秘的な救出劇についてホセインたちが語る物語や歌はとても魅力的で、車や街や武器どころか舗装された道路さえ一度も見たことのない単純な村の若者の中には、体を清めて四十日間断食をしさえすれば白馬に乗ったイマーム・ザマーンが目の前に現れて挨拶をし、いちばんの願いを叶えてくれると信じる者さえいた。のちにそうした十代の若者のうち三人は、戦場で四十日間の断食に二度目の挑戦をしている最中、イマーム・ザマーンに会う夢が叶う――この恐ろしい戦争を生き延びるという願いを伝える――前にイラクの大砲によって吹き飛ばされ、十五キロ軽くなっていた彼らの体は四十の断片になった。

村人たちにとって、世界は急にうさんくさく、汚れたものになった。ホセインは最初に村に舞い戻ってからまた数か月後にやって来た。そのときには鬚がさらに伸び、表情も険しくなっていた。仲間の兵士が若者を集めるやり方も、時間をかけて革命やイスラーム教の素晴らしさを説く余裕はなかった。雨の降る真夜中、泥だらけでいらつき、腹を空かせた彼らは、森の中の近道を通り、茨や沼を抜けて村に現れ、家を一軒一軒訪ねては銃の床尾で扉をノックし、男がいれば片っ端から銃で脅して泥だらけのパトカーに乗せ、どこかへ連れ去った。最初の銃声がラーザーンの平和な夜を破り、恐怖が村人の心を引き裂いた後、村は急に静かになった。スズメは身動き一つせず、犬は尻尾を股に隠し、家の裏で身を低くした。雄鶏は鶏冠《とさか》を垂れ、牛と羊の乳房からは恐怖で乳が出なくなった。

ホセインとその仲間が最初に村に足を踏み入れて私たちみんなに不意打ちを食らわした瞬間から、そしてその数か月後に戻ってきて以降、肩に銃を担げる若い男は村に一人もいなくなった。例外は、女の手を借りて森に隠れた男たちだ。彼らがどこに行ったのかは、逃がした女以外は誰も知らなかった。女は時々その男たちに会いに行き、妊娠して戻ってきた。イーサーはそんな若者の一人だった。彼は祖母の手によって戦争が終わるまで森にかくまわれた。ソフラーブもそうだった。

私たちはテヘランからはるばるここまで逃げてきた――隠れ家を求めてここに来た。それだけに私たちの失望は大きかった。安全で静かな環境で暮らすという夢は、ホセインたちがやって来た瞬間、崩れ去った。彼らは何の予告もなく現れてソフラーブを連れ去ろうとしたが、私たちはすんでのところで彼を森に逃がし、その存在を否定した。ホセインとその仲間たちが私たちの説明に納得していないことは表情に表れていた。でも私たちは可能性に賭けた。しかし結局、私たちは賭けに負けた。

　地雷撤去をする少年兵の肉体で戦われるこの飽くなき戦争がいつになったら終わるのか、誰にもわからなかった。女は生まれてくるのがどうか女の子であるように願い、あるいは戦争が終わるまで妊娠しないよう願った。というのも、村を出て行った男は一人として帰ってこなかったからだ。遺体さえ戻ってこなかった。強制的に徴兵が行われてから一年後、チャードルをまとった女と武装した男の一団が村に現れた。ホセインによって派遣された、復員兵・殉教者協会の人々だった。彼らは袋入りの米、缶に入った植物油、壁掛け時計を持って家族のもとを訪れ、笑顔で挨拶をし、お茶を飲み、菓子を食べてから、その家の息子、兄、あるいは夫が殉教したことを伝えた。村人が甘いものを口に入れた途端、使者は何の気遣いもなしに出し抜けに言った。「おたくの息子さんが十四人の汚れなきイマーム（シーア派が信じる十二人のイマームに預言者ムハンマドとその娘ファーティマを加えたもの。この十四人は神によって遣わされたので罪もなく、汚れもないと信じられている）と同じ場所に行ったという吉報を知り合いにどんどん広めてください！」。そう聞かされた人のショックはあまりに大きかったので、その菓子を飲み込むべきか、それとも凶報をもたらした連中の顔に吐きかけてやるべきかわからなかった。彼らは泣いた。泣き叫び、頬に爪を立て、喪服をまとった。ホセインがやって来る前には色とりどりだった世界が突然、真っ黒に変わった。しかし復員兵・殉教者協会の職員は鞄の中を探し、車のトランクを隅から隅まで調べたが、結局、持参するはずだった殉教者銘板は完全に荷物に入れ忘れていた。彼らは慌てて、これは間違いだったので食料を返してほしいと言いだし、壁掛け時計と謝罪の言葉だけを残して車に飛び乗り、悪路が許す限界の速度で藪と木の中に消えていった。また何年かしてホセインがラーザーンに現れるときには、彼はチェーンソーを持った仲間を連れてくることになるだろう。

遺族の家の壁に掛かる殉教者協会から与えられた時計だけが、チクタクという秒針の音によって、いくら時間が経っても――村の時計はすべて同時に鳴り続けていたが――家族のもとに戻ってこない男のことを思い起こさせた。

それから数か月が経ち、一九八八年のいつもと変わらない朝の九時二十四分三秒ちょうどに、袋に詰めた殉教者の銘板を肩に担いだ悲しげな男が村にやって来たとき、殉教者協会の時計はすべて眠りに就いた。

ホセインが再びラーザーンに戻ってきたのはそれからまた何年も後になるが――その間、妻と娘に会いに来ることさえなかった――彼の影は常に村の近くに感じられた。ホセインとその仲間が強制的に兵を集め、殉教者協会の職員が不幸な知らせをもたらしてからまもなく、一人の村の子供が見た夢が現実になった。一人の律法学者《モッラー》が村の広場で軍用ジープから降りてきて、大きな金属製のメガフォンを手に、テキーエ（第二代、第三代イマームのハサンとフセインのカルバラーでの死を演じる、〝タアズィーエ〟という殉教劇が演じられる宗教的な場所）に入り、サーゲ・ネファール（マーザンダラーン州で、モスクやホセイニーエ（シーア派の記念式典のための場所）の隣に設けられた宗教的な空間。通常、初代イマーム・アリーの息子アボルファズルに捧げられている）の階段を泥の靴で汚した。それから村の方へ向き直って、何度かメガフォンの口を息で吹いてから叫んだ。「ラーザーンの村の者、殉教者の育ての親、よく聞け！　ラーザーンの村の者、殉教者の育ての親、よく聞け！……イスラーム革命の偉大なる指導者の命令である。革命やイスラームに逆らう内容を徹底的に根絶するため、ただいまより、あらゆる本、音楽や演説を録音したカセットテープとレコードは検閲を受けなければならない！　したがってすべての村人は直ちに、イスラーム的性質の確認のため、家にある本とカセットを提出すること！」

「殉教者の育ての親」という言葉が繰り返されるたびに心の琴線が切れそうになり、まだ戦場から戻っていないわが子のことを思い出した村人たちは、本という単語を耳にして、無意識に私たちの家の方へ目を向けた。古代の聖なる空気と静寂に包まれた一九七九年の霧の朝、目に見えない道を通ってラーザーンにやって来た一家が暮らす家。

村を見下ろす唯一の丘に新しく建てた私たちの家は――いつも、よそから初めて来た人の目を引いていたのだが――やはり彼らの目に留まった。あるいはひょっとすると、最初からうちが狙いだったのかもしれない。彼らは以前と同じように、何の予告もなしに私たちの木立と家に入ってきた。でも私たちにはすでにメガフォンの声が聞こえていたので、ソフラーブにはすぐに鞄二つ分の政治的な本を持たせて森に逃がしていた。数分後、彼らの泥だらけのブーツが年代物の手織りの絨毯を汚していた。彼らは家に残っている本をほとんど見もせずに全部袋に放り込み、運び去った。そしてジープに戻ってからようやく、またしても父には一瞥《いちべつ》もくれずに、律法学者《モッラー》は「一時間後に広場に来い」と言った。

私たちは、木立から出るためにヘッドスカーフをかぶるのを嫌がった母さんを置いて一時間後にラーザーンの村の広場に行き、ジープの後部に立ってあらずもがなのメガフォンに向かってあえぐように息をし、わめき立てる律法学者《モッラー》を村人たちと一緒に眺めた。「間違った本！　神に背き、クルアーンに反する本！　革命に反対する本！」。彼は袋から父さんの本を数冊まとめて取り出し、地面に放り投げながら続けた。「革命の偉大なる指導者は文化革命を命じられた！　われわれは素朴な人の心を毒する悪魔的な本を許してはならない！」。彼はそれから他の革命防衛隊員とともに腕いっぱいに抱えた本を広場の中心に投げ出した。いちばん若い隊員が平然と車から灯油の容器を持ってきて、中身を本の山にかけた。隊員たちは発砲準備を整えて私たちの方を向いたまま、本を囲んだ。振り返って見ると父さんの顔は真っ赤で、歯ぎしりの音が私の耳を裂いた。ビーターは父さんの手を強く握り、爪を噛んでいた。口髭が生え始めたばかりの若い隊員が灯油をかけ終わると、村人たちの間からため息が漏れた。読み書きのできない彼らにも、罪のない本の嘆きが聞こえたからだ。誰もが心配そうに、父さんの方を振り返った。父さんはこの村に来たときからずっと、皆にとって信頼と親愛の対象だった。

律法学者《モッラー》はおそらく、森の奥に潜んでいるトカゲどもの体を自分の憎悪と怒りでぱんぱんに膨らませてやるつもりでメガフォンに向かって必要以上に大きな声で叫び、父さんの方をにらみながらこう言った。「われわれは殉教者を生み出した……そして革命を起こした……われわれは殉教者の純粋な血を守り、われわれの家に決して敵を入れないとクルアーンに誓った……あるいは悪魔が素朴な者の心に入り込むことは許さないと。革命の偉大なる指導者の名において、私はこの邪悪な本の山に火を点ける。そうすることで、イスラームの始まりから言われていたように、われわれを悪魔の手から救い、導くのに聖クルアーン以外の本は必要ないことを再び思い出すのだ！」

　こうして彼は大きくゆっくりと腕を回して――そのしぐさは私の記憶に永遠に刻まれることになった――一本のマッチを取り出し、火を点け、それを本の山に投げた。すると静かなフッ……フ……という音とともに紙の上で炎が波立ち、まず紙が茶色く変わった古い本――私はその匂いが大好きだった――に火が点いた。私はゴーリキーの『イゼルギリ婆さん』が炎に包まれたのをはっきりと覚えている。次いでロマン・ロランの『ピエールとリュース』に火が点き、リュースはスカートに燃え移った火を必死に消そうとしながら、ピエールをしっかりと胸に抱いた。私の目の前で炎は広がり、次々に絡み合う恋人たちを呑み込んだ。ピエールとナターシャ、ヒースクリフとキャサリン・アーンショー、スカーレット・オハラとレット・バトラー、エリザベスとダーシー、アベラールとエロイーズ、トリスタンとイゾルデ、サラマンとアブサル、ヴィースとラーミーン、ヴァーメグとアズラー、ゾフレとマヌーチェフル、シーリーンとファルハード、ライラとマジュヌーン、アーサーとジェマ、薔薇と星の王子さま。みんな最後にもう一度相手の匂いを嗅いだり、別れのキスをしたり、「愛している」とささやいたりする間もなく燃えた。

　ああ！……美人のレメディオスと彼女の白いシーツ、マウリシオ・バビロニア（ガブリエル・ガルシア＝マルケス『百年の孤独』に登場）の蝶のか弱く黄色い羽、ハックルベリー・フィンのパドルが木のボートにこすれるたびにする音が、炎の中で一つになり、燃え上がり、今まで存在したことなどなかったかのように消えた――まるで人間には元々愛や真実、歴史や知恵、冒険や知識など必要なかったかのように。まるで人間は今まで何も望まなかったかのように……。人間はただ静寂を必要としていただけなのかもしれない。マーザンダラーン州の僻地にある森の住民が平和に暮らすのさえ放っておいてくれない連中からの逃げ場所――イスラームの始まりの頃、二百年にわたってアラブの剣に抵抗したと言われる土地……。ひょっとすると、私たち人間に必要なのは、他人の暴力と無知と抑圧から逃れられる隠れ家なのかもしれない。私の魂の血管を引き裂く歯ぎしりをまだ続けていた父さんのように。炎は燃え上がり、暖まろうとしてそのすぐそばに立っている律法学者《モッラー》と三人の革命防衛隊員の鬚面を照らしていた。誰も何も言わなかった。律法学者《モッラー》も。村人も。父さんも。炎は皆の目を集め、フーフ……フ……フと音を立てて硬い表紙の本も柔らかい表紙の本も包み込んだ。

ウィリアム・ダラントの『文明の話』全十一巻、プラトンの『哲学全集』全五巻、ジュヴァイニーの『世界征服者の歴史』、『バイハキーの歴史』とタバリー、『易経』、そして『白痴』などと一緒に、『百年の孤独』『ニーナ』『レベッカ』『白い牙』『鋼鉄はいかに鍛えられたか』が燃えていた。孤独なレベッカは悲鳴を上げ、アウレリャノ・ブエンディア大佐はうんざりしたようにウルスラに向かって「私は圧政の中でもこんなことはしなかった」と抗議していた。私は『あぶ』の主人公アーサー・バートンが炎にも屈することなく抵抗を続け、司祭と教会の支配に抗議して何度もデモに参加するのを見た。『動物農場』が燃えていた。馬がいななき、牛、ロバ、豚、犬が悲鳴を上げた。焼ける肉の匂いがラーザーンの村を覆った。しかし、律法学者《モッラー》と三人の仲間は何も感じていなかった。

『老人と海』『小さな黒い魚』『タルフーン』『ウルドゥズとカラスたち』『東風、西風』『イリアス』『オデュッセイア』『アンティゴネ』『誰がために鐘は鳴る』『ハムレット』『神曲』『荒地』『赤と黒』『その男ゾルバ』『マハーバーラタ』『薔薇園』『精神的マスナヴィー』『ハーフェズ』『ハッラージュ』

『罪と罰』『異邦人』『君主論』『盲目のフクロウ』『城』『キリスト最後のこころみ』。その声の一つ一つ、本の一冊一冊が私たち五人家族の肉体と魂の一部になっていた。腕、心臓、髪、夢、目、口に。父さんのタール——それは私たちの耳であり、心と魂でもあった——次に私、そして今、本が燃やされると同時に、私たちは四肢と声を失った。

私たちはシェイクスピアとルーミー、ハーフェズと孔子、ゾロアスター、仏陀、ハイヤームの悲鳴にはもう耐えられなくなって、家に向かった。村の広場からの帰り道、木立に向かう坂道を登っているとき、父さんの髪の一部が灰色に変わっているのを私はこの目で見た。それから七日間、家族は誰も口を利かなかった。本から上がった炎と煙が谷を満たし、風がシャーロット・メアリー・マシソンの『羽』の焼けた匂いを遠くまで運ぶ間、母さんもポーチに立って泣いていた。その間、ソフラーブは離れた木のてっぺんから様子をうかがっていた。家からは急に活気がなくなった。家は静まり、うつろで、空っぽになった。

沈黙の一週間の後、百ページある白紙のノートを四冊と、黒と青と赤のボールペンを持ってリビングに入ってきたのは父さんだった。「私たちは書くことを始めなければならない」と父さんは言った。私たちは正気を失った人を見るまなざしを父さんに向けながら、一応礼を失しないようにノートを受け取った。すると父さんがこんな説明をした。「書け。覚えていることを全部書け。小説に出てきた登場人物、恋愛関係、戦争、平和のことを。彼らの冒険、憎しみ、裏切り……。本を読んで覚えていることを何でもいいから書くんだ」。私たちは言われた通りにした。朝から晩まで四十日間、書くこと以外は何もしなかった。ペンを額に押し当てたまま暗く押し黙って座り続け、どこから手を付けるべきか、どの本から始めるべきか悩んでいるうちに何日もが過ぎた。そうしていると徐々に人物がよみがえってきた。冒険、恋愛。登場人物や作家、詩人や哲学者、神秘主義者と作曲家と画家がよみがえるにつれて、彼らの声と歌、つぶやきとささやきと笑い声がゆっくりと家に戻ってきた。わが家は再び、いくらかの詩と光で満たされた。希望の詩句と音楽が戻ってきた。ビーターはルーミーの詩の一部を思い出し、興奮した様子で暗誦した。

私たちは独りよがりではないし、酔っ払ってもいない
私たちは置かれた立場をわきまえ
ハッラージュ（九世紀の詩人・哲学者で、その神秘的信条のために宗教的権威から拷問され絞首刑にされた）のように処刑台を恐れず
ひたすら愛の知識を求める。私たちは神だから。

『動物農場』の一部を覚えていたソフラーブは、〝すべての動物は平等である。しかし一部の動物は他の動物よりももっと平等である〟と書いた。次に母さんはスカーレット・オハラの言葉を思い出し、「明日は明日の風が吹く」と言った。そして父さんはシャルル・ボードレールの言葉を書いた。〝人は常に酔っていなければならない……では何に酔うのか？　ワインに、詩に、あるいは美徳に。どれでも好きなものを選べばいい。とにかく酔うことが大事だ〟と。
　その日からソフラーブがいきなり逮捕される日まで家の中では喜びと希望の光が垣間見えたが、合

計四百ページの安物のノートに偉大な作品を書き残すという父さんの願いがいかにむなしいものか、私たちは知っていた。私たちは昼も夜もノートに向かい、小説のあらすじを書き、昔のイランの歴史、神秘思想、哲学、偉大な詩人の詩句を記しながら、自分の細胞の中に絶望が染み込んでくるのを感じていた。私たちは一つ一つの言葉を紙に書き付けるたびに、父さんの考えとは正反対に、文化と知識と芸術は暴力と剣と炎に太刀打ちできない――そして数年後には力と声を失ってしまう――ことを理解した。ひょっとするとそれは、〝二世紀の沈黙〟（紀元七世紀のアラブ人によるペルシア征服以後の出来事や一帯の状況についてアブドルホセイン・ザッリーンクーブが書いた同題の学術書への言及）として知られることになった二百年と同じことなのかもしれない。

# 第九章

母親たちは思った。親が死んだときには、残された孤独で無防備な子供は孤児と呼ばれるのに、子供が死んだときには、誰も私たちのことを孤独で無防備な母とは呼ばない、と。こうして子供に先立たれた母親たちは自らを〝孤母〟と呼ぶようになった。

不幸な知らせをもたらした殉教者協会職員のことが記憶から薄れ始めた頃、表向きには静かで美しく見えていたラーザーンの心臓が、実はすでに自分の中に大きな墓場ができていることに気づいた途端、ぱたりと止まった。記憶と希望と夢と同じだけの幅を持つ墓場。過去と現在と未来と同じだけの奥行きを持つ墓場。黒い雪の嵐と戦争が終わった後、復員兵からの知らせは何もなく、ラーザーンの住人に援助の手を差し伸べる人は州都からも首都テヘランからも訪れず、村の存在さえ誰も覚えていないようだった。もしもエッファトの幽霊が私の樹上小屋に来て、ゾロアスター教徒の財宝で私たちを救ってくれていなければ、ラーザーンはぼろぼろの姿のままだっただろう。戦争は終わり、前線から戻った人々は仕事と戦利品を奪い合った。彼らに地方——ましてや国の地図にも載っていない辺鄙な村、気ままに飛び回る鳥と失恋した人間が最後に行き着くような村——のことを考える時間はなかった。新しい地位《ポスト》、就任式、物の売買、都会のビルの解体と建設などのおめでたいニュースがあふれる中で、ラーザーンが受け取ったのは死者、行方不明者、捕虜についての知らせばかりだった。

そんな時期のある日、悲しげな目をした男が大きなリュックを背負って村にやって来た。男はリュックに左右の大きな拳を差し入れて、錆びた銘板を二人目のまじない師に渡すと、こんにちはも言わずに現れたときと同様に、さようならも言わずに再び去ろうとした。しかしまじない師はそのとき急に、何年も前にその男に会ったことがあるのを思い出し、どうしてわざわざ銘板を配達するような大変な仕事をしているのかと尋ねた。自分のことをまだ覚えている人がこのあたりにいるとは思っていなかった悲しげな目の男は言った。「とても長い話なので辛抱強くなければ聞いていられませんよ」。そしてまた歩きだした。しかしまじない師はゆっくりと着実な足取りでその後を追い、手で巻いたたばこを渡して言った。「あなたは今、あなたが殺した男と同じ悲しそうな目をしている」。男は立ち止まった。その言葉を耳にしても驚いてはいなかった。彼は静かにそのたばこを吸い、最後に靴の裏で踏んで消した。まじない師はまだその横に立っていたが、男は一歩前に踏み出した。それから振り向いて言った。「父の仕事を子供が受け継ぐこともありますが、一人の愚か者の仕事を別の愚か者が受け継ぐということもあるんです」

村の人々は錆びた銘板をどうすればいいのかわからなかった。新しい家の建設と娘たちの結婚を祝ったばかりでもあった。ひょっとすると、〝結婚式が一つ終われば次は葬式の番〟というあのことわざは本当なのかもしれない。まだ年端もいかない息子たちは連れ去られ、帰ってきたのは鉄の板。そこで村人たちは息子たちの形見を持って、開けた場所に向かった。母親たちは穴を掘り、服と靴、布や木でできた人形を中に入れて土をかぶせ、そこに苗木を植えて、子供が迷子にならないよう伝統に従って足首に付けていた小さな金の鈴と一緒に銘板をくくり付けた。何年かすると、ピンクと白の絹糸のようなネムノキの花とそのかぐわしい匂いの中で、銘板と鈴が母親たちにラーザーンの若者のことを思い出させた。**チリン、チリン……僕らはまだふらふらと、あたりを走り回ってるよ。**母親たちはそれが最後にどんな結果を招くかわかっていなかったし、遠からず自分たちが息子のいる場所に行くとも思っていなかった。

スカーフをかぶらず、膝下までしかない花柄の室内着だけの格好で村の広場を横切るロザーの姿を最初に見つけたのは、村長のいちばん幼い曽孫《ひまご》の五歳の目だった。ロザーは誰にも目をくれることなく歩き続けた。村人はおびえた。ソフラーブが死んで頭がおかしくなったのだと思った人もいた。ゆっくりだがしっかりとした足取りで、前しか見ていない様子から夢遊病だと思った者もいた。

ヘッドスカーフもせず花柄の服を着たロザーが村の端まで歩くのを見た老人たちは、邪魔立てしないのがいちばんだと考えて、コーヒーハウスでお茶を飲み続けた。村の道の先には何もなかった。村もなければ家もない。ただ森があるだけだ。深く湿った密林へと続く果てしない森に入った者は決して戻ってこないと言われていた。戦時中にホセインたちのイスラーム教説話の影響を受けて自らを民兵《バスィージ》と見なしていたただ一人の村の若者は、ロザーが村の広場を出てすぐに、その後を追いかけることを考えた。「イスラーム教の国では、よその男たちの前にそんな格好で出てはいけない」と声をかけようと思ったのだ。ところがその若い民兵《バスィージ》が数歩歩きだしたところで、孤母の一人がロザーの後を追っているのが目に入った。女には自分が何の理由でどこに向かっているのかわかっていなかった。ただ自分は行かなければならない――自分はずっと前からそれを望んでいた――ということだけはわかっていた。何かの力が働いていて、後ろ――殉教してしまった息子と一緒につい先頃までつましい暮らしをしていた家――を振り返ることはできなかった。二人が村の広場を離れるとすぐに、他の孤母が一人また一人と必死の形相でその後に続いた。村人たちは困惑した。夫たちは妻を狂気から救い出そうと後を追ったが、孤母たちは唇にかすかな笑みさえ浮かべずにマーザンダラーンの森の奥に向かって歩き続けた。そこは、光を見たことのない青く輝く蝶が道に迷った人の行く手を照らしてくれると言い伝えられている場所だった。汚れを知らない古《いにしえ》の森の精が今も棲む場所。

村の男たちはすぐに後を追ったが、湿気の多い苔だらけの森を三日三晩歩いたところで女たちの姿を見失った。男たちはいくつかに分かれて捜索をしたけれども、一つとして女たちの足跡を見つけることはできなかった。それはまるで、孤母たちが古代ヒルカニアの森の木にまとわりつく苔と化したか、あるいはずっと男たちの前で羽ばたいている青く輝く蝶に変身し、男たちの頭や肩に振りかかる青金色の鱗粉の魔力で捜索をやめさせようとしているかのようだった。あるいは女たちは朝の涼しい風に姿を変え、霧の中で男たちの顔や腕を優しく撫でて目を覚まさせ、森での捜索を促しているようでもあった。森の木々は背が高く、樹冠も密集していたので、日の光が林床に届くことはなかった。地面は徐々に沼のようになり、男たちが踏み出すたびにより深く足が沈んだ。ヒルが腕と脚に吸い付き、まるで冷たい水の流れに体をくすぐられたみたいに、脚のないトカゲが足の間でのたくっていた。

休むことなく三日間歩き続け四日目の夜明けに霧が晴れたとき、腹を空かせて疲れ切った村人たちは、ヒルカニアの森に生き残った最後のマーザンダラーントラがすぐ目の前にいるのを見て凍りついた。悲しげな目をした巨大な若い獣は男たちの苦悩を理解しているかのようなまなざしで彼らを見た。民兵《バスィージ》の若者は、イスラーム人民戦士機構《ムジャーヒディーン・ハルグ》の手からイスラームと革命を守るためにホセインとその仲間によって与えられたただ一つの銃を構えた。しかし、まじない師は彼に引き金を引く暇《いとま》を与えることなくそれを遮り、その代わりに静かにうやうやしくトラに近づいた。疲れた男たちは、まじない師とトラが話をしていたかと思うと一緒に木々の間に消えるのを見て驚いた。一時間後、まじない師が戻ってきて説明をした。トラは妻を失った男たちにお悔やみを言うため、そして暗く静かな自分の縄張りにこれ以上踏み入らないよう警告するために姿を見せたということらしい。自分が何年も前につがいのトラを探すことをやめたのと同じように、おまえたちもこれ以上妻を探し続けても無駄だ、と。

村人たちがうなだれて村に帰ろうと向き直ったとき、二年前にそのトラのつがいを殺した張本人だった民兵《バスィージ》は恐怖に駆られてわれ先にと逃げた。その晩が明けると、彼の姿はどこにもなかった。遺体も残されていなかった。男たちが見たのは高い木の枝からぶら下がる彼の銃だけだった。銃身はトラの歯で折られ、銃床は嚙み砕かれていた。村人たちはそこから足を速めるでもなく、以後は若き民兵《バスィージ》のことを話題にすることもなかった。

しかし実は、人々が信じていたのとは異なって、民兵《バスィージ》の体をばらばらにしたのはトラではなかった。マーザンダラーンの森で最後の雌のトラを愚かにも殺して自然の掟を破った民兵《バスィージ》を罰したのが森の幽鬼《ジン》だったことは、民兵《バスィージ》本人以外に誰も知る者はいなかった。その唯一の雌トラは子供を産む機会を得られず、その結果、数千年生き延びてきた種《しゅ》は絶えることになった。前の夜、若き民兵《バスィージ》は首の傷から血を流しながら二年前のことを思い出していた。お腹に子供をはらんだトラの首を銃で撃ったこと、そして苦しそうにまだ最後の息をしているそのトラの美しい毛皮を剝ぎ、塩を振りかけ、夏の熱い太陽の下で干したことを。

幽鬼《ジン》の掟は〝目には目を〟だと、どの古《いにしえ》の本にも書いてある。だからその夜、十二人の森の幽鬼《ジン》によって彼の皮が剝がれ、塩が振りかけられて、翌日、夏の熱い太陽の下で干されたのは当然のことだ。若き民兵《バスィージ》はさまよえる幽鬼《ジン》たちが自分の肉と骨をばらばらにしてラーザーンの村に持っていき、犬の前に放るのを見た。民兵《バスィージ》は身重のトラの肉と骨に対して同じことをした後、村の他の若者たちに自慢話を披露したのだった。死んだ民兵《バスィージ》は犬どもが自分の肉に飛びつき、嚙みちぎり、むさぼるのを見た。一時間後、近所に住む一匹の犬が、民兵《バスィージ》の家の裏にある用水路の横で、食べたものをひり出した。糞はまもなく肥料に変わり、そこからかぐわしい野生のチョコレートミントの芽が出た。ある日、民兵《バスィージ》の母親はいつものように家の裏にある用水路まで行き、野生のチョコレートミントの若芽を数本摘み、ひとつまみの塩とニンニクと一緒にすり潰し、お碗の中でヨーグルトと混ぜた。ことの顚末を知らない老女はおいしいハーブ入りのヨーグルトを口に運びながら、息子のことを思い出して泣きそうになった。空を見上げ、深いため息をついて彼女は言った。「ああ、息子に会いたい。神様、息子にお慈悲を。あの子はハーブの入ったヨーグルトが大好きだった」。民兵《バスィージ》はその日から、自分の体のうち母が祈りを捧げたその小さな断片だけは神に赦されたのだと悟った。しかし、トラと森の幽鬼《ジン》による呪いが残るあとの部分は決して赦されることがない、と。

数日後、胞子や蝶やトンボが宙を舞う中を孤母たちが、草、花、菌、乾いた落ち葉を踏みしだきながら歩き続ける一方で、男たちは村に戻った。母親たちは何も考えていなかった。ただひたすら、昼も夜も歩いていた。青く輝く蝶が体に卵を産みつけても、オオツチグモが髪の中に巣を作っても、トンボが耳たぶを咬んでも、まったく気がつかなかった。リスやキツネ、花と並んで泉の水を飲んだときにも、そんなものは目に入らなかった。毎晩守護霊のように周囲をうろついているトラの姿さえ見えていなかった。さまよえる古の森の精が夜に物音をさせても、森の幽鬼《ジン》が自慢話を始めても、まったく動じなかった。大雨が降っても体は濡れるがまま、風に舞う落ち葉に取り囲まれても立ち止まらなかった。足首に小さな鈴を付けて前を歩く殉教した息子の姿しか女たちは見ていなかったので、他のものにはまったく目もくれなかった。息子たちが座った場所に女たちは座った。息子たちが水を飲んだ場所で、女たちも水を飲んだ。女たちは家を遠く離れ、いくつもの村や夏の放牧地を通り過ぎた。村を一つ、放牧地を一つ通り過ぎるたびに、女の数は減った。見知らぬ人の群れの中で、つらい記憶と正気の両方を失う女もいたのかもしれない。疲れて体が弱った女の中には、ジャッカルや肉食のモグラの餌食になった者もいたのかもしれない。あるいは息子たちのことを思い出しながら森で立ち止まったまま息絶え、苔と落ち葉と蛍に覆われて木の幹に変わったのかも。誰に本当のことがわかるだろう？　ひょっとすると息子と一緒にいちばん背の高い木に登り、星の影、そして悲しい森の精の仲間に加わったのかもしれない。女たちはひたすらどこまでも歩き、ある日、気がつくとロザーは一人になっていた。

ロザーは息子を追う母親たちの中でただ一人、最初から一人きりだった。森を歩くときも、夜寝るために立ち止まるときも、彼女の目にソフラーブの姿は見えていなかった。彼女が家を出たのは、自分を見失うためだった。新しく建て直された家で椅子に腰を下ろし、塗り立ての壁、新しい家具と絨毯を眺めながら、ソフラーブはどんなふうに殺されたのだろうと考えたり、炎に包まれた娘はどんな苦しみを味わったのだろうと想像することには耐えられなかった。彼女は未来のこと――今後ビーターとフーシャングに起きるかもしれない悲劇――を考えたくなかった。自分から、そして自分の運命から逃げ出したかった。今いる場所にはいたくなかった。彼女は漠然と、スモモの木のてっぺんで一度だけ経験したあの状態を手に入れたいと思った。自分を上から、そして離れたところから見てみたかった。

こうして彼女は何日も何週間も立ち止まることなく歩き続け、いつもと変わらない晴れた気持ちのいい昼時に、世間と村と人々から遠く離れた青々とした山の中でようやく足を止めた。彼女には今自分がどこにいるのかわからなかった。ひょっとするとアゼルバイジャンかクルディスタンに入っているのかもしれない。数か月ぶりに彼女は、肌に当たる日のぬくもりを感じた。夜になると蛍の赤ん坊によって照らされるクモの巣だらけの髪を風が揺らした。彼女は赤、黄、オレンジに紅葉したペルシアテツボクの根元に腰を下ろし、そのまま何日も眠り、優しく肩を揺すられて目を覚ました。頑張って目を開けると、形の定まらないものがぼんやりと見えた。旅人のようだった。日に焼け、青い目をした旅人は大きなリュックを背負っていた。男はアジアの山や森や野原を何年も前からずっと歩き回っているのだと言った。ロザーには何も訊かなかった。若いのに髪がすっかり灰色の理由も。男は自分の話をした。二年前にイランの森に惚れ込んで、それからペルシア語を覚え始めたのだと言った。男はテントを立て、串に刺したジャガイモとトウモロコシを火の上で焼く間、ずっとしゃべり続けた。インドの山と草原でヨガの修行者から人生の意味を学んだという話。キルギスタンの緑の草原で遊牧民から馬の乗り方を学び、自然と一つになることの意味を理解したという話。雪を頂いたタジキスタンのパミール高原の民からは、いかにして最小限のもので生活するかを学んだ。パキスタンとイラクの修行者からは自分の内面に目を向ける方法を学び、イランでは、古から続く沙漠の広大無辺な静寂を知った。

何週間、何か月も黙っていた後で、男が盛んにおしゃべりをしたので、ロザーの頭の中にまた言葉が現れ、意味を持ち始めた。ずっと沈黙していようとしたせいで、彼女の唇と舌は腫れて干からびていた。男の言葉によって彼女はゆっくりと生者の世界に引き戻された。眼窩の中で乾いていたように見えた目に再び潤いが戻った。何か月も動くことのなかった瞳が再び左右に向いた。そして男を見ているうちに、徐々に自分のことを思い出し、立ち上がった。彼女はぞっとして、もしも自分が今でもロザーなら、フーシャング、ビーター、バハールはどこにいるのかと考えた。足元を見ると靴を履いていなかった。爪先と足の裏には引っ掻き傷やひび割れがあった。

彼女はまた腰を下ろし、右足を手でつかんだ。そうして痛みの感覚を思い出そうとしていると、旅人が金属製の鉢を二つとパンを一切れ持って隣に座った。男は無理に声帯を使わせようとはしなかった。ひょっとすると男の方も数週間一人きりで口を利いていなかったので、ペルシア語の練習相手が見つかったというだけで満足だったのかもしれない。ロザーは鉢の底まできれいに舐めると、恐る恐るそれを男の方に差し出してお代わりを求めた。彼女がそれを食べる間に、男はすでに寝袋を敷き、いびきをかき始めていた。頭の中にかすかな記憶の光を感じたロザーは火に目をやり、次に空を見上げた。星はすぐそこに見えた。眠っている間も、自分の体を温めているのが星の光なのか、それとも残り火なのか、わからなかった。

何日かが経ち、何週間かが過ぎた。ロザーは時々ふと、男とともに山や沙漠を歩いているのは本当に自分なのだろうかと考えた。男はすぐに彼女のための寝袋とズボン、ブーツと暖かい上着を手に入れてくれた。そして夜になると、ロザーの髪の中で小さく瞬く光に笑みを見せてからおやすみを言った。朝には彼女よりも先に目を覚まし、長い時間ヨガをしてから朝食の準備に取りかかった。彼女と同様に、日にちを数える欲求を持たず、今自分たちがどの地方のどの場所、どこの国にいるのかも知ろうとしない男。人々から遠く離れ、自然のただ中に溶け込むことだけを求める男。ロザーと同じように。

最初の数日間、男は常にペルシア語を試し、とても冗舌だった。ところがある日、急にしゃべらなくなった。とても穏やかに黙り込んだので、ロザーもまったく気にすることはなかった。二人は昼も夜も黙ったまま、一緒に食事をし、一緒に歩き、太陽が昇っては沈むのを見るのを楽しんだ。そしてある日、知らない間にトルコの領土に入っていたことに気づいた。爪先が国境からはみ出しただけで殺される世界で、自分たちは山歩きの最中に意図せずして国境を越えたことを知って、二人は涙を流して大笑いをした。そして旅人は笑いすぎて粗相をしてしまわないよう、ズボンのジッパーを開け、少し横を向いて小便をした。こうして長い沈黙を経て、二人の関係に笑いというものが加わった。その日から二人は、ただ馬鹿げた状況の中で目が合っただけで声をそろえて吹き出した。トルコの山の中では二人ともとても自由な気分になっていたので、ある日男は、彼女の目も気にせず服を脱ぐと、見つけた温泉に飛び込んだ。そのときまでロザーはフーシャング以外の男の裸を見たことがなかったし、それも窓から部屋に射し込む薄明かりの中だった。そんな遠い昔のことをあれこれ思い出していると、気分は沈んだ。彼女は火の上で昼食を掻き混ぜる自分の両手を見つめ、この手は今までずっと、家族のための食事を作ることばかりしてきたと思った。それからブーツ、寝袋、スウェットシャツと上着を見て、そういうものは今まで持っていなかったことに気づいた。彼女の目は再び遠くにいる男の体に向けられた。突然恥じらいを覚え、温かくなじみのある感覚が全身を震わせた。それからしとやかに顔を赤らめ、震えながら立ち上がって、キャンプを離れた。その夜、旅人は川の脇にある平らで大きな岩の間で彼女を見つけた――泣き疲れ、叫び疲れ、自分を責め疲れてそこで気を失っているのを。

夜の間に目を覚ますと、ロザーはテントの中で男の隣に寝ていて、周りから川の音が聞こえた。体は疲れ切って、頬に手を触れると爪で付いた傷が残っていた。けれども天井の低いテントの中では、髪の中にいる蛍が発する詩的な光に心が慰められた。まるで自分に加えた肉体的な苦痛によって、精神的な痛みが和らげられたかのようだった。そして自分が突然空気の抜けた風船みたいに感じられた。彼女は隣の寝袋の中で眠っている男の体が発する熱を感じた。私はこの男と何か月一緒に歩いたのだろう？　彼女は男の名前さえ知らなかった。知っているのはただ、男がイタリア人で、登山家だった父親はアルプスで凍死し、その凍った遺体は何年も後になって羊飼いによって発見されたということだけだ。

目を閉じると、何か懐かしい匂いがした。温かく心地のよい、信頼の匂い。彼女は男の顔を見るために横を向いた。就寝中で力の抜けた顔のしわと息をするたびに少しだけ動くごま塩の長い顎鬚を見ているとき初めて、今までずっと男の顔を見ていなかったことに気づいた。その唇にはかすかな笑みが浮かんでいたので、ロザーは急に、男が寝ているのか、それとも寝たふりをしているのかわからなくなった。そう考えた途端、全身が恥じらいで熱くなり、慌てて自分の寝袋に潜り込んだ。男の規則正しい寝息を聞いていると、欲望で体に力が入らなくなった。フーシャングへの貞節を自分が守っているかどうか、自信がなかった。これまでそれが試されるようなことは一度としてなかった。彼女は自分が嫌になった。そしてさらに深く寝袋に入り、夫のことを考えながら眠った。

まだ深夜だというのに、彼女は突然目を覚ました。目が覚めたきっかけは、そばで鳴いているカッコーかフクロウだったのかもしれない。彼女は寝袋から頭を出して男を見た。男はまだ子供のように眠っていた。体の向きさえ変えていなかった。そのごま塩の顎鬚に触れてみたくて、彼女は勇気をふるって手を伸ばした。鬚は柔らかく、彼女の髪ほどの長さがあった。彼女は自分の髪を触った。太陽の下、雨風の中を何か月も歩き、中にはクモの巣と虫の卵があって蚤が棲んでいたので、髪はごわごわで、もつれていた。彼女は立ち上がり、シャンプーと石鹼、そして男が買ってくれた服を探してから川に行った。風は暖かく、水は冷たかった。水の冷たさが全身に染み渡ったとき、どれだけ一生懸命思い出そうとしても、自分が最後に入浴をしたのがいつだったか思い出せなかった。冷たく澄んだ流れが髪を洗い、まだ若いむき出しの乳房をくすぐり、尻をつかんだが、抵抗しなかった。髪の中に巣を作っていた生き物とそこにあった卵――何か月も一緒に旅をしてきた仲間たち――を川に流しながら、今まで感じたことのない思いに衝《つ》き動かされて、そのすべてに謝った。川から上がったとき、あたりはまだ暗かった。暖かな寝袋が体の緊張を解いた。体を丸めると、全身が清潔な匂いに包まれた。そこからは何をしても眠ることができなかった。自分はどうしてしまったのだろう、と彼女は思った。そしてまた体の向きを変えて男を見た。二人の顔はとても近くにあったので、男の息まで感じられた。このとき初めて、男の整った唇、まぶた、そして広い額が美しく見えた。彼女はじっとその顔を見ながら眠りに就きたかったのだが、視線を感じたかのように、男の目がゆっくりと開いた。

のちに彼女がそのときのことを振り返るたびに、互いの目がすぐそばにあった気まずさと、男を驚かせたのではないかという不安がよみがえった。二人は長い間見つめ合った。最終的に手を伸ばし、相手の頬を指先で愛撫したのはロザーの方だった。まったく未知の感覚に心と体を支配された彼女は、繊細かつ大胆になった。恐怖、気後れ、不安には屈したくなかった。彼女は生まれて初めて、自分に過去がないかのように感じた。そして両手を伸ばし、男を抱き締めた。男はまだ若く、たくましい体が彼女を受け入れた。二人の体が絡み合い、徐々に速くなる柔らかな息遣いとともに、信頼の甘く暖かな香りがテントの低い屋根をどこまでも広がる美しい山間の夜空に変えた。二人はキスをし、愛撫し合った。ロザーは慣れた男の手が自分の体を隅々まで探り、嗅ぎ、キスし、むさぼるのを許した。二人はしっかり抱き合ったまま何度も転がり、テントから冷たい草の上、輝く月と星の下に出た。そしてロザーが以前、想像もしなかったところまで行った。

二人はキスを続け、羞恥心を忘れ、恐怖と不安を超えて互いの体の地形を探検し、自分を精神から解放し、ついには、ますます速さを増して二人を体の南半球へと導く欲望と肉体と呼吸の激しいリズムに身を任せた。草の上を滑り、ペニーロイヤルミント、勿忘草《わすれなぐさ》を潰し、それから澄んだ川に沈み、われを忘れた。二人は水に清められ、記憶と過去は洗い流された。男は彼女の中に荒々しく突き入れ、彼女は硬くなった男の下腹部を貪欲につかんだ。二人はのちに、それぞれの胸の奥でこの無茶で激しい夜のことを振り返ったとき、互いの中で何度頂点に達したか思い出すことができなかった……三回？　十回？　あまりにも何度も達したので、夜明けに、ぬめぬめした蛇のように絡み合い、息を切らして目を覚ましたときには、二人の体が離れることはまだ想像できなかった。二人がまた何度も互いの中に浸り、飛び込み、離れる間に、太陽が昇って朝になり、昼になり、夜になった。そして最後に気がつくと、二人は愛の啓示を得ていた。

# 第十章

五つの寝室、リビング、客間、オープンキッチンのある新築の家を喜ぶ人は残されていなかった。大きな暖炉の火の前に座り、お茶を飲み、雑誌をめくり、あるいは本を読みながら、それぞれの夢を追いかける他の家族の楽しい話に耳を傾ける——そんなことをする人はもういなかった！　そこはもう、誰の家でもなかった……。客間では緑色のビロードを張った新品の家具が夕日の美しさにアクセントを添え、大きな書斎には再びたくさんの本が並び、ボケ、イエロージャスミン、紫色のアヤメが植えられた木立は見る者を飽きさせることがないほど美しかったというのに。

家はとても新しく、まだ塗り立てのペンキの匂いがして、シロアリも木材に入り込んではいなかった。家には初めて温水器が備え付けられ、いつでも温かいお湯で皿を洗えるし、「油がなくなる」だの「お湯が冷める」だのと母さんに何度も小言を言われずに、好きなだけ長くシャワーを浴びたり、陶器のバスタブに浸かることができた。でも、ああ、家には誰が残っていただろう？　新しく額に入れた父さんとおじいちゃんの書道《カリグラフィー》の作品、黒い雪とネズミを生き延びた年代物の絨毯、新しいサテンのカーテン、そのどれもがあまりに心地よかったせいで、かえって父さんとピーターはまた悲嘆に暮れてしまった。所有者のいない美にうんざりしたのだ。見る者のいない美。母さんが家を出て行ったことが、二人にとってとどめの一撃となった。

その日、特別に、母さんはベッドを整え、部屋に日を入れるためにカーテンを開けた。太陽の光は絨毯に反射して、部屋の中を柔らかくカラフルに照らした。それからキッチンへ行って、やかんを火にかけた。父さんは毎朝しているように、新しい陶器とクリスタルの花瓶に挿す花を摘みに庭に出ていた。母さんはお湯が沸くのを待つ間、緑色の家具とカーテンをしつらえた客間――父さんがどうしてもと言うので、壁には先祖の肖像も掛かっていた――に行った。そしてカーテンも開けずに庭に面した肘掛け椅子に腰を下ろし、ガラス扉の向こうで父さんが口笛でバナーンの「キャラヴァン」を吹きながら庭木ばさみで薔薇の花を摘むのを眺めた。緑色のカーテン越しに部屋に射し込む柔らかな光に撫でられた室内は、何もかもが平和で美しく、新鮮に見えた。木立、家、ラーザーンは死の災厄を逃れた。バハールやソフラーブについてあれこれ考えずにその死を事実として受け入れ、普通に生活を続けることが可能であるかのように思えた。母さんは扉越しに父さんの姿を見ながら、家にかけられた悲しみの呪いを今ようやく解き、声を上げて笑うこともできるかもしれないと考えた。結局のところ、いろいろあったにせよ、人生はまだ続くのだから。太陽は今でも輝き、父さんとピーターはそこにいて、いろいろあっても月明かりの夜には詩と美があふれていたので、母さんはフーシャングのたくましい腕に抱かれて、「ああ、かわいいエラーへ、僕の気持ちを聞いてくれ」と歌うしゃがれ声をずっと聴いていたいと思った。

ソフラーブの作った詩を思い出す母さんの唇にかすかな笑みが浮かんだ。

昨日、誰かが死んだ
でも小麦のパンはうまい
そして川は流れ、馬は水を飲む

父さんが黄色い薔薇を摘むために表の庭から裏庭に回ったちょうどそのとき、母さんは彫刻された木の肘掛けの付いた緑のビロードの椅子から立ち上がり、客間に敷かれた薄緑色の手織り絨毯の上を進んでリビングに入り、そこからポーチに出た。そして静かに七段のステップを下りてモザイクタイルで飾られた中庭に進み、百七十五歩離れたところにある木立に向かって、左右にボケ、イエロージャスミン、レダマ、バーベナが植えられた小道に最初の一歩を踏み出した。階段を下り切ったところでクローバー、ユキノシタ、芝に落ちた朝露に爪先が触れると、数分前まで頭の中にあって幸福を感じさせてくれた名前や思考がゆっくりと消え去るのが感じられた。何でもいいから何かのことを考えようとした。けれども木立に面した鉄の門をくぐり、村につながる土道に出た途端に思考が停止した。頭の中が静寂に陥り、空っぽになった。当惑した人々に見られながら村の広場を横切るときには、頭の中が空っぽということさえ考えられなくなり、前に進むことしかできなかった。

こうして父さんは赤、黄、白の薔薇の花束を持って家に戻り、ガスコンロの上で吹きこぼれているお湯の音を聞いたとき、突然の恐怖に襲われた。コンロの火を消し、新しいキッチンのカウンターに花を置くと、母さんを探しに寝室に行き、その後、他の部屋も調べた。次にビーターを起こして、母さんの居場所を知らないかと訊いた。それから父さんはポーチに出て、母さんの名前――常々この世でいちばん詩的だと思っていた名前――を繰り返し呼んだ。「ロザー！……ロザー！……ロザー！」

花束は結局花瓶に生けられることはなく、そのままカウンターの上でしおれた。ビーターも決して――家を出て行くまでずっと――その干からびた茎や花弁に手を触れることはなかった。花はそのまま分解して塵《ちり》に変わり、少し触っただけで風に舞った。父さんは時々母さんの名前を呼びながら、三日間、ポーチの椅子から立ち上がらなかった。椅子から立ったときには、髪が真っ白になっていた。雪のような白。スモモの木の上で啓示を得た後に母さんの髪が灰色になったのと同じように。

父さんは庭の手入れや額縁作りをやめた。ポーチのロッキングチェアーに座っていることしかできなくなった。かつてはその椅子にソフラーブや母さんやビーターと一緒に座ったのだが、今ではただ、時折遠くで鳴く鳩や牛の声に妨げられるだけの静かな自然の音に耳を傾けて過ごした。何か月もが過ぎ、私は毎日家を訪れたが、父さんもビーターも別人のようになった。ビーターはかつての夢を思い出すこともなく、ピンクのバレエシューズ――小さくなってもう履くことはできない――から埃を払うことさえしなかった。彼女はすべての役を一人でこなさなければならなかった。料理。家の掃除。一人で本の話をし、ステレオでマルズィーエやバナーンのカセットテープを流した。そして庭の手入れをしながら詩の暗誦。

真実だけが人を自由にする
でも真実へとつながる道はない
望むものを手に入れられない
あるいは望むものが逃げ続ける
それが私たちの運命（ドイツの詩人マルゴット・ビッケルの詩で、アフマド・シャームルーによってペルシア語に翻訳された）

ビーターは皿を洗い、歌を歌いながら、決して実現することのない計画を語った。沈黙はあまりにも重すぎて、新しい頑丈な家の土台でも簡単に揺らぎ、二人一緒に押し潰されてしまいそうで、彼女は常にしゃべっていないと不安だった。

結局、いつもと変わらないある日の朝、ビーターは皿を洗い、キッチンの窓から木立に目をやり、伸びた草、剪定されていない木の枝、手入れされていない土を見て、家に人がいない今こそ木立を生き返らせる絶好のタイミングだと考えた。こうして彼女は庭師を雇うために村に行った。すると誰もがイーサーの家を指差した。彼はおそらく戦争を逃れた村でただ一人の若者で、五ヘクタールの木立の手入れを一人でこなすことができそうだった。ビーターは村の広場を横切って、イーサーの家——何年も前からその扉をノックした者はいなかったのだが——へと続く小道に達したとき、そこがいまだに村人たちの噂するさまざまな出来事の起きた家だとは知らなかった。革命や戦争、強制的な兵士集めや若い男たちの殉教、黒い雪や孤母の変貌など、いろいろなことが起きても、それが村人たちの記憶から消えることはなかった。

ある人々の運命が富や貧困、病気に結びついているのと同じように、別の人々の運命は死の性質と結びついている。イーサーには母親がいない。母親は彼を産んだときに亡くなった。イーサーには父親もいない。父親は一人目のまじない師の後を追ってラーザーンの炎に飛び込み、焼け死んだ。イーサーには姉もいなかった。私の樹上小屋に来て、宝のありかを教えてくれた──それで村の苦い記憶を甘いものに変えてくれた──姉のエッファトは、百頭の羊を連れてラーザーンの村を通りかかった羊飼いの青年に一目で恋をして、その〝黒い愛〟のために死んだのだった。

イーサーの母はラーザーンの村と森の周辺一帯でただ一人の産婆だったが、森の幽鬼《ジン》とかつて交わした約束を破ったために、イーサーを産んだときに死んでしまった。ラーザーンの若い世代はそれを迷信と呼ぶかもしれないが、村の年寄りは自分の目ですべてを目撃し、太陽が毎日東から昇るのを確信しているのと同様にそれを信じていた。イーサーの母、パルヴァーネは子供の頃から、幽鬼《ジン》に与えられた癒やしの力と産婆の能力を持っていた。そうなった原因はパルヴァーネの母、ホメイラー・ハートゥーンがある日、若い女の幽鬼《ジン》が庭で井戸の水を飲んでいるのを見つけたことだった。若い幽鬼《ジン》は、全身が毛に覆われて足が蹄《ひづめ》になっていることを除くと、人間そっくりに見えた。また体がとても汚れていたので、何メートルも離れたところまで死の腐敗臭が漂っていた。ホメイラー・ハートゥーンは手に持っていた釘ですぐにその若い幽鬼《ジン》のスカートの裾を地面に固定した。若い幽鬼《ジン》は仲間と同じく鉄を恐れたので、釘に手を触れることはできなかった。こうしてその日、ホメイラー・ハートゥーンは幽鬼《ジン》を風呂に入れ、髪からノミとシラミを取り除き、きれいな服を着せ、足に蹄鉄を打ち付けた。以来、その幽鬼《ジン》は家ではジニーと呼ばれ、召使いになって、女手一つで六人の息子と一人の娘を育てながら田んぼでの作業と家事をすべて切り盛りしなければならないホメイラー・ハートゥーンの代わりに食事を作った。

ホメイラー・ハートゥーンはジニーの母親が娘を探しているのを知っていたので、ジニーが中庭に出ることを許さなかった。若い幽鬼《ジン》の母親は何年もかけて娘を探した——森から森へ、庭から庭へ、公衆浴場から公衆浴場へと。そしていつもと変わらない夏のある日、ホメイラー・ハートゥーンの家の地下室の前を通るときに、コンロの灰を掃いている娘の姿を見つけた。ジニーの母親はその場にしゃがみ込んで泣いた。その後、森の幽鬼《ジン》たちのところに戻り、どうやって人間の家から娘を救い出すかをみんなと相談した。一人がいいアイデアを思いついた。こうしてホメイラー・ハートゥーンの頭痛が始まった。ホメイラー・ハートゥーンは最初それを田んぼで働きすぎたことと暑さによる疲れのせいにした。しかし頭痛が日に日にひどくなり、しまいに途切れなく続くようになると、一人目のまじない師を呼ぶことになった。「頭はどんなふうに痛むのですか?」とまじない師は訊いた。「誰かが銅製の塵取りで何度も何度も頭を叩いているみたいな感じです」とホメイラー・ハートゥーンは答えた。まじない師が何かの呪文を唱え、ホメイラー・ハートゥーンの前に鏡をかざすと、そこには銅製の塵取りで頭を叩いている幽鬼《ジン》が映っていた。まじない師は香を振り、今見えたものをホメイラー・ハートゥーンに説明した。そして次に、鏡で見えた幽鬼《ジン》をにらみつけ、一般的な幽鬼《ジン》払いの方法を試した。しかし最後にはこう言った。「やつらがあなたにかけたまじないはあなた自身でなければ解くことができない」と。その日の真夜中、ホメイラー・ハートゥーンはジニーを連れて中庭に出て、掃除を始めた。幽鬼《ジン》の母親は、ザー……ザー……ザーという箒《ほうき》の音を聞くと姿を見せずにはいられなくなった。そして大きな声でこう言った。「ということは、私たちがやったことはお見通しなんだね！　娘を返してもらうためにこっちから交渉に行くつもりだったが、こうして私を呼び出したということはどうやら、そっちから交渉をする気のようだ」。するとホメイラー・ハートゥーンは早速要点を切り出した。「娘を返してほしければ、私の一族七代にわたって娘たちに癒やしの能力を与えなさい」。幽鬼《ジン》はそれを聞くと、「口を開けろ」と言った。ホメイラー・ハートゥーンが口を開けると、幽鬼《ジン》がその中につばを吐き、こう言った。「今からおまえの娘たちは七代にわたって、つばで人を癒やす力を持つ」。それからこう付け加えた。「さあ、娘を返してもらおう」。ところがホメイラー・ハートゥーンは約束を守らずこう言った。「もう一つ条件がある。私の娘たちを七代にわたって、ラーザーンの村と森の周辺一帯でいちばんの腕を持つ産婆にするんだ。夫よりもたくさんのお金と力が持てるように」

幽鬼《ジン》は従う以外にどうしようもなかった。「両手を出せ」。女が手を出すとまた幽鬼《ジン》がそこにつばを吐いて言った。「さあこれで、今からおまえの娘たちは七代にわたってこの一帯でいちばんの産婆になり、多大な富を手にするだろう」。それを聞くとようやくホメイラー・ハートゥーンはレンチを使って若い娘の蹄から蹄鉄を外した。母親の幽鬼《ジン》は娘の手を握った途端、こう言った。「しかしおまえは約束を守らなかった。よく聞け。この瞬間から私はおまえの敵だ。そして七代にわたっておまえの家族の敵になる。娘に力のことを話したら、その瞬間に魔法は解けるぞ。自分が力を持っていることは自分で気づかなければならない」。幽鬼《ジン》はそれからひどい匂いのする麻のズボンを引き下ろし、井戸に小便をした。ホメイラー・ハートゥーンはどうすることもできず、ただそこに立ったまま、幽鬼《ジン》が小便を井戸に注ぐのを見ていた。次の瞬間、幽鬼《ジン》とその娘の姿は消えた。

その日から今に至るまで、誰も井戸には指一本触れていない。毎年水かさが増して中庭まであふれ、庭と木立を覆い、すべての植物に魔法をかけ、毒を与えた。こうして一族への幽鬼《ジン》による最初の攻撃が問題を引き起こした。とはいえそれからまもなくして、ホメイラー・ハートゥーンの一人娘のパルヴァーネが自分の能力に気づいた。彼女が触れると、村人が虫歯を抜くときの痛みを和らげることができたばかりでなく、老人の曲がってしまった関節の痛みを永遠に取り去ることもできた。それがまだ噂になる前に、妊婦にお産の痛みを感じさせない能力も発見した。パルヴァーネはまだ幼く、夜におねしょをしたり、眠るときには布でできた人形を抱いて寝るような年頃だったが、噂は村から村へ、そしてはるか森の周辺一帯まで広がっていた。

彼女は百回目のお産を手伝ったとき、まだ十一歳になっていなかった。金持ちになるという夢の叶ったホメイラー・ハートゥーンは、進んで村人に食料を施した。しかしその夜、パルヴァーネの部屋に一人の幽鬼《ジン》が現れた。母と祖母から森の幽鬼《ジン》について聞かされていたパルヴァーネは、すぐにその正体を見抜いて言った。「私に何の用?」。すると幽鬼《ジン》は答えた。「伝統を守れ! おまえは人間の赤ん坊を百人取り上げるたびに、私たちのお産を一度手伝わなければならない」。返事をする前にパルヴァーネは幽鬼《ジン》に腕をつかまれ、導かれるままに体は壁をすり抜け、天井を通って森の上を飛んでいた。ようやく密集する樹冠に覆われた地面に下りると、幽鬼《ジン》が指を鳴らした。するとたちまち、さっきまで恐ろしいほどに真っ暗だった森の中に、数十もの蠟燭と松明《たいまつ》の光がともった。数十人の大小の幽鬼《ジン》——顔は醜く黒く、毛はべとつき、足は蹄のようだった——がそれぞれ何かをしていた。一人は見えない糸を紡ぎ、もう一人は木にもたれながら見えないノートから古の呪文を唱えていた。一人は赤ん坊の幽鬼《ジン》の小便で放浪者の呪いを記し、また別の一人は大きな鍋で食事の用意をしていた。パルヴァーネはその匂いを嗅いで吐き気を覚えた。そんな仲間に囲まれた中央の地面に、お産の痛みで悲鳴を上げる幽鬼《ジン》がいた。パルヴァーネはこのときまでずっと幽鬼《ジン》には手を貸さないと自分に言い聞かせていたのだが、急に気の毒に感じた。そして一歩前に出て、妊娠した幽鬼《ジン》のお腹に手を置くと、何の苦痛もなく赤ん坊が生まれた。そばにいたジニーの母親はパルヴァーネの顔を思い出し、その奇跡の能力を見て、ホメイラー・ハートゥーンにかけた呪いを思い出したが、何も言わなかった。幽鬼《ジン》は仕事の終わったパルヴァーネを家に連れて帰り、彼女の部屋の敷物の下にタマネギの皮を置いて言った。「これが謝礼だ。秘密を守って誰にもこのことを言わなければ、明朝、この敷物の下で金貨を一枚見つけるだろう。しかし誰かに何かを話せば、ひどい罰を受けるばかりでなく、タマネギの皮以外のすべてを失うことになる」。幽鬼《ジン》はそう告げた途端に姿を消した。

　ことなく何年もが過ぎ、パルヴァーネは恋に落ちる前、十ヘクタールの田んぼ、二十ヘクタールの木立、数百羽の鶏、アヒル、ガチョウ、金貨の詰まった大桶——それがどこから手に入れたものか、母親も知らなかった——を手にしていた。パルヴァーネは十六歳のとき、村長の息子ゴルバーンと恋に落ちた。結婚披露宴は七日七晩続いた。娘のエッファトが生まれて一年も経たない頃、ゴルバーンは悪い夢を見て夜中に目を覚ました。妻が息子を産み落として死ぬという夢だった。彼は闇の中でパルヴァーネに手を伸ばしたが、妻の姿はそこになかった。彼はさらにぞっとした。探しても探しても、どこにも妻は見つからず、すっかり跡形もなく消えていた。明け方、ゴルバーンが疲労と怒りで数分間うとうとして目を覚ますと、パルヴァーネはいつもの場所で眠っていた。彼は嫉妬に燃えた。その朝、金貨を数枚手に持って、まじない師のところへ行き、何があったかを説明した。まじない師は鏡を覗き、すべてを説明し、最後にこう言った。「パルヴァーネが取り上げる赤ん坊の数を数えておきなさい。百人のお産を手伝った後に幽鬼《ジン》が現れるはずだ。その夜は、奥さんが眠った後、床におがくずを撒くのだ。私の術をかけてあるおがくずは奥さんのスカートにまとわりついて、天の川のように空に痕跡を残すだろう。それを追えば彼女の居場所を探すことができる。しかし忘れるな。何があろうとも、おまえは決して姿を見られてはならない」

何週間かが経ち、何か月もが経過し、ある夜、幽鬼《ジン》が再び現れた。幽鬼《ジン》はパルヴァーネの手を取り、空に舞い上がった。ゴルバーンは走ってその後を追い、森の中まで行った。木の陰に隠れて、驚きの目でお産の様子を見守っていると突然、背中を押され、幽鬼《ジン》たちの前に突き出された。みんなが悲鳴を上げた。彼らは意味のわからない言語で悪態をつき、一瞬のうちに姿を消した。パルヴァーネは彼の姿を見た途端、恐怖で気を失った。こうしてジニーの母親はホメイラー・ハートゥーンに対する復讐を果たした。というのも、ゴルバーンの背中を軽く押すことがその先、一族一人一人の運命をどう変えるか、彼女は知っていたからだ。

パルヴァーネが目を覚ましたとき、そこに幽鬼《ジン》たちの姿はなかった。夫婦は暗闇の中を手探りしながら家まで戻ったが、パルヴァーネはその間、いつ何時謎めいた死に襲われても仕方がないと思いながら、余計な手出しをした愚かな夫のことを心の中で罵っていた。パルヴァーネはその日から毎晩眠る前に夫に言った。「夜の間に幽鬼《ジン》が命を奪いに来て、私が朝までに死んでいたら、あなたがエッファトをちゃんと育ててやってください」と。

それは最初の兆候だったが、最も重要な兆しでもあった。パルヴァーネの左腕がむずがゆくなり始め、それは死ぬ日まで続いた。眠っている間も左腕のかゆみが治まらなくなると、彼女は富もまもなく失ってしまうことを覚悟した。第二の兆候は物理的現実の限界を明らかにした。彼女は奇跡の力を失った。彼女が持っている二本の腕は他の人と何の変わりもなく、つばは牛の腹部の腫れやラバの下痢さえ治すことができなかった。第三の兆候が現れる頃には、心配と恐怖で体重が十キロ落ち、十歳のときからやめていた祈りをまた捧げるようになった。ある夜、謎の熱病が鶏を襲い、ラーザーンの住人たちは夜明け前に死骸の匂いで目を覚ました。霧の朝、パルヴァーネは腐敗したアヒルの悪臭を放つ死骸を踏みつけ、そこに灯油を撒いて火を点けながら、その出来事の意味を悟った。濃い霧の中、あらゆる方角に薪と肉が燃える匂いを広げる炎の音から離れた場所に腰を下ろし、**これは始まりにすぎない**と考えた。それからまもなくして、彼女が所有する柑橘の木と田んぼが虫に襲われた。虫は彼女の収穫を壊滅させたが、周りの土地には一切手出しをしなかった。その出来事があったとき、ゴルバーンはこう言い聞かせて自分を慰めた。「私たちのものを奪いたいなら好きにすればいい」。しかし母ホメイラー・ハートゥーンの助言——娘をもう一人産めば、今起きている災厄と呪いを取り除くことができ、癒やしの力を持った産婆を次の世代に残せるという考え——に従って再び妊娠したときも、パルヴァーネは心穏やかではいられなかった。そういうわけで九か月後のある早朝、イーサーがこの世で初めて目を開いたとき、母パルヴァーネは永遠に目を閉じたのだった。彼女名義の土地は一平方メートルたりとも残っていなかった。ゴルバーンはそれから何年もの間、金貨の詰まった大桶を探し続けることになる。結局数年後に毒の入った井戸の中で見つかった大桶には、タマネギの皮がぎっしり詰まっていた。ホメイラー・ハートゥーンはパルヴァーネの死とその息子の誕生を一つの区切りとして、少なくともエッファトの血筋が続き、再び幽鬼《ジン》の力を借りて、失った富と財産を取り戻すことを期待した。しかしそうした望みも何年かのち、エッファトの焼身自殺によってくじかれることになる。黒い愛に取り憑かれたエッファトは、自分に治癒と産婆の能力があることに気づく前に火に飛び込む運命だった。

そうした経緯を何も知らないビーターは、イーサーの家の木の扉を叩きながら、その奥から響く耳慣れない音を聞いた。地面を這うか引っ掻くような音だ。ホメイラー・ハートゥーンの庭では、呪いのかかった植物や花が狂ったように地面を這い、あたりを引っ掻いていて、最近ではその様子がイーサーの精神を掻き乱し、同時に魅了していた。この数か月、父と母と姉の喪に服して思考停止状態にあったイーサーは椅子に座ったまま、生長する植物を眺めていた。そして名前のないその熱狂《マニア》にずっと囚われていた彼のもとにビーターがやって来て扉を叩いたのだった。イーサーとホメイラー・ハートゥーン——彼女はすでに相当な年で、自分の名前さえ覚えていなかった——はいまだに、幽鬼《ジン》の小便で呪いをかけられた井戸のある家に暮らしていた。父さんと他の村人たちは黒い雪がやんだ後、彼女の家も建て直すことを望んだのだが、ホメイラー・ハートゥーンはそれを頑なに拒み、庭に人を入れることさえ許さなかった。今ではみすぼらしいアドビ煉瓦造りの壊れかけた家は、あちこち支柱を添えられ、井戸の水で育った藪と草とべとべとした苔に囲まれて、それに丸ごと呑み込まれそうになりながら、かろうじて息をしているような状態だった。娘の死を見届け、自らが死ぬときに持っている財産は最後に着る死装束だけになるというのが、ホメイラー・ハートゥーンの運命だった。

井戸に呪いがかけられたときから、壁や窓、中庭や屋根を絶え間なく這い、引っ掻く植物を刈り込むことが一族の仕事になった。しかし、最初にパルヴァーネの死、次にエッファト、そしてゴルバーンまでが死んだことで、イーサーの気力は日々削《そ》がれ、最近ではもう鎌に触れることさえなくなっていた。今はただ椅子に座ったまま、草や花や木が伸び、這い、地面にはびこるのをいらいらしながら見守るだけだった。植物は彼の目の前で芽を出し、花を咲かせ、果実を付けた。彼も他の家族も昔からずっと、その実を口にしたことはなかったけれども。

ラーザーンの住人たちはまもなく、イーサーは未知の熱狂《マニア》に取り憑かれたのだと悟った。それは新しいタイプの熱狂《マニア》だったので、まだ名前はなかった。執拗に飽くことなく生長を続ける植物が苦しそうに這い、きしる音にじっと耳を傾ける熱狂《マニア》。その小さな庭の中でも自然の法則を容易に破ることができると単に証明するために生長を続ける植物たちの立てる音。

さほど昔ではないあるとき、イーサーはポーチに出て、最近までエッファトが木の櫛で長い髪を梳《と》きながら座っていた椅子でくつろいでいた。目を閉じると、スイカズラの蔓《つる》が庭から中庭へと伸びてくる音が聞こえた。蔓はポーチの段を上がり、それから彼の足首に巻きつき、背中、腕、首にまで達した。もしもホメイラー・ハートゥーンがタイミングよく除草剤――植物と灯油、塩と石灰を混ぜて作ったもの——を持ってそこに現れていなければ、数時間後にイーサーはそのまま干からびた樹木に変わっていただろう。そしてツタのような蔓が体に根を張って、最後には耳、口、鼻からスイカズラの花が咲いていただろう。

どこへ行っても音が追ってきた。窓を開けていようが閉めていようが。扉や窓の隙間に蠟を詰めようが詰めなかろうが。やむことなく滑り、這い、むさぼる音によって彼は殺されかけていた。誰もそれを止めることはできなかった——ホメイラー・ハートゥーンも、まじない師も。そんなとき、家で起きている狂気の沙汰をまったく知らないビーターがやって来て、扉を何度か叩いたのだった。返事がないのであきらめかけたとき、ようやくイーサーが扉を開けた。彼女の目の前には長身の若い男が立っていた。長い薄茶色の髪の奥に、陰気で恥ずかしがり屋の、蜂蜜色の目が隠れていた。ビーターが単刀直入に用件を話すと、イーサーは一瞬のためらいもなく、何も言わずにただうなずき、また扉を閉めた。その瞬間からイーサーはビーターに雇われた。庭師として五ヘクタールの木立を任された彼には、トンボで占いをする能力もあった。

翌朝の日の出の時刻、夜露が徐々に蒸発して、眠れる妖精のように地面から空中へ消え、トンボが朝日で体を温めているとき、ビーターはイーサーの姿を見た。彼は木立の中で鎌を手に、長く伸びた芝と草を刈っていた。そんな調子で一週間が経ったときビーターは、イーサーによって庭に活気が戻るという期待に反して、彼のせいで庭にさらなる重苦しさと静寂と悲しみが加わったと感じた。そこで彼女は彼に作業員をさらに五人雇うように言って、柑橘の木の周りの除草と耕耘《こううん》と施肥《せひ》を頼んだ。翌日、ビーターとフーシャングが目を覚ますと、新しい庭師——三人は女——の騒がしい声が聞こえた。ビーターはにぎやかになったことを喜び、ポーチに出て、女がいる場所は必ず情熱と活気でいっぱいになると考えた。しかしフーシャングの振る舞いは変わらなかった。いまだに何もしようとしなかった。家事を手伝うこともなければ、本を読むことさえなく、絵の額縁を作ることもなく、ただポーチに座ってラーザーンの村と、木立の中での新しい生活に訪れたにぎわいを見ていた。

ビーターは六人の作業員のためにすすんで食事とお茶を用意し、毎日一緒に過ごす時間を作った。彼女はみんなと話をした。みんなと同じように巧みに鎌を扱う方法、斧の使い方や草抜きのコツを教わった。女の子たちの会話に加わり、人生相談にも乗った。そしてできるだけ私と父さんを遠ざけようとした――私は所詮、幽霊にすぎなかったし、父さんもただの歩く屍《しかばね》と化していたから。母さんとソフラーブのことも頭から追い出し、日々の暮らしに無理やり元気を与えようとした。ビーターは生きた人間と交わって自分も生き生きとしたかった。こうしてある日、彼女は枝を切っていたイーサーの腕に手を置き、驚かせた。つい最近私から彼の母親のことを聞いていたビーターは、イーサーを慰めたかったのだ。しかしイーサーの心は、腕に置かれた手の圧力と、それに加えて蜂蜜色の目をじっと覗き込むまなざしを受け止めきれず、彼は震えながら赤面し、剪定ばさみを取り落とすと一目散に逃げ去った。

そんなささいことで、かわいそうな姉さんの心は砕けた。イーサーからは何の音沙汰もなく、他の庭師たちからも彼に関する情報がないまま数日が過ぎると、ビーターは熱を出し、熱に浮かされる中で、自分が〝打たれた〟ことを悟った。つまり、恋に落ちたということだ。姉さんから話を聞かなくても私にはそれがわかった。私にはすべてがわかっているのを姉さんは知っていた。だから余計に姉さんは腹を立てた。今までに読んだ古典的な恋愛物語とは似ても似つかぬ感情を、中途半端で表面的とはいえ初めて味わっていたビーターは、一人密かにそれに苦しみ、自分と格闘したかった。彼女は熱いベッドで悶々と寝返りを打ち、自分より少なくとも五歳は年下の村の若者に恋をするなんて愚かだと思った。彼女はサイドテーブルに置いたお碗からスープを飲みながら、このスープを飲み終わったら立ち上がろう、そして子供じみた振る舞いはやめようと誓った。しかしそのスープのぬくもりを完全に飲み込む前に、スプーンはまた熱い涙でいっぱいになっていた。彼女はイーサーの腕に手を触れた自分を叱り、このなじみのない感情――水に垂らしたインクのようにみるみるうちに大きくなり、自分を溺れさせようとする感情――は一生、心の奥に閉じ込めておくべきだったと思った。姉さんは自分をさげすむようにこう考えた。**愛はこんなふうに始まるものじゃない。ろくに知りもしない人間に恋するなんてありえない。そもそも誰がこれを愛だと言ったの？** それからすぐに、自分が抱いていた感情は肉体的な欲望だったと気づいて自己嫌悪に陥った。そして自分に素直になってこう考えた。**そう、私は正直に認めなきゃならない。この感情は何であるにせよ、少なくとも愛じゃない。汚らわしく愚かしい、つかの間の欲望でしかない。詩人も作家もみんな言っているように、これだけは絶対に本当の愛とは区別しなくては駄目。** 自分が嫌になった彼女はしぶしぶ、膣から出たねばねばしたものに手を触れた。常々本を読んできたし、人生においてもさまざまな苦しみを与えられてきたのに、それでも大人になりきれない自分が嫌になり、自分を責めた。彼女の体は自分が望まない人間に変化しつつあった。それはまるで他人の体のようで、どうしたらよいかわからなかった。恥ずかしかった。三十歳にしてようやく肉体的成熟に近づこうとしていた。その後、ベッドの中で体を触るようになった。人生で初めて、自然な体の欲求に従った。寝室の扉に鍵を掛け、リチャード・クレイダーマンのピアノアルバムを収めたカセットテープをステレオにセットし、イーサーのきれいな手と日焼けした顔を思い浮かべて体を愛撫した。かつてない興奮を味わいながら、恥ずかしげもなく服を一枚また一枚と脱ぎ、ひんやりしたシーツを体で感じた。身をよじり、むき出しの肩と腕にキスをし、嚙み、三十年の生涯で初めて絶頂に達したときには、悲鳴を抑えるため必死に嚙んだ枕が破れた。全身が汗に覆われ、脈動した。もしもオルガスムがそれよりも長く続いていたなら、片手を股の間に入れ、もう一方の手で硬くなった乳房をつかんだ格好のままおそらく心臓発作で死んでいただろう。その後はまるで、公衆浴場で何時間か過ごして肩に載っていた重いものがなくなったかのように体全体が軽くなった。まるで一人が全身の垢をこすり落としてくれて、別の一人にマッサージをしてもらい、さらにもう一人が優しい愛撫で落ち着きと潤いを与えてくれたみたいに。彼女は初めてのオルガスムによって、今まで知らなかった心地よさと肉体的感覚を味わった。その夜はまたイーサーのことを思い浮かべながらさらに四回自慰をした。翌朝、後ろめたい喜びとともに目を覚まし、バスルームに行って吐いた。一人で味わう快楽を恥じたり、それで自分を憎まなければならない理由はわからなかった。自分がやったのが普通のことなのか、自分の体を触って快楽を得ているのは世界で自分一人なのか、彼女は知らなかった。バスルームで吐いているとき、今までに読んだ本や観た映画の主人公が男であれ女であれそんなことをしている場面は一つも思い出せないことに気がついた。たとえ母さんが生きていたとしても、そんな質問は相手にしてくれないだろう、と彼女は思った。まして父さんに訊くことなどできない。だからシャワーの後はまたベッドに逃げ込んで、恋愛物語を片っ端から読み始めた。

そこで探したのは、本物の愛を偽物と見分けるコツ、あるいは少なくとも、恋愛物語のさまざまな展開の中で誰かが自慰をしている場面だった！

日が経つにつれ、自分が最初からちゃんと愛と欲情を見分けたという事実に慰めを見いだすようになった。おかげで肉体的にも感情的にも一時的な情熱のために処女を失うことはなかった、と。その後は、家と天井裏を探し回って、結婚、恋愛、セックス、デートなどの心理を扱った本を読みまくり、すべての問いに正解するようになるまで『恋に落ちた自分を知るための本』を繰り返し読んだ。

十七日目、ビーターはベッドに横になって太陽の光を浴び、微笑んでいた。それは、**ありがたや、この慢性の流行り病を生き延びることができた！**としか解釈しようのない笑みだった。そしてちょうど、自分には肉体的欲情と偽の愛情に対する免疫が充分にできたと感じていたそのとき、あらゆる自信はイーサーの口から最初に出た「ビーター様」の一言とともに崩れ去った。強固な論理的思考、心理学的な分析、自己診断テストのすべてはどこかに消え、彼女は震える脚で窓辺まで進み、そこで自信と奔放さの混じる口調でしゃべっているのが本当に彼であることを確かめた。「拝火神殿まで来てください。お話があります！」

私の予想に反して、今回はビーターがイーサーの腕に触れるのではなく、イーサーの方がビーターの柔らかい茶色の髪に日に焼けた手を伸ばしてきて、自分の方に顔を向かせたかと思うと、村の若者が都会の女の子にしか見せないような自信たっぷりの態度でキスをした。最初のキスとともに、輪郭のはっきりした知覚、自分に課した道徳、恋愛と自意識に関する心理学の本に火が点き、草を焦がし、煙に変わり、どこかに消えた。二人は絡み合う枝や背の高いシダやニワトコの間で、強引かつ性急に互いの肉体的地形を探り合い、余計な言葉が交わされることはなかった。こうしてそれから一年八か月と二週間、二人は毎日毎晩、「愛してる」と言うこともなく、「愛してる？」と訊くこともせずに、心と体を交わらせた。イーサーはビーターの虐げられた繊細な体の上に村の若者らしい筋骨たくましい体で覆いかぶさり、一秒たりとも離れたくないかのように強く体を押しつけ、実際、二人が離れることはなかった。彼はセックスの間、ほとんど口を利かず、口を開いたとしてもそれは「君の中に入ってそのまま二度と出てきたくない」と言うためだった。二人の絡み合う体が発する熱は毎回強烈だったので、周囲の草には火が点き、燃えた。庭師たちは毎日新たに地面が丸く焼け焦げているのを見つけて驚いたが、異常に暑い夏と秋のせいとして片付けた。しかしビーターはいまだに、自分を襲っている災厄が本当に愛なのか自信が持てずにいた。恋に落ちた人間が幸せになるなんて可能なのだろうか、と彼女は思った。というのも、イーサーは悲しく孤独な男だったけれども、彼女を喜びで満たしてくれたからだ。父さんのタールが燃え、バハールが火事で死に、本が燃やされ、ソフラーブが処刑され、母さんが出て行って以来、ビーターが喜ぶような出来事が何かあっただろうか？　人生は嫌なことばかりだけど、それでもまだ素敵で美しい部分もあると思い出させてくれるのがイーサーと交わる時間だ、と彼女は思った。人目をはばかるセックスをした後も、青い草の上に横たわったまま笑い、野草を巻いてたばこにし、その煙を蝶やトンボに吹きかけて、頭上に浮かぶ太った陽気な白い雲を眺めるだけの時間があった。彼女が裸でしばらく草の上を転げ回り、静かな時間を楽しんでいると、テントウムシが髪の中で遊び、爪先をくすぐった。喜びが徐々に彼女の体に活気をよみがえらせ、若さに落ち着きを与えた。彼女はイーサーのことを考え、トンボの動きを解釈する能力を素晴らしいと思った。イーサーは普段ビーターのおしゃべりや質問に沈黙で応えるか、単に肯定的な笑みを見せるか、うなずくかで返事をしたが、トンボの動きを解釈する能力については隠し通すことができなかった。

何年にもわたって果てしなく這い伸びた蔓――蛇のようにねじれ、絡み合い、木の手足にキスをし、先端の節《ふし》から花を咲かせる蔓――はイーサーの家の庭を獣や昆虫の棲みやすい完璧な聖域に変えていた。魔法をかけられたその庭を長年眺めることで、彼はトンボの動きをじっくりと観察でき、この世でただ一人のトンボ占い師となった。

二人が一緒のとき、イーサーの注意はいつもトンボに向けられていた。ビーターと話していても、あるいは彼女の話を聞いているときでも、目はトンボの動きを追って左右に動いた。トンボの種類、色、飛んでいる場所、飛び方、止まった場所などに基づいて、その日、あるいはその週に起きることが予知できた。ビーターが彼の腕に手を置いたあの日、彼が震えて剪定ばさみを落とし、逃げ出したのもそれが理由だった。というのも、あの瞬間、彼はビーターの肩に赤いトンボが止まっているのに気づいたのだ。彼はそれによって、燃えるような恋が自分を待ち受けていることを知り、うろたえて逃げ出した。次に黄色いトンボが窓のガラスに止まるのを見たときには、愛を打ち明けるべき時が来たと悟り、それに抵抗することはしなかった。二人が初めて交わったとき、周りにはさまざまな色のトンボが集まり、花や灌木や木の上から彼に勇気――容易には抜け出すことのできない恋愛関係に身も心も捧げるだけの勇気――を与えてくれていた。トンボは二人が交わるたびに輪の中で燃え、草やタンポポとともに灰になった。

トンボが木の枝や扉の枠、あるいは窓の下にぶら下がっていたらまもなく雨が降ることをイーサーは知っていた。もしもか細い小枝の上に止まっていれば、雨は降らない。朝一番に自分の周りを飛ぶトンボが黒っぽい色をしていたら、その日の天気は荒れ模様で、雷と稲妻がやって来る。もしもそれが虹色なら、近所で赤ん坊が生まれる。

イーサーはビーターに、白いトンボを部屋に入れないように気をつけろと言った。白いトンボは近親者の死を意味するからだ。しかし、それを聞いて彼女が急に悲しそうな表情になるのを見て、その不吉な言葉を取り繕うためにこう付け加えた。「そしていつか、緑色のトンボがベッドに止まるのを見たら、すぐ僕に教えてくれ。それは君が結婚する時が来たという意味だから」。二人は秘密の願いが実現する未来を思い浮かべて微笑み、むき出しになった互いの肩にキスをしながら顔を埋《うず》めた。しかし、緑色のトンボがビーターのベッドに止まることはなかった。それどころか、彼女の部屋に入ってくることさえなかった。その代わりにある日、小さな青いトンボがビーターの頭に止まった。イーサーはそれを見た途端、顔が真っ青になったが、何度訊かれてもその意味は決して教えようとせず、まるで別れを告げるかのように激しく彼女にキスを浴びせた。

中途半端な夢のようにいきなり始まったビーターのロマンスは、綿雲がちぎれるようにあっさり終わった。青いトンボがビーターの髪に止まった翌日、村の娘デルバルが突然イーサーの前に現れた。その目は薄茶色で、白い胸には張りがあり、金色の髪の毛には緑色のトンボが止まっていた。それによってビーターの青いトンボの意味がはっきりした。デルバルはイーサーには目もくれずにその前を通り過ぎた。しかし、イーサーは一瞬のうちに悟っていた——好むと好まざるとにかかわらず、その金色の髪に止まった緑色のトンボは自分の人生において新たな一章が始まった徴《しるし》であることを。ゾロアスター教の拝火神殿脇で密かに会い、人目を忍んで一緒に食事をし、誰にも見られないように服を脱ぎ、炎の輪の中でキスをし、時にイーサーにはまったく理解できない美しい詩をビーターが暗誦する――そのすべてが、ビーターの頭に青いトンボが止まった途端に終わった。イーサーは自然の法則には逆らえないことを知っていた。だから彼は振り返り、デルバルの魅力的な体つきをじろじろと見た。彼女の頭の周囲を飛ぶ緑色のトンボに見とれてその場に立ち尽くしていたイーサーは、まさにこの瞬間、ビーターが拝火神殿脇のいつもの場所で待っている――今日もきっと彼の茶色い髪を撫で、耳元で「私の今の気持ち、わかる？……あなたに打たれた私の気持ちがわかる？」と尋ねるだろう――ことを忘れていた。イーサーには彼女が言っている意味がわからなかったが、「〝打たれた〟ってどういう意味？」と聞き返すことはなかった。

その日、ビーターは暗くなるまで拝火神殿の脇に腰を下ろし、丸い焼け焦げが残る地面を見ていた。一つ一つの輪が一度の、あるいは複数回の交わりの記憶をとどめていた。焼け焦げた輪の中にはところどころに草が生え始めたものもある一方で、新しい草が生えてきそうにないほど真っ黒焦げになった輪もあった。彼女は最初、満足げな笑みを浮かべていたが、イーサーから何の知らせもないまま時間が経ち、色のないトンボが周りを飛んだり止まったりするのを見ているうちに、輪が恐ろしいものに見えてきた。頭の中でブーンという音が徐々に響き始め、やがて何か不吉なものに備えるかのように思考が停止し、彼女の目の前で時間が凍りつき、すべての動きが止まった。そして凍りついた時間の中で、二匹のテントウムシと三匹のトンボが野茨の茂みに止まり、また飛び立ち、赤ちゃんキツネがシダとニワトコの隙間から顔を覗かせ、彼女に気づくと逃げたが、その間もコオロギはずっと鳴き続けていた。しかしその様子は彼女にはまったく見えていなかった。目は開いていたが、何も見えなかった。イーサーはまだ現れていなかった。何かをしなければならない。彼女は瞬きをしたが、まだ何も見えなかった。コオロギは鳴き続け、彼女は目の前が見えないままだった。彼女は思った。**突然目が見えなくなるなんて、なんと驚くべきことだろう。**しかし動くことはしなかった。恐ろしいとは思ったが、それを表には出さなかった。指先で草の葉を触り、それをちぎり、口元に運んだ。唇と手が震えているのは感覚でわかった。彼女は何かを——少なくとも焦げた地面だけでも——見ようと目を凝らした。しかし黒い輪を長い時間見つめていたせいで、その黒がどんどん大きく広がり、頭の中すべてを覆ってしまっていた。そうしている間にまた時間が進み始めた。停止していた思考が、再びゆっくりと伸縮しながら動きだした時間を認識した。目の前で何かが動くのを感じた。もう一度瞬きをすると、キツネの頭が見えた。再び様子を見に戻ってきたキツネだった。風に揺れる草の葉と、恐ろしげな輪がゆっくりと形を成していった。

ついに太陽が沈み、フクロウが鳴き始め、ナイチンゲールとスズメがねぐらに戻ると、彼女は立ち上がり、草地を横切り、ポーチにいる父さんの前を通り、自分の部屋に入り、明かりを点けた。そして部屋の隅々を注意深く見回して、視力が戻ったことを確かめた。彼女は『易経』を本棚から取り出し、願掛けをして、三枚のコインを床に六回投げ、結果を紙切れにメモした。六行。

沢水困《たくすいこん》。

石に苦しむ。茨に苦しむ。

家に帰っても妻はいない。

いいことはない……


目に涙が浮かんだ。彼女は深く息を吸い、窓の外に昇ったばかりの宵の明星を見て、その先を読んだ。


蔦《つた》に足を取られて苦しむ。

当てもなく動けば悔いが残る。


彼女はそのとき初めて、トンボの意味に気づいた。少なくとも、自分の頭に止まった青いトンボの意味がわかったと思った。

数日後、女の庭師たちが噂をし合うが、イーサーは別れの挨拶さえしに来なかった。ビーターは熱を出さなかった。考え込むこともなかった。しまってあるバレエシューズを出してくることもなかった。数日すると、焦げた輪を眺めることもやめた。そして簡単に自分と父さんの分の荷造りをして、スニーカーを履きながらポーチにいる父さんの前に行き、こう言った。「立って。服を着替えて。テヘランに行きましょう。ここにはもう何も残されていない」

父さんは遠くから眺めるようにビーターの顔を見て微笑み、こう言った。「私はここに残る」

「テヘランではおじいちゃんの家に住まわせてもらえばいい」とビーターは言い張った。「あそこなら私たち二人ぐらい大丈夫」

父さんは「私はまだここでやることがある」と答えた。

ビーターは馬鹿にしたみたいに「たとえばどんなこと？」と言った。

「それはまだわからない」と父さんは素っ気なく言った。

それから父さんはビーターの頬にキスをしてこう言った。「大学に行きなさい。好きなことを研究して、善良な人が会いたがるような人になりなさい。いつかまたここに帰ってくることがあるかもしれない。その日まで私は待っている」

ビーターは泣きながら丘を下った。トンボや踏み分け道、牛、放し飼いの馬、それに時々森をさまよっているジプシーなどの手を借りれば、大きな街道までの道は見つけられるだろう、と彼女は思った。

# 第十一章

風は私たちの郷愁を歌う
満天の星は私たちの夢を知らない
雪片はまだ流していない涙のよう
静寂はまだ発しない言葉に満ちている
まだ起こしていない行動
秘密の恋の告白
口に出されたことのない奇跡
この静寂の中に隠されている
あなたと私の真実は（マルゴット・ビッケルの詩）

もしもピーターがイーサーの沈黙をもっと真剣に受け止めていれば、こんなことにはならなかっただろう。恋に落ちていた一年八か月と二週の間にイーサーの心の奥底を探ることもなく、その不実に傷つき、絶望したビーターは、生きている人の世界で新しい人生を切り開くべくラーザーンを離れた。二人の間に澪のように広がっていたイーサーの沈黙は、セックスによって埋められていたのだった。

イーサーは何かを隠そうとしたわけではない。ただ自分の人生が運命と苦悩と絶望に満たされていることを悟って、黙っていることに慣れただけだった。幽鬼《ジン》がかけた魔法と祖母の卑劣なやり口について、中庭で狂ったように伸びている植物について、エッファトの黒い愛について、ラーザーンの聖なる炎について、そして父親の変貌について黙っていることに慣れっこになっていた。しかし、もしもビーターが本当にイーサーの人生の一部になることを望み、その努力をしていたなら、村の人やこの私からだってたくさんの話を聞くこともできただろう。もし仮に二人の関係を炎の輪以上の現実的なものにしたいと思っていたのなら、トンボの意味を躍起になって解釈しようとするのではなく、イーサーの長い沈黙の意味を探ることができたはずだ。

イーサーの一族については今でもいろいろなことが言われている。特に彼の姉については。黒い愛に打たれた人間の口や体はある匂いを発していて、近くでその匂いを嗅いだ人はたとえそのとき恋をしていなくても、黒い愛に感染してしまうと言われている。たとえ年寄りであっても、たとえ子供であっても、感染した人は恋に落ち、夢中になり、他のものが見えなくなる。エッファトが黒い愛に打たれたのは、若い羊飼いがラーザーンの村を通りかかった日のことだった。羊飼いはその日初めて――そして人生でその一度きり――村のそばを通り、たまたま玄関先に座って糸を紡いでいたエッファトに、ここを去る前に水を一杯くださいと頼んだのだった。エッファトは自分で作った青い陶器のカップで水を差し出し、青年がそれを飲もうと頭を下げた瞬間、きらきらと波立つ水面に映った顔を見てたちまち恋に落ちたのだった。彼女は打たれ、熱に浮かされ、虜《とりこ》にされた。あっという間の出来事だった。

　黒い愛に打たれた人間は口を利かなくなる。あるいは口を利いても、恋の話しかしなくなる。仕事もしない。ただしやり始めたら、過労で倒れるまでしゃにむに働いてしまう。エッファトは月夜の散歩に取り憑かれた。日が暮れると、長い髪を櫛で梳かしてから裸足で出かけた。足取りは確かでしっかりしていたが、目的地は定まらない様子だった。木立から木立へ。草原から草原へ。庭から庭へ、そして厩《うまや》から厩へ。最初の頃は父親とただ一人の弟であるイーサーが彼女を探しに出て、近所の家の厩や、森の奥の草原、あるいは遠くにある田んぼにいるのを見つけることもあった。彼女は月明かりの中、木の櫛で髪を梳かしながら、静かに愛の歌を歌っていた。ゴルバーンとイーサーが夜闇の中で最後に彼女を探しに行ったときには、遠くの村にある草原で四つん這いになり、草を食べながらメエメエと鳴いているところを見つけた。彼女は雪に埋もれている草を歯で食いちぎり、くちゃくちゃと噛んでいた。月の出た冬の夜、草原は雪に覆われ、銀色に反射する月の光で幻想的な雪景色が何倍にも増幅していた。木々の枝は一本一本が大きく見え、その柔らかな影に向かって歩いておいで、手で触ってごらんと誘っているみたいだった。しかしゴルバーンはイーサーに、影にだまされないよう警告していた。「とにかく私に付いてこい。耳はふさいでおけ。きょろきょろ周りを見てはいけない。雪の降る月夜の影はすべて幽鬼《ジン》か、ナスナース（クルアーンなどにおいて、ナスナースは人間以前に創られた、人間に似た一本脚一本腕の生き物で、悪さをする罪深い存在とされている）か、妖精か、ダヴァールパー（上半身は人間、下半身は蛇の生き物。夜に道端でおんぶを求め、負ぶさった途端に蛇のような脚を巻きつけて、以後、その人をこき使うと言われている）かもしれない」と。

その夜、広い草原に着き、歌声を耳にすると、ゴルバーンは立ち止まって言った。「耳をふさげ。私たちを誘惑しようとする妖精、幽鬼《ジン》、ダヴァールパーの声だ」。イーサーは言われた通りに耳をふさいだが、どうして自分たちを誘惑しようとするのか不思議に思う気持ちは消えなかった。父親は急いでイーサーの耳元に口を近づけて言った。「妖精か幽鬼《ジン》なら私たちとの間で子供を作ろうとするし、ダヴァールパーなら私たちをこき使おうとする」。どうして妖精や幽鬼《ジン》がそんなことを望むのかイーサーには理解できなかったが、聞き返す余裕はなかった。耳をふさいだまま歩いていると、だんだんと音が近づいてきて、最後に父親の耳にメエメエという声が聞こえた。二人は用心しながらそちらへ近づいた。ゴルバーンはイーサーにその場にいるよう合図した。生き物に近づくにつれて、徐々にそれが自分の娘であることが父親にはわかった。エッファトは頭を下げ、雪の下にある凍った草を歯で噛みちぎっていた。ゴルバーンはそんな娘の姿を見て、自分の肩に世界中の悲しみが一気にのしかかったように感じた。彼はエッファトの隣に腰を下ろし、「娘よ、おまえは羊ではない」と言った。エッファトは草を食べるのをやめ、まったく無邪気な表情で、「父さんに何がわかるの?」と言った。それから父親に優しく微笑みかけた。父親は言った。「おまえが生まれたとき私は立ち会った。おまえの母さんがおまえを〝エッファト〟と名付けた。おまえの母さんも人間だった」。エッファトはまた彼のことをじっと見て、「つまり、父さんはまだわかってないってことね?」と言った。「何がわかってないって?」と父親は訊いた。「この世に当たり前のことなど一つもないってこと」とエッファトは有無を言わせない口調で言った。

エッファトはいつも微笑んでいた。黒い愛は人を優しくした――優しく、かつ悲しく。その夜、ゴルバーンとイーサーは何とかエッファトを説得して、家に連れ帰った。黒い愛の果てには死しかないと、すべての村人と同様にゴルバーンも知っていた。どうにも治療法がなかった。だからといって、ただ手をこまねいているわけにはいかなかった。彼はさまざまな方法を試した。山の上にある聖者廟に連れて行き、そこの世話人に任せてもみたが、一週間後の真夜中に彼女は、ぼろぼろの服を着てテキーエに上がる階段に座り、影に向かってしゃべっているのを発見された。彼女は人が見ている前で影に向かってこう言っていた。「メエエエエエ……メエエエエエ……私はあなたの羊……私はあなたの召使い……もう一度戻ってきて。村の前を通って……ほら、上手でしょう、あなたを呼んで鳴いているの……メエエエエエ……メエエエエエ……」。それから彼女は泣き、立ち上がり、木でできたテキーエの階段を上がり、サーゲ・ネファールに施された木の彫刻を手で撫でながら嘆願し、泣いた。それから長い髪で涙を拭い、空を見上げて言った。「あなたはかわいい子羊をここに忘れている……戻ってきて、一緒に連れて行ってくれない？　罪のない子羊が一人っきりで途方に暮れている……連れ戻しに来て。私を殺して、肉を食べて……あなたの栄養になれますように。メエエエエエエ……メエエエエエエ。私を脇に抱えてくれたこと、沙漠や野原で私に笛を吹いてくれたことを忘れたの？」。取り乱した若い娘は再びすすり泣き始め、こう言った。「ね？　私には飼い主がいない……私がどれだけメエメエ鳴いても、誰も小屋まで連れ戻しに来てくれない……だってみんな、私があなたの迷える白い子羊ちゃんだと知っているから……メエエエエエエ、メエエエエエエ」

数日後、ゴルバーンが外に出かけ、エッファトがいつものようにポーチの隅に座って木の櫛で髪を梳きながらしんしんと降る雪を見ていたとき、イーサーはついに勇気を振り絞って姉の隣に腰を下ろした。彼はその場の匂いを嗅いだ。冷たい雪の匂いのほか何の匂いもしなかった。彼はじりじりと近寄り、もう一度匂いを嗅いだ。今回は雪とは違う匂いを感じた。さらに体が触れるところまで近づいた。冬の最中《さなか》なのにエッファトの体はかまどのように温かかった。彼はエッファトの髪に鼻を突っ込んで匂いを嗅いだ。するといきなり、野性的な匂いが彼に取り憑いた。それは知っているどんな匂いとも似ていなかった。彼はめまいを覚え、これ以上嗅いだら自分は二度とそこから自由になれないと感じた。そこで慌てて身を引き離し、雪の降り積もる中庭に座り込んだ。しかしエッファトの体の野性的な匂いはまとわりついたままだった。すっかり気が動転した彼はエッファトの髪と体にもう一度つかみかかろうとした。だが、急いでまた近寄ろうとした途中でくるりと向きを変えると、恐ろしくなって中庭から飛び出し、夜まで戻ってこなかった。イーサーの反応を理解したエッファトは笑みを浮かべ、最後には顔を上げて、弟が深い雪の中を歩き去るのを見ていた。そして独り言のように、「ああ、かわいそうに。やっぱりあなたもわかってないのね」とささやき、髪を梳かし続けた。

翌朝、イーサーはまだ一つのことを考え続けていた。みんなの言っていることは正しかった。あの匂いは人を狂わせる、と。彼はエッファトの近くを通ってあの抵抗しがたい匂いを嗅がずにすむよう、一日中家にこもっていたかった。しかしものの数秒で、気づけばまた姉のそばに座っていた。彼は訊いた。「姉さんは本当に恋をしているの?」。エッファトは驚いたように彼を見て言った。「〝恋〟って何?」。イーサーは言った。「その、ほら、誰かに惚れ込むってこと」

「葉っぱが木に惚れ込むことなんてある? そんなことできるのかしら? 羊が羊飼いに惚れ込む

とか？　"羊"のいない"羊飼い"とか"葉っぱ"のない"木"なんてある？」。頭が混乱したイーサーは聞き返した。「何が言いたいの？」。「ある日、私はある人と出会った。その人はちょっとだけ私と立ち話をして、水をくださいと言って、それを飲んだ後、去っていった。気がついたときには私は二人になっていた。それだけの話。その日から私はずっと二人。わかる？」とエッファトは言った。イーサーにはわからなかった。エッファトは首を横に振り、急に怒ったように言った。「あなたたちはみんな頭がどうかしている。二人ということの意味が誰にもわかってない。みんな自分は一人だと思い込んでいるせいで、自分が生きている理由さえろくに理解してない！」。彼女はそれからまた、静かに髪を梳かし始めた。髪は穏やかな風に揺れていた。彼女は笑い声を上げると言った。「私の場合、問題は二人が離れればなれになっていること。それをどうにかする必要がある。それだけのこと」。「もう一人は今どこにいるの？」と彼は訊いた。エッファトは髪を梳く手を止め、焦点の合わない目を空中に向けて言った。「ぽつんと立つ木の陰から、眼下の牧草地に散らばる自分の羊たちを見守っている」。彼女はそこで少し間《ま》を置いてから続けた。「今はしゃがんで、足元の泉から冷たい水を飲んでいる」。彼女は目を閉じて、冷たい水が細胞の一つ一つを生き返らせるのを——本当に喉が渇いていた——全身で感じた。そしてまた深く息を吸って言った。「すごく冷たい！　おまえも少し飲む？」。

イーサーは姉の誘いを無視して言った。「次はどこに行くの？」

「チャールヴァー族の人たちと一緒に冬の放牧地へ。カーリーマーニー平原に行く」。彼女は謎めいた口調でそう言った。

翌日、まじない師が何人かの長老とともに家にやって来た。まじない師がエッファトの匂いの影響から自分たちを守ってくれるので、長老は感謝していた。まじない師が本を開くまでもなく、エッファトに魔力が働いているのは明らかだった。「黒い魔法だ」。どうすればいいのかと長老たちは尋ねた。まじない師は「鉢に水を入れて持ってきてください」と答えた。それから村長に向かってこう言った。「生まれたばかりのあなたの孫の小便を誰かに持ってこさせてください」。彼らは近くにいた少年にメッセージを言付けた。少年はすぐに駆け出し、一時間後に、幼い男の子の小便を小さな茶碗に入れて戻ってきた。まじない師は鉢の水に小便を注いで言った。「新しい布切れを持ってきて」

布が届くと彼はその下に両手を入れ、村で一人きりの巡礼者《ハージー》〔メッカ巡礼を果たしたイスラーム教徒のこと〕にその上で鏡を持たせた。まじない師はエッファトを呼んで前に座らせ、布の下にある小便の入った鉢に手を入れさせた。すると急に布が動き始めた。下の鉢ががたがたと鳴り、泡立つ音がした。小便の滴が熱い石炭のように周りに飛び、村人たちの足元に敷かれたフェルトの敷物を焦がした。布の中に生き物が現れ、暴れ始めていた。まじない師は汗を流しながら、暴れる生き物たちを布の下に押さえ込んでいたが、突然、動きが収まり、すべてが静かになった。静寂。静寂。

村人たちは凍りついたように息を止め、立ち尽くしていた。優しく無邪気に笑っていたのはエッファトだけだった。ここまでずっと目を閉じていたまじない師が目を開いた。彼は何事もなかったかのように皆に微笑みかけているエッファトのことを見た。まじない師が布を部屋の隅に投げた。村人たちは小便の入っていた鉢に今は泥と南京錠、黒い魔法とまじないが入っているのを見て驚き、おびえた。エッファトは錠を見て笑った。まじない師は訊いた。「娘よ、やつらがおまえの運命にどうやって鍵を掛けたか知っているか？　おまえの運命を封じ込めていたこの鍵を、幽鬼《ジン》たちが土の中から掘り出して私のもとに持ってきたのだ」。彼はその後、鞄から乳香と香木と香炉を取り出した。そして火を点け、それを持ったまま祈りを唱えながら部屋の中を回り、時々、数珠を振り回し、悪態をついた。最後に部屋の中にはいい匂いのする煙が充満して、邪悪な幽鬼《ジン》は出て行った。するとまじない師は腰を下ろし、サフランの精油が入った瓶と龍涎香《りゅうぜんこう》の染み込んだ紙と白い雉《きじ》の羽根ペンを取り出した。そして羽根ペンをサフランの精油に浸し、紙に呪文を書いて言った。「今日から七日七晩、エッファトを家から出してはならない。さもないとまた幽鬼《ジン》に取り憑かれてしまう」。誰もがほっとした。父親はまじない師の手に口づけをして、謝礼とパン、そして鶏肉を小さな包みにして渡した。

まじない師が帰り支度をしていると、エッファトがそのそばに近寄って優しく手を握った。そして狼狽した様子のまじない師に微笑み、目を見つめたまま、深く息を吐いた。突然、その息から野性的な芳香が立ち上った。それはまるで彼女の口から数千の野生のサクラソウとスミレが生え出でて、たった今まで香の匂いが立ちこめていた部屋をいっぱいにしたかのようだった。それはひんやりとした、強烈な匂いだった。まじない師は恐ろしくなって、握られている手を引っ込めた。村人の一人が叫んだ。「あの匂いだ‼……黒い愛の匂いだぞ。逃げろ！」。まじない師を先頭に誰もが逃げ出そうとした瞬間、一人の老女が止めに入った。彼女は杖をつき、目を閉じて、深く息を吸った。エッファトは笑った。老女も笑い、エッファトに手招きをした。エッファトはおずおずと近寄った。それから二人はポーチに立ち、他の村人は凍った中庭に集まった。一人の村人が老女に言った。「ほらほら！……その子から離れなさい……一緒に頭がいかれてしまうぞ」。しかし老女はみんなを無視してエッファトに言った。「もう一度息を吐いてちょうだい。私のために」。エッファトは優しく老女の手を取り、深く息を吸った。息を吐いたときには、まるで口から春があふれているかのようだった。老女は目を閉じると、子供の頃や若かった頃の思い出がはるか彼方から一瞬のうちによみがえり、心と魂を奪われた。田んぼの中を走ったこと。野生のスモモをもいだこと。口の中に広がるラズベリーの味。初めてのセックス。老女は目を開き、声を立てて笑った。それから杖を放り出し、チャッケ（結婚式や祝い事の際に踊る、イラン北部の伝統的な踊り）を踊り始めた。その姿はまるで彼女が十四歳の頃、今は村長となっている男が彼女に恋をして、髪に挿すための百合の花束を持ってきたときのようだった。

　オシロイバナが芽を出し、開花しかけていることに最初に気づいたのはイーサーだった。スモモの木は雪をかぶっているにもかかわらず新しい葉を出し、花を咲かせていた。ついさっきまで雪の毛布に覆われていた庭全体にマリーゴールド、サクラソウ、オシロイバナがあふれていた。イーサーはあまりの驚きにしゃっくりが止まらなくなったので、もしもホメイラー・ハートゥーンがオレンジの花の精油をすぐに与えて、「この子に神の平安を《アッサラーム・アライクム》」と七回唱える間息を止めさせていなかったらどんな悲劇に見舞われていたか誰にもわからない。目の前で起きていることに対する驚きが一段落して、鶏が飛び立つほど大きな声のしゃっくりが治まると、イーサーは笑いだした。次には彼の父親が、挫折と絶望から泣くと同時に笑い始め、さらに村人も一人また一人と笑いだし、最後には全員が——まだおびえながらも——笑っていた。笑いに笑った。

　人々は家や中庭から出てきて、驚きの目で見た。というのも、冬の最中なのにハンニチバナの茂みやジャスミンの枝、スイカズラの蔓が壁や木々を覆い、エッファトが少し微笑みかけただけで一気に花を咲かせたからだ。春の花の香りはあたりに漂い、笑い声はエッファトの家から隣の家へ、さらにそれが隣へと広がり、村全体を包んだ。誰もが花を摘み、自分の髪に挿した。誰もが花を持って歌を歌い、踊り始めた。誰もが通りでひざまずき、神に敬慕の言葉を浴びせた。誰もが隣の家の扉をノックし、現れた人の手に花を持たせた。

エッファトはポーチに立ったまま、すべてをじっと見守っていた。いちばん熱心に踊り、笑っていたのはまじない師だった。ホメイラー・ハートゥーン、ゴルバーン、イーサー、近所の娘たち、村の陰気な若者たち、口うるさい老婆、体の弱い者たち、あら探しの好きなじいさんたち――その全員が踊り、笑っていた。エッファトはその様子を心ゆくまで眺めた後、ポーチの階段を下りて家の裏の小道に向かった。そこから森の方へ歩きだし、ひたすら歩き続けて、村の大木のところまで行った。それは少なくとも十人の大人が手をつながなくては幹を囲めないほどの大木だった。あたりは暗くなり始めていた。彼女は丘の上にある、一帯でいちばん背の高い木の横に腰を下ろし、風に運ばれてくる村の人々のかすかな音――まだ笑い、踊っていた――に耳を傾けた。そして木の幹にもたれ、村を見下ろしながら考えた。**さあこれで、二人でいるというのがどういう意味か、みんなにもわかってもらえた。**彼女は地元に伝わる愛の歌を小さな声で口ずさみ、静かに周りの雪を払って、そこに落ちている枝を集めた。大きな薪の山が出来上がると、火を点け、そのまま炎が安定するまでしばらくじっと座って見ていた。炎は大きくなり、燃えさかった。すると彼女は落ち着き払って、村や家の方を振り返ることもなく、ためらわずに火の中に足を踏み入れた。そして寒い冬の日に薪ストーブに近づくような笑顔で、骨まで火に呑まれた。生命を消し去る炎の中に。彼女は自分の片割れに微笑んだ。緑が広がるカーリーマーニー平原で罪のない羊の群れを眺めながら笛を吹き、突然前触れもなく訪れた幸福感について考えている自分の片割れは、まさにその瞬間、自分は罪のない白い子羊であり、罪のない白い子羊は自分だと気づいた。自分は木であり、木は自分だ。あの葉も。羊のために笛を吹きながら、そして平原を歩きながら踏みしだいているこの落ち葉も。

突然、村を覆う夜空に残り火が散った。ハレー彗星の尾のように明るく輝く残り火が森の方――巨木のある方角――からゆっくりと飛んできて、村人たちのいるところに落ちた。次々に降ってくる残り火の下で村人たちが歌い、笑っている間に、まじない師は薪を集め、村の広場にそれを積み上げた。そしてマッチを擦り、乾いてすかすかになった薪の下に差し入れた。炎が上がり、大きくなった。狂ったように笑っていた村人たちがみんなで火を囲み、ようやく静かになった――まるで笑いすぎて顎が痛くなったかのように。まるで喜びすぎて疲れ果てたかのように。まじない師は呪文を唱え始めた。古代パフラヴィー語の呪文だ。彼は天から降る火の雨に腕を差し出し、炎の周りで踊り、歌った。その顔や体に降った残り火は、もろく軽い灰に変わった。村人たちは徐々にまじない師と踊り始め、一緒に呪文を歌った。彼らの体の一部に今なお――イスラーム教改宗から何百年も経っているのに――パフラヴィー語が生き残っていると誰が想像しただろう？　その後、誰がどこからワインを持ってきたのかははっきりしない。七年もののワイン。子供から老人までがワインを一杯ずつ飲み、呪文を歌い、踊った。まるでそこにいるのは、十四世紀前にアラブ人の来襲とともにイスラームに改宗した人々ではないかのようだった。まるで数千年前からここにいるゾロアスター教徒が広場でワインを飲み、踊り、喜びとともに自然と神に感謝を捧げているかのようだった。老いたまじない師はまず最初に、何千年も続けてきた伝統に従ってワインを少し広場に注いでから残りを飲み、ハーフェズの詩を詠んだ。

永遠の過去におけるあなたの美は神の光の中に現れた
愛は生み出され、世界中を火に包んだ

それからまじない師は後ろを振り返ることもせず、村人の方も先祖伝来の家の方を向くこともなく火の中に入り、炎に完全に呑み込まれるまでその中心から天を見上げていた。

村人たちは慌てふためきもせず、叫び声も上げなかった。誰も恐れてはいなかった。みんなまるで突然何かの確信を得たかのように、至福に包まれていた。自分の片割れに対する確信。自分の中にもう一人の自分がいるという確信。自分が人生だと思っていたものがまったくそうではなかったという確信。次に突然、イーサーの父親がまじない師の役割を引き継いで、古代の呪文を再び唱え始めた。村人たちは一緒に呪文を繰り返しながら踊った。そのとき、牛の鈴《カウベル》の音が近づいてくるのが聞こえた。毎年インドから来て何日か村にテントを張り、村人にいろいろなものを売ったり占いをしたりするジプシーの一団が森の小道から現れた。彼らは布、釘、鎌、銅製の食器を山のように抱え、何とも場違いな格好だった。

日に焼けた男女は牛やラクダ、馬やラバから降りた。そしてラーザーンの人たちが火を囲み、一年前には使っていなかった言葉をしゃべり、ワインを飲んでいるのを見て唖然とした。例年なら、騒々しく村に現れる彼らを出迎えてくれるのに、今年は誰も気づいてさえいないからだ。ちょうどそのとき、イーサーの父親がこんな詩句を唱えた。

知恵は愛の炎が光を与えてくれることを望む
世界は熱い愛雷《いかずち》に満ちている（ハーフェズの詩）

村人たちは彼と一緒に詩句を繰り返し、唱え終わると同時に、後ろを振り返ることもせず、一斉に火に飛び込んだ。一人として振り返る者はいなかった。子供のこと、配偶者のこと、親のことを考える者はいなかった……。振り返って家を見る者もいなかった……。彼らはまるでそれ以外のことには何も意味がないと思っているかのように火の中に飛び込んだ。ジプシーたちは最初のショックから立ち直ると、嘆き悲しみ、叫んだ。金切り声を上げ、空中で腕輪を揺すり、自分の頭を叩いた。そして炎に駆け寄り、炎から一人が一人ずつを引きずり出し、村の共用の井戸まで水を汲みに行って、炎を消した。彼らは瞬く間に村人を火から救い出し、暗い小路に運んだ。一時間後……広場には誰もいなくなった。それはまるで夢かまじないか魔法がラーザーンを襲い、去ったかのようだった。骨まで冷たくなったイーサーは隅の方にしゃがんで震えていた。そして目の前の出来事を黙って見ながら、こう考えていた。**まるでまじない師も、父さんも、エッファトも最初からいなかったみたいだ……火も存在せず……愛なんて存在しなかったみたいだ。**

その翌日から四十日間、村では誰も他の人に目を向けることがなかった。誰も他の村人に〝こんにちは〟も〝さようなら〟も言わなかった。翌日から四十日間、かつて降ったことのないほどの大雪が村人を家に閉じ込めた。牛も羊も小屋から出られず、飢えで死んだ。春など存在しないかのようだった。夏も。秋も。何も。

# 第十二章

ビーターは心の痛みと屈辱を抱え、途方に暮れながらも、しっかりした確かな足取りで不確かな未来に向かって歩きだした。そして革命によって変えられた一族の運命――自分の運命――について考えた。そのとき思い出したのは、混乱の最中《さなか》のある日のことだった。バレエのレッスンを受けているとき、高い窓の向こうから、舗道を進んでくる人々のリズミカルな足音と叫び声が聞こえた。「シャーに死を！　シャーに死を！　シャーーーーに死をーーーー！　シャーに死を！　シャーに死を！　シャーーーーに死をーーーー！」。それと同時に隣のクラスの先生がビーターの先生のところに走ってきて、耳元で何かをささやいた。その先生は自分のハンドバッグからヘッドスカーフを取り出して頭にかぶり、デモに参加するために出て行った。しかしビーターの先生はまったく動じることなく、はっきりした口調で繰り返した。「ジュテの足は右足と四十五度になるように。手は第五ポジション！　胸から息を出す感触を確かめながら、深く息を吐いて」。そのわずか数分後、デモ隊の人が何人か入ってきてその先生を外に引きずり出し、路上で殴ったり蹴ったりし始めたのをビーターは覚えていた。彼らは生徒たちに怒鳴り散らし、みんなを教室から追い出して、バレエ教室はそのまま永久に閉鎖になった。先生は今どうしているのだろう、と彼女は思った。テヘランに行ったら探してみようか。ひょっとしたらもうイランを離れたかもしれない。あるいはひょっとして、踊りの才能を無駄にして、家の奥で料理や裁縫や掃除をしているのかも。

ビーターは木と藪の中で道を探そうとあたりを見回した。一面の緑以外には何も見えなかった。緑の葉。緑の枝。緑の草。そして途方に暮れながら、太陽の経路から方角を見定めようと空を見上げようとしたとき、ゆっくりと近づく私の姿を見つけた。私は道を教え、元気を出させようとした。ところが次の瞬間、私の口からあふれ出したのは、慰めの言葉ではなく、出て行く前に私にさようならも言わなかったことに対する非難だった。「あなたはそこら中にいるんだから〝こんにちは〟にも〝さようなら〟にも意味はないでしょ」と姉さんが怒って言い返したことで、私は自分の悲しい立場を思い知らされた。たとえ愛する人の幽霊でも、所詮は忘れられた死者にすぎないのだ、と。私はショックを顔に出さないようにしながら、「これからどうするの？」と尋ねた。彼女はただ肩をすくめただけだったが、私はそれを見て、私に対する、そして人生に対する不満が思っていたよりはるかに深いことを悟った。

私が次に口にした言葉は自分でも意外だった。「人生は大体その人のいないところで決まってしまう。そのことには誰でも腹が立つ。でも、姉さんは自分がどれだけ幸運かわからないの？　少なくとも、今でも自分の足で歩けて、自分の肌でものを感じて、ゴルメサブズィー（米飯にかけて食べるハーブと羊肉を煮込んだシチュー）とアーブグーシュト（スープの一種）を味わうことができる。それに、一度のセックスで至福の瞬間を経験しただけでも人生が豊かになったとわからないのなら馬鹿よ！」

ビーターは私が言い終える前に立ち止まって憎らしそうににらみつけたので、私は自分が言ったことが恥ずかしく、怖くなって、姿を消すことにした。自分の口からそんな言葉が出るとは信じられなかった。私たちの人生はつらいことの連続だったので、互いに相手を傷つけることは敢えて言わずにきた。しかし実際それを口にした今、さげすむような返事を聞くことには耐えられなかった。彼女はこの数か月間にわたって私にセックスの様子を見られていたことを今知って、激昂していた。私は自分が密かに姉や他人のプライバシーを覗き見できる死者であることが恥ずかしくなった。

彼女はまた歩きだしたが、私は一人で泣いていた――彼女には涙を見られたくなかった。姉が遠くで私を罵るのが聞こえたが、向こうには私の悪罵は聞こえていなかった。私は木の下にしゃがんですすり泣く自分の声が遠くまで響くのを聞きながら、私の家族には次々に事件が起きたせいで今まで泣く暇《いとま》がなかったことに気づいた。憎しみのこもったビーターの表情を目にして初めて、私は自分が妄想にとらわれた死者でしかないことを悟った。私は生者に話しかけることができるし、生者は私の姿を見ることができるが、そこにはごまかしがある。死後の私の存在は幻にすぎない。ソフラーブにまた会う機会があれば私は勘違いをしていたと言わなければならない、と私は思った。死はいくつかの事柄を終わらせる区切りでしかないと思っていたのは勘違いだった、と。全然違う！　死はすべての終わりだった。肉体の終わり、アイデンティティーの終わり、言葉の信頼性の終わり。私の人生において意味を持っていたすべてのことの終わり。家族、愛、信頼、友情。そう……死はそうしたすべてのものの終わりだった。

私が泣いていると、いつの間にか星が出て、ジャッカルが吠え始めた。そのとき誰かが私の肩に手を置いた。泣きすぎて、頭が重く感じられた。死にはいいこともある。たとえば、何も怖くなくなる。真夜中に森の中で知らない人が肩に手を置いても動じることはない。私はいらっとして顔を上げた。それは中年男の幽霊だった。男は私が何も言わないのに隣にしゃがみ、私の頭を肩に預けさせた。なぜかはわからないが、そうされた私はさらに泣いた。男は父親のように私の頭を撫でた。男が何も言わないことが私にはうれしかった。私の涙が少し収まると、男は頭で方角を示しながらこう言った。「川の幽霊たちのところに行く途中で、君の声が聞こえたんだ。もしよかったら一緒に来るかい？」

私は何も考えず、彼に付いていった。男は途中で、〝川の幽霊〟というのは近くの川で亡くなった人たちのことで、時々思い出話をするために集まっているのだと説明した。

「なんて意味のないことを！」と私はいらだち紛れに言った。「いや、幽霊だってどうにかして時間をやり過ごさなければならない。そんなことでもしなければ孤独に耐えられなくなる」と男は答えた。私は最後の涙を拭って言った。「生きている人間みたいな言い方をするんですね」。「私たちはどうしても生者と同じように振る舞ってしまう。君にもわかるだろう？」と彼は言った。「そうですね。でも、そういうところは変えた方がいいのかもしれない。どっちにしても、生きてはいないんだし」と私は元気なく言った。

「人間は死んだからといって幸せになるわけじゃない」と男は言った。

黙ったまま歩いているうちに川に着いた。そこには何人かが集まり、火を囲んで座っていた。その中に、まるでたった今川から上がってきたみたいにずぶ濡れで震えている十歳の少年がいた。幽霊の一人が自分のコートを少年に着せかけ、他の仲間につぶやいた。「この子は一時間前に溺れたばかりだ。本人はまだ気づいていない」

私は不審そうな少年の哀れな目を見ていた。幽霊になりたての少年は死の抱擁の中で震え、その瞳の中で炎が揺れていた。私たちはみんな死の腕に抱かれていたが、少年だけがまだそれを知らず、まだ生に抱かれていると思っていた。反対側の世界で。目に見えない壁の向こう側で。「僕は羊飼いで、名前はマジードです」と少年は言った。母親と一緒に川を渡っているとき、途中で母を見失ったらしい。みんなはまた黙り込んだ。幽霊になりたてのマジードの前では誰も、生きていたときの思い出話をする気にはなれなかった。死んだことに気づいていない少年を刺激したくなかった。そういうことは自分で自然に気づかなければならない。死んでから最初の数時間が最悪だ、と私は――おそらくみんなもそうだろうが――知っていた。まだ自分が死んだと知らない時間、そして知ったとしても、まだそれを信じたくない段階。まだ体のぬくもりを感じることもできるし、乾いた唇に触れる湿った舌の感触もあるし、誰かがそばにいて自分を待っていることもわかる……。

そのときマジードが訊いた。「みんなはここで何をしてるの？　旅の途中？」。私たちはどう答えたらいいのかわからず、視線を交わし、ためらった。ちょうどそのとき何人かの生きた人間がランタンを手に持って近づいてきた。マジードの母、父、兄がランタンで川の土手を照らしながら彼を探していた。マジードはうれしそうに彼らに呼びかけ、肩に掛けていたコートを脱ぎ捨て、駆け寄っていった。私たちは動かなかった。少年が駆け寄っても、彼らは名前を叫び続け、違う方向を向いていた。それから遺体が見つかったらしく、急ぎ足になった。少年は家族に会えたのがよほどうれしいらしくその後を追いかけて、母親に抱きついたが、母親は後ろから抱きついているマジードには気づかず、名前を叫びながら歩き続けた。彼らはその先で立ち止まり、泣いた。マジードはまた家族に追いついた。そして今度は父親に抱きついたが、父親もまったく気づいたそぶりを見せなかった。そしてその前を通り過ぎてマジードの遺体の上に体を投げ出し、嗚咽し始めた。マジードはようやく自分の亡骸を目にした。水に濡れ、氷のように冷たくなった顔が、父親の肩に力なくもたれていた。少年は信じられないという表情で自分の顔を見た。そして一歩後ろに下がり、自分の手を見て、自分の顔を触った。そしてついにこちらを振り返り、私たちの方を見た。私に声をかけた中年男が老人と一緒に立ち上がり、ゆっくりと少年の方へ歩いていった。しかしマジードは、生と死が分けられないもの――同じ一つのもの――であることに気づいたらしく、パニックを起こしていた。彼は叫び声を上げながらその場から駆け出し、森の中に消えた。

しばらくの間、恐怖に駆られた少年の悲鳴が弔鐘のように私の耳に響いていた。私は胸が締めつけられ、みんなの前で自分の孤独な体を抱き締めて泣いた。少しして、二人の男がマジードの落ち着かない幽霊を暗い森の奥から連れて戻り、私の隣に座らせて、死の冷たさを少しでも和らげるためにまたコートを肩に掛けてやった。少年は黙って炎を見つめていたが、やがて眠った。私は思った。かわいそうなマジード、かわいそうな私、私たち死者はみんなかわいそう……だって誰も死から自由になれないから、と。生に飽きた人はその試練を逃れるために自殺を図ることができる。でも、死んだ後はどうか？　死んだ後は、その苦痛を逃れたくても自殺という選択肢はない。死の正しい定義は、永遠の退屈だ。

マジードの顔の筋肉は悲しみと当惑で疲れていた。だから私は自分のかわいそうな弟みたいに腕の中で抱き締めて、こう言って慰めてやりたかった。「泣かないで。明日、目を覚ましたときには、これは全部ただの夢だったとわかる。またお兄ちゃんたちと一緒に羊の乳を搾って、お父さんと一緒に羊の群れを山の上の牧草地まで連れて行ける……。だから泣かないで、僕ちゃん。あなたはすぐに大きくなって、遊牧の途中で黒い目をした美しい娘と出会って恋に落ち、一つでなく百の心で恋い焦がれることができるから。そして彼女と離れればなれになったときには病に伏せ、涙がこみ上げ、胸が締めつけられ、お父さんの笛の音でさえ心に喜びをもたらしてはくれない――そんな経験ができる。悲しい音楽を聴きたい気分になって、自分でも笛の練習をして、次の移動まで物憂げな曲を奏で続ける。それからまたあの美しい娘に会う。今度は名前も教えてもらい、あなたのことなど気にかける様子もなく去っていく体の曲線を見て、そのときから、彼女のいない人生には意味がなくなる。だから気恥ずかしさをかなぐり捨てて、思い詰めたまなざしですべてを父親に打ち明ける。その後は思ったよりとんとん拍子に事が運ぶ。あなたは娘に求婚する。娘はあなたの妻になる。あなたは自分のその手で木の家を建てる。一年後、子供が一人生まれ、三年後、それが二人に増え、四年後には三人になる。そして、いつの間にそんな月日が経ったのだろうと思っていると、ある日、息子が思い詰めた表情でやって来て、遊牧の途中で黒い目をした美しい娘に恋をしたと打ち明ける。あなたはその家に出向き、息子の代わりに結婚を申し込み、やがて五人目の孫が生まれ、ごく普通の日常が続く中で、いつもと比べて取り立てて幸せでもないある日、あなたは死ぬ。それでおしまい。今と同じように」

川の幽霊は思い出話を始め、私の話も聞きたがった。私はいろいろなことを手短に説明し、森を一人きりで歩いている姉のところに急いで戻らないといけないのだと言った。するとその瞬間、話をすべて聞いていたらしいマジードが目を開いて言った。「その人なら見たよ。長い蔓を探してた」。私たちは慌ててビーターを探し、太い蔓で首をくくって苦しそうにあえぎながら手足の指を痙攣させている彼女を見つけた。生きている人間にとって死は悪夢だが、死者にとってもそれは同じだった。私はビーターにそんなに急いでこちらの世界に加わってほしくなかったので、絶対に死なせるつもりはなかった。ビーターにはまだ見るべきものがたくさんある――今は頭が混乱していて、そんなことは考えられないとしても。ビーターは意識を取り戻すと、私を二度平手打ちしたが、私はそれで笑ってしまった。あまりにも泣きすぎたせいで、笑いをこらえることができなかった。それから二人で抱き合って泣いているうちに、彼女は眠った。私たちの周りには、暗い顔をした森の幽霊――みんな同情的で、辛抱強かった――が集まっていた。

ビーターが目を覚ましたとき、私たちは彼女が冷えないよう自分たちのコートをたくさん掛けてあげて火の回りに座っていた。マジードが最初に口を開いてこう訊いた。「人生って本当にそんなに悪いものだと思う?」。ビーターはじっと火を見つめていたが、ぴたりと閉じたその口元の様子から、まだ頭の中が混乱していることは明らかだった。老人は中年男に、どんな人生だったか話を聞かせてほしいと言った。「私は人に自分の話をしたことがありません。どう話せばいいのかわからないんです」と中年男は言った。「それはどういう意味かな?」と老人は言った。「誰でもそれぞれの方法で自分の話をするものだ。遠慮することはない」。それを聞いて中年男が言った。「なるほど、やってみます。でも、最初に言っておきますが、皆さんのように上手に話をすることはできませんよ」

男は炎をじっと見つめたまま次のように話を始め、一度も間《ま》を置かず、一文で話を終えた——うちには三人の兄弟がいてそれぞれの妻と子供そして老いた両親と一緒にみんなで一つ屋根の下に暮らしながら魚を捕ったり木を切ったりして生計を立てていたのですがある日のこと末の弟が家に帰ってくると宝の地図を見つけたから一緒に宝探しをしようと言って私と弟を誘ったものですから老いた両親は悲しそうな顔をして宝物には呪いがかかっているし宝探しに行って生きて帰った人間はいないから宝探しに行くのなら勘当だと言ったにもかかわらず私たちはそんな説教には耳を貸さず父からこんな話を聞かされても気持ちを変えませんでしたがその話というのは昔あるところにいた少年が家族に別れを告げて宝探しに出かけたところ長い間村から村へ街から街へと移動するうちにやけっぱちになってある金持ちの家に盗みに入って捕まり刑務所に送られて少年は刑務所の中から父親に助けに来てほしいという手紙を書き送ったものの父親からの返事は厄介なことになるから宝探しなどやめておけと言ったはずだという内容で片足を墓に突っ込んでいるような今の自分にはただ刑期を終えたら戻ってこいと言うことしかできないがというのも生涯こつこつと働いて蓄えた宝をおまえのために木立の中に埋めて隠してあるからだがそれを当たり前と思ってもらってては困るし無駄遣いもしてはいけないと書いてあったのでそれを読んだ息子は大喜びで刑期が終わるとすぐに村に戻り木立を掘って宝探しを始めるのですが掘れども掘れども何も出てこずしまいに木立全体を掘り返すことになってそれでも何の痕跡も見つからなかったけれども母親がずっとその後を追うようにして息子が掘り返したところに種を蒔《ま》き続けたものだからたちまち庭全体が緑に覆われて草木が育ちしばらくするとそこで採れたものを売って大金持ちになり息子は大地と健康という富と宝を大事にしろという父親の教えを思い出したとそんな話を父は私たちに聞かせたのですが私たち兄弟はそれにも耳を貸さず家族に別れを告げ歩いて歩いて歩き続けてついに地図の上でこの川に該当する場所にたどり着いて川を渡って先へ進み最後に丘の上にあるとても背の高い木のところにたどり着きましたら幹の北側には魚の模様が彫ってあってそちらを向いて立つと次の暗号が刻まれたとても背の高いもう一本の木が丘の上に見えてその調子で亀が彫ってある木にたどり着き亀の頭がある方角に歩いていると今度は大きな岩があってその上に立つと遠くに滝が見えたので私たちは休憩もせずに滝まで歩きさらに滝をくぐるとその先に洞穴があって奥の暗闇の中で金と宝石がきらきらと輝いていたので私たちは喜び勇んで肩掛け袋とポケットと鞄に宝石を詰め込んだのですがまだ洞穴から出ないうちに二羽の鳩が飛び込んできて私の隣の岩に止まり互いに話を始めましてこの男たちの一人は兄弟二人を殺そうとしていると一羽が言うともう一羽がその通りねでも自業自得だと答えて最初の一羽がその通りだ人間どものことは放っておこうと言ったので私はそのそばに座って話を聞いていたものですから驚いて二人の弟に鳩が二羽やって来て岩の上に止まり私たち兄弟の一人が他の二人を殺すという話をしていたと教えて私は無邪気に俺はおまえたちを殺すつもりはない血を分けた兄弟だからそれに一つの国の民を幸せにできるくらいたくさんの宝物を手に入れたんだから三人で分けるには充分だと付け加えましたが鳩が口を利くわけはないんだからそれは作り話だ兄さんがそんな話をするのは僕たちに殺される覚悟をさせるためだ僕たちを殺す気だと末の弟が言ったので私が反論しようとすると真ん中の弟まで私を責め始めましてどうやら兄さんは僕たちをここで殺そうと思っているようだけど僕は兄さんたちから身を守るために毒を仕込ん

だ短剣を持ってきたと言うが早いかその短剣を構えたものですからおまえどうかしちゃったのか俺は聞こえたことをそのまま話しただけだもういい俺の作り話だったってことにしておこう鳩なんかいないさおまえたちを試してみたかっただけだ二人とも不合格だと叫んだんですが私がそう言った途端末の弟は笑いだして僕も冗談だったんだ兄さんたちをからかっただけだと言うとその様子を見ていた真ん中の弟も短剣を鞘に収めて今のことで昔聞いた三人兄弟の話を思い出したと言って語りだすには三人兄弟が宝を探して山に行き洞穴の奥でそれを見つけたのだが長兄が弟二人を近くの井戸に投げ落として宝を独り占めしたところそれは普通の井戸ではなくそこには幽鬼《ジン》や妖精が棲み着いていて彼らは哀れな二人の話を聞いて長兄に対して復讐をしようとする兄弟に力を貸すことにしまず幽鬼《ジン》の一人が美しい女に化けて長兄がそばを通るのを待ち伏せ長兄は女を見るや一つでなく百の心で恋い焦がれ女を家に連れ戻り結婚するが女は結婚には一つだけ条件があると言いそれは夜の十二時から朝五時までの間は彼女の部屋に入ってもいけないし声もかけてはいけないという約束を破れば命はないというものだったが長兄はこの条件を呑んだので女は毎晩別の部屋に行き夜の十二時から朝の五時まで扉を開けなかったのだがついにある晩好奇心に負けた男が部屋に入ると女は男女の幽鬼《ジン》に混じってワインを飲みながら歌い踊っていたので嫉妬に狂った男が剣で女と幽鬼《ジン》たちを殺そうとすると女が正体を現し逆に剣を男の喉に突きつけて殺そうとしたところおびえた男はそこで命乞いをしてあなたの番犬になりますから殺さないでくださいと言ったので女はその場で男を犬に変え犬はその日からずっと二人の弟が暮らす家を守っているという話でしたが真ん中の弟がその話をし終わると私は腹が立っておい正直に言えどうしてそんな話をしたんだ本当は俺をはめる気なんじゃないのかと言って二人で口論が始まった

ところに突然金と宝石の中から二匹の黒い危険な大蛇がくねくねと現れ私たちに飛びかかってきて末の弟はそれを見て大きな岩の上に飛び乗り真ん中の弟が毒を塗った短剣で一匹を殺しもう一匹は末の弟に咬みつこうとしたところを私が大きな石でやっつけて弟を救ったので私たちは絆が深まった気がして喜びその前にあったことなどすっかり忘れて嬉々として家路を急いでこの川のところまで戻り顔を水で洗い末の弟は水筒に水を満たしてまた歩いて歩いて歩き続けて家の近くまで来たところでさあちょっと休憩しようと末の弟が言って肩掛け袋から水筒を出して私たちに勧めたので私たちは水を飲んだのですが次の瞬間真ん中の弟が口から泡を吹いてたちまち死んでしまい私も気を失ってそうして最後に閉じかけた目に見えたのは末の弟が宝石の入った袋を集め私たちを蹴飛ばして家の方へ歩きだす姿でしたが神のご意志によって私は生き延びまして翌日まだ息の残る私を父が見つけ家まで運んで看病してくれ私は寝床から出られないくらい弱ってはいたものの末の弟が母と父にどんな話をしたのかは漏れ聞いていてそれによると私たち兄弟は家の近くで三匹の黒い蛇に襲われて私と真ん中の弟は蛇に咬まれて死んだのだけど末の弟だけが三匹目の蛇を逃れて家まで帰ったということでしたが父は末の弟がやけに慌てて妻と子供たちを連れて二度と戻らないと告げて家を出て行く様子を見て何かがおかしいと思ったようで私たちの遺体を探しに出てみたら弟の遺体と瀕死の私を見つけて家に連れ帰ったという次第で父が母に話すには末の弟の話はどうも怪しいこのあたりでは長年毒蛇なんて見たことがない三匹の毒蛇に襲われたなんて妙だということで父が部屋を出て行くと母は私の妻のところに行ってどうも様子がおかしい母の勘ではどうやら末の弟が真ん中の弟を殺し私に毒を飲ませたようだと話し私の妻からその話を聞かされた真ん中の弟の妻は自分の頭を叩きながら泣き叫び最初からあの

末の弟のことは嫌いだったいつもこそこそしてずる賢かったからと言ってその夜から毎晩寝る前に末の弟に罰が当たるように祈り始めましたが哀れな私の両親のところには遺体がありましたから二人はまず家の裏に墓を掘って弟を埋めそこに勿忘草を植えたところ朝起きてみると花はすべて根っこから真っ黒に焦げていましたので老いた母と真ん中の弟の妻が頑張って森からサクラソウを採ってきて墓に植えましたが翌日になるとまたその根っこは黒焦げで花も黒く変わりましたから三日目には牧草地と森から野生のスミレを採ってきて墓に植えてみると翌日にはしっかり根付き新芽を出していましたので弟が復讐を望んでいることが母と弟の妻にはすぐにわかったのですがそれというのも野生のスミレが復讐を意味することを私たちは知っていましたし弟の幽霊がとても怒っているということ復讐を果たすまでは安らかに眠れないということもわかりましたから両親はようやく埋葬を終え服喪の期間も明けると今度は私の看病に全力を注ぎ毎日私のために祈り末の弟との縁を切り呪っていましたが私は日に日にやせ衰えるばかりで髪はすべて灰色に変わり妻も私の回復をあきらめたのですが両親は希望を捨てずずっとガズー兄弟とその聖者廟に願を掛けておりまして私がもう骨と皮だけになったある日のこと老いた二人で私を小さな寝台に乗せて辺鄙な山の上にあるガズー兄弟の聖者廟まで運んでくれたのもそこなら治せるんじゃないかと思ってのことでしたが私は病で体も弱っていましたからただ健康を取り戻して両親の優しさに報いたい両親につらい思いをさせた分お返しをしたいとただそれだけを願って涙を流しながらどうか私を元気にして両親を支える杖にしてくださいと神とガズー兄弟に祈りましたがそれと同時に父も私のために祈ってくれて父は自分たちのためにおまえが元気になることを祈っているのではないと言いおまえには元気になって妻と子のところに戻ってほしいのだと言う

とそれを聞いた母は私と父のことを叱って私がおまえに元気になってほしいのは私たちのためでもおまえの奥さんのためでもないおまえ自身のためだと言ってくれましたが飛来したときその耳に届いた願いは叶うという幸運の鳥ホマーが私の頭上に飛んできたのは両親の杖になりたいから私を元気にしてくださいと私が願ったタイミングでしたからその後両親があれこれ言っている間に私は眠ってしまいまして二人も私を聖者廟の聖なる部屋に置いて出て行きましたので私はそこで聖なるまどろみに落ち自分の運命が見えたと思った途端に深い眠りに入って夢を見たのですがその夢の中で私はガズー兄弟の聖者廟の中にある二つの墓に挟まれた道の上で眠っていてその夢の中で私はガズー兄弟の聖者廟の中にある二つの墓に挟まれた道にしゃがみ込んで兄弟のどちらに向かって治癒を祈ればいいのかわからずに泣いているとそこに緑色のターバンを巻いた神々しい人影が現れて私の手を取って立たせどうして泣いているのかと尋ねましたので私は病気を治さなければならないのだと答えるとその男はおまえの体には何の問題もないと言って何か甘いものを私の口に入れたところそれと同時にもう一人白いターバンを巻いた神々しい男が別の方角から現れて私の頭に手を置き冷たい水を飲ませてくれて右手に五つの菓子を持たせて明日から毎日一つずつ食べるようにそして元気になったら両親によく仕えるようにと言いましてそれから二人の輝く男は違う方向へ去っていき私は気がつくとガズー兄弟の墓の間にある道の上で眠っていて慌てて周りを見回していたらまた突然目が覚めて気づくとガズー兄弟の聖者廟の部屋にいてそれから私は数か月ぶりに感じる力で寝床から立ち上がり鏡を覗いたのですが私の髪はまた真っ黒に戻っていて喜んでその髪に指を通そうとしたら右手の中にあった五つの菓子が床に落ちたので私はそれを見て悲鳴を上げ泣き叫びそこで起きたことが信じられずに気を失ってしま

いそれでまた意識が戻ったときには両親が私の横に座っていて私の黒い髪を見て聖者が病を治してくれたのがわかって泣いていたのですが私が五つの菓子の話をすると両親はさらに激しく泣きまして私たちはみんなで体を清めメッカに向かって立ち声を上げて泣き感謝の祈りを捧げますと私は急に空腹を覚えて両親が用意してくれた食事をきれいに平らげさらにお代わりを求めましたので両親は大喜びで聖者廟に祈りに来ていた他の人たちに何があったかを説明して食べ物を譲ってくれるように頼んだのでみんなが私のところに食べ物を持ってきてくれてそればかりか布切れを私の腕や脚や髪の毛にくくり付け自分の治癒のお守りとして私の服の端をちぎっていきましたが私はそれどころではなくというのも何か月もの間何も食べていませんでしたしガズー兄弟の聖者廟の力で病が癒えた今食べ物の味も匂いも最高でしたから他のことは考えられなかったというわけで献上用にゲイメを作ってきた人もいたので私はそのシナモンとサフランと干しエンドウと羊肉の匂いを嗅いだだけで初めてそれを食べて人生の喜びを味わっているみたいな気分でそしてタフディーグ（鍋底で作るパリパリしたおこげ）にソースをかけたときの喜びは決して忘れないでしょうし目を閉じてそれを口に運びそれを嚙む音が部屋に響いて心ゆくまで味わって目を開いたときにはみんなが床にひざまずいて驚きの目で私を見ていたものですから私は思わず笑いだしてしまいするとみんなはどうしたらいいのかわからず互いに顔を見合わせていましたが私は笑い続けその声は丘を越え森を越え末の弟が暮らしている村と家まで届いたので弟はそれを聞いて恐ろしくなり信仰告白《シャハーダ》（「アッラーの他に神はなし。ムハンマドはアッラーの使徒である」と唱えること）を口にしましてというのも弟はその声で私が生きていること死者の間からよみがえったことに気づいたからですが私の笑い声が再び丘を越え森を越えガズー兄弟の聖者廟の部屋まで戻ってきて私の耳に届いたときには私は急に大きな声で泣き始めみんなも自分の不幸を思い出して泣き始めそのたくさんの涙が床を覆い川になって部屋からテラスへと流れ出し実をつけたことのない桑の木の根元まで達しますと何百年も前にガズー兄弟が植えたものだと伝えられるその木が突然夏の盛りに花開き一時間後には花が落ちて私たちが今までに食べたことがないほど甘い大きな白い桑の実が生《な》りましたので以来人々はそれを〝悲しみで花開いた木〟と名付けて毎年その枝に布をくくり付けて願掛けをしているとのことですがとにかくそうして私は癒やされ両親と一緒に山を下りようとしたところなんとびっくり私がガズー兄弟の聖者廟で治癒したという噂が羊飼いから漁師へ漁師から木こりへ木こりから村人へ近くの村から遠くの村へと広まっていたせいで途中の道にはたくさんの人が待ち受けていて私が通るとにわかに興奮して金切り声を上げ捧げ物と引き換えに私が身に付けている服の一部を破り取り病気の子供や親戚の治療に使おうとし彼らは私の服の一部を手に入れると涙を流してあなたに神の平安《アッサラーム・アライクム》をと言ってそこを去るのですがそれで噂がさらに広まってついに弟のところまで達し弟は私が元気になったという話を自分の耳で聞いて私が間違いなく生きていることがわかりましたので俺は兄さんに謝らないといけないそうしないと殺されるかもしれないと妻に相談したところその妻は今さら謝っても無駄だ許しを請うてもやっぱり殺されるだろうから逃げるしかないと言ったのでそれ以来末の弟の家族は私が殺しに来るのを恐れて街から街へ村から村へと放浪し続けましたが一方神に新しい寿命を与えられた私は彼らのことなどまったく頭の中にありませんで私の頭にあったのは私の治療をあきらめずにいてくれた両親によく仕えることだけで妻や子供のこともどちらも私に優しくしてくれていましたのにあまり考えてさえいませんでしたが普段と変わりのないある日のこと弟や死についてすっかり忘れた頃に父が亡くなりその数日後には

母も亡くなりまして愛する両親の死をまだ嘆き悲しんでいる頃私は少しでも悲しみを忘れるためこの川の畔に来て釣りをしていたところ私はまったく知らなかったのですがずっと私のことを考えて家の近くに身を隠していた末の弟が背後から斧で襲いかかり私を殺して遺体をまさにこの場所からこの川に捨て斧をここに埋めたのでそういうわけで私はついに死んでしまいましたがもう一人の弟の幽霊がこれを復讐する絶好の機会と見て毎晩斧を掘り返し末の弟の枕の下に置くようになったので末の弟は毎朝それを見つけて恐怖におびえ半日かけてここまで来てはまた斧を埋めもう戻ってこないことを願いながら村に戻るのですが翌朝にはまた枕の下に斧があるという具合で弟の幽霊は毎晩面白がってそればかりをやり末の弟は毎日それに苦しめられているというわけです。

男はようやく長い一文から成る話を終え、深く息をして、火を見つめた。誰も一言も発することなく、黙って火を見ていた。しばらくして私がこう言った。「すごいお話！」別の男が言った。「一瞬も気を緩めることなく聞き入ってしまいました」。中年男は恥ずかしそうに顔を赤らめて訊いた。「すみません。こんな話し方でも大丈夫でしたか？」。それに対して老人はこう答えた。「ええ、大丈夫ですよ」

私は火を囲む幽霊たちの目とビーターの目を見て、突然気づいた。私たち死者は生の悲しい側面で、生者は死の喜ばしい側面なのだ、と。それなのに生きている側のビーターは喜んでいない。自分が喜ぶべき立場にいる――喜ぶことこそ生の真髄である――ことを知らないというのは生の悲しい側面だ。私はそれをビーターに教えてやりたかったが、それでさらに彼女の気持ちが沈むのを恐れた。幸運にも、最後には彼女が自分から口を開いてこう言った。「皆さんと一緒にいると、私は誰かに殺されたわけじゃありませんから、まだ運がいい方なんだと思います。でも、ちっとも幸せじゃないんです」。彼女は死者である私たちの方を見た。ラーザーンの外の世界で彼女は、生者よりも先に死者と出会ったのだった。グループの中の老人がこう言った。「それはおまえさんがまだ、自分の美しさ、若さ、健康に気づいていないからだよ」。ビーターが微笑むと、炎の明かりの中、内に秘めた感情で頬が赤くなった。私たち死者はそれを見て、彼女には笑顔がよく似合うと思った。しかし彼女が暗い出来事を思い出すと、顔から笑みが消えた。そしてこう言った。「でも、私を愛していた男は突然私から離れていって、若い娘と結婚してしまいました」。中年男はこう言った。「むしろよかったじゃないか！それはつまり、あなたがとても魅力的だということ、そしてその男はそれに気づかない愚か者だったということなんだから」

ビーターは喜ぶべきか悲しむべきかわからず曖昧な笑みを浮かべた。最後に彼女は言った。「私はどうしたらいいんでしょう？　私が今いちばん腹を立てているのは母なんですが、その母は家を出て行きました――」。次に私の方を指差して話を続けた。「私の妹と兄は殺されました。そして私はテヘランに行くため、家に老いた父を一人置いてきました。でも、向こうに着いても何をしたらいいのかわからないのです」。「行くがいい。心を強く持て」と老人は言った。「絶望的な気持ちになったら私たちのことを思い出すんだ。私たちは永遠の存在だが、私たちに喜びはない。他方おまえさんは死すべき存在だが、喜びを持っている」

ビーターは明らかにそうした言葉で少し元気が出た様子だった。考えてみれば私たちの一家は、悲劇以外の部分で目を向けてくれる人も、賞賛してくれる人も周りにおらず、生きていく力をくれる人もいなかった。こうして長い休憩をした後、ビーターは突然、火を挟んで座っていた私の方を向いてこう言った。姉さんにそれだけの勇気があったとは、私はそのときまで知らなかった。「今まで理想の姉ではなかったことを許してちょうだい。あなたは私にとって、やれる以上のことまでやってくれる妹だった。あなたは今でも私たちに寄り添い、守ってくれている。黒い雪が降っていた間、あなたがいなかったら誰が薪や食料を持ってきてくれた？　あなたが刑務所でソフラーブを慰めてくれなかったら、他の誰にそんなことができた？　それに何より大事なのは、あなたが死んだ後に戻ってきてくれなかったら、私たち一家はきっとあなたを失った悲しみに耐えられなかったということ」。それから彼女は少し間《ま》を置くと、言いにくそうにこう続けた。「でも今から、私に関しては生者と死者の境界線を尊重してほしい」

聖なる福音はこう始まる。〝初めに言葉があった〟。その言葉はとても重かったので、創造の重みとそこに存在するすべてのものの重みを両肩に担うことができた。ちょうど今、ビーターの言葉の重みが私の領域を自覚させたように。「今晩、幽霊であるあなた方の話を聞いて、私はまだまだ弱いことがわかりました」と彼女は続けた。「生者の中で生きていくには、ものすごく強くならなくてはいけません」。それからまた私の方を向いて言った。「だからあなたには私の生活を覗き見してほしくない。私がラーザーンに戻る日までは。生きている人間の世界で本当の意味で一人になるとはどういうことか、私は自分で理解したい。自分で道を見つけたい。私がテヘランの群衆の中を生き延びることができたら、きっとまたラーザーンに戻る。もしも途中で死んだら、そのときもやっぱり、生と死を超越してあなたの存在がいかに貴重だったかを伝えるためにあなたのところに戻るから」

こうして互いにさようならを言ってピーターの頬にキスをするとき、私はそれが最後の別れになるのではないかと不安だった。私はそのとき、三人きょうだいの最後の一人となった彼女が、カスピ海の深みで生き延びることになるとは思っていなかった。

# 第十三章

その後、私は一人残された父さんのところに向かい、ビーターはにぎやかな街へと向かった。去るときのビーターは悩みを抱えた無邪気な娘という顔だったが、戻ってきたときの彼女は不屈の女の顔をしていた。髪には白髪が交じり、目尻にも少ししわが寄り、唇は沈黙に慣れ、足取りは力強かった。彼女はその数年間で経験したことをごく簡単にしか説明しなかったので、私たちもそれ以上のことは尋ねなかった。なぜか沈黙を守ることが習慣になっている様子だった。私は姉さんを責めなかった。彼女が、美術史を研究する学生として大学に入ってすぐ反体制学生団体に加わり、デモの最中に逮捕され、退学処分を受け、刑務所に送られたと話すのを聞いて、私たちの家族にはまだまだ暗い運命が待ち受けていることがわかった。ビーターがすべてを最初から最後まで説明するのに一時間もかからなかった。そして話を終えて自分と私たちにお茶を淹れるためにキッチンに立つとき、締めくくりに二つの最新ニュースを付け加えた。ホスロー叔父さん——ラーザーンに来てほしいと私が何年も前から望んでいたのだが、神秘主義に染まっているせいで逮捕されていた——はようやく刑務所を出たのだけれど、挨拶をする間もなくすぐにイランを出てインドに行ってしまい、いつ戻ってくるのかわからない。インドに無数にある奇妙で幻想的な寺院で残りの生涯を過ごし、七十七ある宗教の統合の中で神の本質を探究するということらしい。第二の知らせは、街の古い屋敷を手に入れようといまだに頑張っているテヘラン市長が今では脅迫と賄賂に訴えているが、おじいちゃんとひいおじいちゃんは生まれた家を死ぬまで守り抜く覚悟だということだった。

ビーターがニュースの見出しのようにいろいろな報告——刑務所と逮捕、ホスロー叔父さんの自発的亡命と市からの脅迫——をする間、私のまなざしはじっとビーターの苦しそうな目に向けられていた。彼女はさまざまなひどいニュースがいかに日常の出来事であるかを示そうとするのだが、経験によって年齢不相応に老いたその目には、話したことを信じられずにいる若者の無邪気さも感じられた。もしもその気になれば、例の中年男の幽霊みたいにすべての出来事を事細かに話すこともできただろうが、彼女はそうすることを選ばなかった。簡潔さは苦しみに対する一つの反応だ。そして彼女は強くなることを望んだ。ひょっとすると、口数が少なくなったのはそれが原因なのかもしれない。話が長くなればそれだけ聞く人を苦しめることになるので、それが嫌だったのかも。できるだけ、過去ではなく現在の中で生きたかったのだろう。そう、ビーターは変わった。自殺を生き延び、生者と交わり続けた彼女はこうして数週間、のんびりと庭を散歩したり、大地の焦げた輪を眺めて人には知られたくない記憶をよみがえらせたりした後、父さんの古い雑誌をぱらぱらと読むようになった。わが家では、昔から本が最初で最後の避難場所となっていた。私の予想に反して、姉さんは政治学や社会学の本に向かうのではなく、大衆雑誌に掲載された連載恋愛小説に直行した。私はそのとき、感情を表に出さない人が内面でも落ち着いているわけではないことを知った。そして彼女が子供の本を読み始めたときには、すっかり驚かされた。ピーターはだんだんとおとぎ話に入れ込んでいった。ハンス・クリスチャン・アンデルセン、グリム兄弟、メフディ・サバヒー、サーデグ・ヘダーヤト、サマド・ベフランギーをすべて読み尽くし、『千一夜物語』『王　書《シャー・ナーメ》』『ダーラーブ・ナーメ』『サマケ・アイヤール』『アミール・アルサラーン』『ホセイン・コルド・シャベスタリー』に戻った。こうした長い物語を読むのには数か月かかった。次には、空を飛ぶ妖精、人魚、地面を歩く妖精、天使、幽鬼《ジン》、神話的な魔物《デーモン》の絵や写真を集め始めた。そしてついにある日、五百ページあるノートを見つけ、どうしてそんなことを思いついたのか本人にもわからなかったが、百科事典――『イランの想像上の生き物百科事典』――を書き始めた。百科事典は時間とともにどんどん膨れ上がった。アール、アンカー（アールは子供を産んだばかりの女性が一人にされているときに襲うと信じられている生き物。アンカーはカーフ山に棲む不死鳥）、アショー・ズシュト（ゾロアスター教の悪の神アフリマンに抗するため神々によって創られたフクロウ）、バフタク（夢魔）、チャムローシュ（イランの敵を滅ぼす巨鳥）、ダヴァールパー、ホマー、妖精の王、最初の牛（大地をその血で豊かにするためミトラによって殺された原初の存在）、マルドアズマー（道端に座り、旅人を脅し勇気を試した生き物。恐れない人はマルドアズマーを味方にし、恐れた人は殺された）、ロック鳥（カーフ山の頂に棲み風と光を操る）、シールダール（頭はライオン、体は鳥、耳は馬。神々の宝を守るのが務め）、スィームルグ（地上すべての植物の種を含む生命の木に巣を構える巨鳥）などが大きく取り上げられていた。古代イランの魔物ばかりをまとめて取り上げた章では、否定の魔物アクタシュ（地球と生命を破壊しようとする魔物）、干魃《かんばつ》の魔物アパオシャ、深い眠りの魔物ブーシャースプを論じた。『ダーラーブ・ナーメ』『千一夜物語』、オマル・ハイヤームの『ノウルーズ・ナーメ』、『ホセイン・コルド・シャベスタリー』『王　書《シャー・ナーメ》』『エスカンダル・ナーメ』『マレク・ジャムシード』『ジャーメ・アルオルーム』『アジャーイェブ・ナーメ』『アジャーイェブ・ヴァ・ガラーイェブ』などの古い本を読めば読むほど、イランの人々の現実的／空想的な信仰の広大な世界にますます深く入り込み、日々の現実世界からは遠ざかっていった。過去を否定し、もしくは忘れ去るために本を読み、本を書き、神話の意味に没入していった彼女はある夜、風呂に入っているときにふと自分の裸の体に目を落とした。そして鏡に映った自分の姿を長いこと見つめているうちに突然、自分が始めたことの無益さに気づいた。愛と生に慣れ親しんでいた彼女の体は長い間ないがしろにされ、現実認識とともに衰え始めていた。いつ頃から目の下に目立つしわができたのか、こめかみから百三十八本の白髪が生えたのか、二の腕の肉がたるみ始めたのか、どれだけ頑張っても思い出せなかった。いつから奥歯に虫歯ができたのか、生理が遅れるようになったのか、どうしても思い出せなかった。彼女はバスルームから出ると、そのまま父さんのいるポーチに行った。そして優しくその手を取り、自分の頬に当てて言った。「たぶんもうすぐ私の番が来る」と。座って草に残る焦げた輪を見ていた父さんは物憂げに彼女に目を移し、しばらくしてから、ビーターの予想に反してかすかな笑みを口元に浮かべた。

こうしてビーターは読書と執筆をやめ、何かを待ち始めた。何を待っているのかは本人にもわかっていなかったが、もうすぐその時がやって来ること、そして自分がめくるめく新たな人生に招き入れられることには確信を抱いていた。後戻りのできない地点。彼女はチャールズ・ブコウスキーの言葉を思い出した。〝愛するものを見つけろ。あとは死ぬまでそれに身を任せるだけ〟。彼女はまず、読むことと書くことをやめた。ひょっとすると抵抗をやめたということなのかもしれない。そしてついに黙っていることもやめた。テヘランでの歳月が彼女を強くしていた。もうこのへんで充分だろう。だから彼女は自分を監視するのをやめた。自分の考え、木立、父さんを監視するのをやめ、自分を溺れさせようとしている力――空想――に屈することにした。

彼女はベッドに横になり、この新たな人生の段階について空想をめぐらせた。ひょっとすると久しぶりに突然イーサーが姿を見せて、二人で一緒に遠くへ行くことになるのではないか、そのまま永久に、と恥じらい気味に考えた。しかしすぐに彼女は愚かな自分――これだけ時間が経っても彼のことを忘れられない自分――を叱った。その後は、もっと新しい空想をめぐらせた。母さんを探す旅に出る空想。母さんの写真を手に街から街へと尋ね歩き、やがてある日、子供が一軒の家を指差す。そこには母さんと新しい夫、その子供たちがいる。そして母さんはビーターの顔を見てもまったく誰だかわからない、という空想。ビーターは時に空想の中でかつての母さんを恋しがって泣き、何も言わずに出て行った母さんのことを心の中で呪った。

ある日、私たちが二人で森の端に長いこと腰を下ろしていたとき、ビーターはイーサーに教わった方法で草を巻いたたばこを作って次々に吸った後、こんなことを言った。「人生における失敗とか不足とか、そういうものが人を夢想家に変える。預言者や哲学者がそのことの重要性に気づかなかった理由が私にはわからないんだけど、現実というものの核心には想像力があると思う。あるいは少なくとも、想像力こそが現実の最も直接的な定義であり、解釈だと思う」。私はその言葉の意味を考えながら彼女の顔を見ていた。姉さんは変わりつつある、再び古い皮を脱ぎ捨てようとしているという結論に私が達しかけたとき、さらに彼女はこう続けた。「夢って人生という現実の一部でしょ？　欲望も？　昔、頭上を飛べばどんな人の願いも叶えてくれるホマーという鳥が実在していたことを疑う人がいるかしら？　あるいはサームル、ザール、ロスタムの人生と強く結びついたスィームルグの存在

〔『王書』においてサームと二人の息子ザール、ロスタムは何度かスィームルグに命を救われる〕を誰が疑う？　たくさんの本がそれについて書かれて、たくさんの絵も描かれている。そのすべてに共通するものは何？」。彼女はそこで間《ま》を置き、深くため息をついて、最後にこう言った。「要するに私が言いたいのは、人生がこれほど欠陥だらけで平凡なときには、空想の力で現実に元気を与えてもいいんじゃないかってこと」

彼女の夢は徐々に長くなり、幻はさらに膨らんだ。家の中で孤立した彼女は、夢が蒸発しないように必死の努力を重ねて新しい世界を見いだした。目が覚めた後もベッドの中で何時間も寝返りを打ち、あるいは体を起こして夢について振り返り、その結びつきを考え、イブン・シーリーン、ユング、フロイトの著作、あるいはミルチャ・エリアーデ、メフルダード・バハール、レヴィ＝ストロースの文章を手掛かりに解釈を試み、自分の歩む未来の道を明確に知ろうとした。

ある夜、ビーターは魚になる夢を見て、翌朝目を覚ましたときこう言った。「今回見た夢はとてもリアルで、自分は魚になる夢を見た人間なのか、人間になる夢を見ている魚なのか、わからなくなった」。彼女は魚の夢を見る前から夢の中に現実を読み解く鍵を期待していたけれども、海と魚の夢に関する解釈は間違っていた。

イーサーは以前、「いつかトンボが交尾する頃にまた会える」と彼女に話していた。しかしトンボの交尾の季節はいつなのかと尋ねても、彼は答えてくれなかった。しかしイーサーは約束を守った。ある春の夜、お腹に卵を抱えて眠るトンボたちに囲まれる中、二人は最後の再会をした――ただしその場所は、ビーターの期待に反して、炎で丸く囲まれた森の片隅ではなかった。実際、ビーターが朝目を覚ましたときにはまだ、一晩中イーサーと愛し合っていたという確信があった。しかし、彼の姿の詳細が浮き彫りになるにつれて、イーサーが彼女の夢に入ってきたのか、彼女の方が彼の夢に入っていったのか思い出せなくなった。でもいずれにせよ、結果は同じだった。彼女が妊娠している兆候はすぐに明らかになった。最初の子供は混乱の中――現れては消える夢、驚異、神秘に包まれた人生の新しい段階に入る予感などが入り混じる中――で生まれた。人生の新段階の入り口で生まれたのは思いもよらないものだった。彼女の寝室で夜の静寂《しじま》に生まれ、小さなガラス鉢に収まったのは、小さな金魚だった。怖くなった彼女はガラス鉢を棚の上に置いて、父さんには何も言わないことに決めた。二人目の子供が生まれた朝、彼女はパニックに襲われ、こう叫んでいた。「どうして私のベッドが濡れてるの？　しかも砂と貝だらけ?!」。魚はまだ生きていた。騒ぎを聞きつけて部屋に入った父さんは、血まみれのシーツからすぐに魚をすくって、すでに一匹がいるガラス鉢に入れた。私たちはすぐに水槽を追加しなければならなかった。というのも、ビーターは毎朝、新たに一匹の金魚を産んだからだ。家は大小の水槽とガラス鉢だらけになった。それが棚の上、部屋の隅、使われていないソファーブのベッドの上、私のベッドの上、そして父さんの作業部屋に置かれた。ただでさえ孤立と疎外で重かった家の雰囲気が、さらに沈鬱になった。父さんは一日に数回、鉛みたいな影と忘却の繭の中からのそのそと――大きな怠け者のイグアナのように――這い出て、哀れな金魚たちに餌をやらなければならなかった。父さんは思った。「この子たちはいわば私の孫だ。うろこを持った哀れな孫」

ある朝、巨大な真珠を宿したとても大きな貝が子宮頸部に引っかかったときには、ビーター自身がうまく処理していなければ出血多量で死に至っていただろう。彼女が自分の体の海に溺れそうになったのはそのときだけではなかった。数か月後、ベッドの下から聞こえるジャブジャブという水の音で目を覚ましたときにはさして驚きもしなかったが、ベッドから出ようとして床で転んだときにはさすがに心配になった。彼女は床を這って壁際まで行き、明かりのスイッチに手を伸ばした。明かりがともるとそこには私たちの偉大なる祖先ザカリヤー・ラーズィーが壁にもたれ、足首まで水に浸かって立っていた。彼はうれしそうにこう言った。「いい方法を考えたぞ。これならおまえたちに〝やつら〟が近づくこともない。トランクも守ることができる」。それから、ビーターが口を挟む間もなく、彼は満面に笑みをたたえて湿った壁の向こうに姿を消した。ビーターの足は魚の尾びれに形が変わっていた。

その尾びれは驚嘆するほど美しかったにもかかわらず、彼女は最初それにおびえ、一日中それを眺めながら部屋の隅に座り込んでいた。美しい尾びれの動かし方が徐々にわかってきたものの、料理をするためにキッチンに行くにはどうすればいいのか、あるいは庭師たちに指示をするために木立に行くにはどうすればいいのか考えあぐねていた。私はいつもより頻繁に樹上小屋からビーターのところに行って様子を確かめ、「夢を叶えるには変化が必要」ということを何度も彼女に言い聞かせなければならなかった。父さんは最初、ビーターにはじっとさせておいて、他のことはそのままにしておけばいいと思っていた。だから最初の日、ビーターが一日中そこで過ごせるよう大きなバスタブを水で満たした。でも何日か経つと、その方法の残酷さに気づいた。何時間も白い壁と向き合ったままバスタブに浸かっているのは誰であれ楽しいはずがない。そこで父さんはバスルームの壁にいくつかの絵を掛け、部屋の隅に植木鉢を置いた。でも、これもすぐに無駄だとわかった。そこで今度は、思い切ってバスルームの扉をセメントで完全にふさいでから天井をぶち抜き、バスルーム全体に水を満たし、ビーターがひと泳ぎしたいときには屋根の上から水に出入りできるようにして、鉢の中の金魚もすべてそこに放した。こうすれば少なくとも自分の子供と一緒に時間を過ごすことができるから。

とはいえ、それは容易なことではなかった。ビーターがバスルームの〝プール〟に入りたいと思うたびに、父さんは彼女を大きな桶に入れ、ロープと滑車――木立で働く庭師や詮索好きな村人の目に触れないように家の奥に設置された――を使ってぶち抜いた屋根の高さまで吊り上げなくてはならなかった。ビーターは図らずも自分が原因で父さんがまた体を動かすようになったのを見て喜んだが、こうした奮闘もあくまで一時的なもので、いずれまた父さんは黙ってじっとしている状態に戻るのだろうと心配していた。ところがその予想に反して、父さんは動き続けた。魚と遊ぶ以外の手慰みとして、ソフラーブが刑務所に入れられていた時期に集めた貝殻を彼女に与え、沼から睡蓮を採ってきてプールに浮かべ、毎日、屋根の上から食事を渡した。そしてある日、父さんは私を呼んで、バスルームの天井があった場所につながる階段とバルコニーを造るのを手伝わせた。こうして三人にとって食事の時間が徐々に楽しいものに変わった。父さんが食事を作り、昔家族五人でダマーヴァンド山の麓やダルバンドやチャールースへピクニックに出かけた頃のように、私たちはビーターの横に新たに造られたバルコニーに皿を並べ、周りの眺めを楽しみながら食事をし、その日の出来事を話した。母さんとソフラーブがいないその場所で私たちは時に笑い、魚の成長を見守り、焦げた輪を徐々に覆い隠していく草を眺めた。しかしビーターの変化は続いていた。彼女は二十四時間、水の中にいることを望み、もはやベッドで眠ることはできず、バスタブに深く潜って寝た。次に肌が変化し始めた。腕と肩そして顔が、小さくて美しい金色のうろこに覆われ始めた。そして彼女は私たちが目を離した隙にプールの壁に貼り付くようにして、そこに生えた小さな藻を食べるようになった。毎日午後に三人で何時間も話をした後、彼女はこんなことを言った。「昔の私は自分の運命を探し求めるためなら、父さんを家に一人きりにすることだって簡単にできた。でも今は、父さんを再び一人にしないため、また黙ってじっとしている状態に戻らせないためなら、この狭いスペースでもいくらだって我慢できる」

こうしてビーターは、昼間は水に浸かったままひなたぼっこ、夜には星空の下、水中で眠り、海の夢を見るという生活になった。魚たちと戯れ、貝殻で遊び、睡蓮の美しさに何時間も見とれ、残りの時間は脱力感と倦怠に身を委ね、一分一分の狭間にある長い休止を味わい、暁から黄昏まで一分ごとの雲の動きを静かに追った。彼女は一度私に、青い空の滴を肌で感じる詩的な至福について語り、雲の裏側にある光のプリズムがカラスを虹に変える様子を自分の目で見たと言った。また別のときにはまだ青い空の真ん中にぽっかりと浮かぶ白い雲を見ながら、ラーザーンの空のいちばんいいところはまだそれが飛行機によって陵辱されていないことだと言った。

いまだに読書熱狂《マニア》だった私たちは、以前は惹かれることのなかった本に興奮し、むさぼるように読むことがあった。私たちはビーターを喜ばせるために忘れられた作品を見つけ出そうと家の隅々まで探した。ビーターは本を濡らさないように注意しながら熱心にそれを読んだ。しばらくすると、私に読み聞かせを求めるようになった。彼女にとって文字や単語の形がゆっくりと意味を失いつつあるのは明らかだった。しかしそれでも以前と同じように話を聞いて理解し、しゃべることができるのを喜んでいた。

その頃私たちは『嘔吐』と『変身』を二冊一緒に見つけて読み、それから何日か、本について話をした。ビーターは笑い、自分は哀れなグレゴール・ザムザみたいに醜い巨大な虫にならなくてよかったと言った。私たちの間にある絆はこの二冊の本でまたより強くなった。ひょっとすると、ビーターが水生生物に変身しつつある——そして人間には不可能な自由を経験している——せいで、幽霊である私の気持ちがわかるようになってきたのかもしれない。ひょっとすると、物理の法則にもかかわらず幽霊が存在すること、そして幽霊は生者に劣らない強度で実在しているということが以前よりもわかってきたのかも。

『嘔吐』は私たちに、世界には政治的、宗教的、哲学的で複雑な媒介が存在すること——私たちは直接理解したいのに——を教えてくれた。『変身』は、現在の人類が古典的文学作品が語ってきたのとは違ったものになっていることを、家族を失った二人の娘に教えてくれた。

私たちは『存在の耐えられない軽さ』を読むのに夢中で、日が暮れたことにも気づかなかった。『ある結婚の風景』では純粋な性交を信じる自分たちの素朴さに涙した。しまいにはそこに父さんも加わり、三人でいろいろな本を読んだ。『愛人　ラマン』『モデラート・カンタービレ』『眠れる美女』『ラグタイム』『タタール人の砂漠』『ライ麦畑でつかまえて』『日の名残り』、それぞれを読んだ後は何日も三人で議論。ある日、他にもう読む本がなくなって、私たちは本棚の裏で見つけた——すっかり忘れられていた——エルヴェ・バザンの『蝮《まむし》を手に』を読み始めた。まさかそんな傑作がまだ残されていたとは私たちは思ってもいなかった。でも、いいことばかりではなかった。ある嵐の日、バスルームの壁の階段を上ろうとしていた父さんが風と雨で足を滑らせて床に転び、食事をすべてこぼしてしまった。手を貸そうとして壁の上に身を乗り出したビーターまで父さんと一緒に床に投げ出されて、繊細な肌を傷つけ、血を流すことになった。

二人は土砂降りの中、血を流し、父さんが手間をかけて作ったナスのスープと血の混じったものが泥の中に吸い込まれていった。ビーターは泣きながら父さんの腕を取り、夢を抑えることができなかった自分勝手を詫びた。でも、まさにその日、父さんは一つの決心をした。三人が一緒に暮らすのは私たちに残されたささやかな幸福ではあったけれども、父さんは先細りしていくだけのビーターの人生を黙って見ていることはできなくなった。数日後、父さんが提案したのは、ビーターは海で暮らす準備をするのがいちばんいいのではないかということだった。ビーターは、遠くからでも海の音が聞こえれば肌は潤うし、実際に海で暮らす必要まではないと言った。しかし、それが単に父さんと私のことを考えての発言だということはみんなわかっていた。

ビーターの人生の新しい段階は、本人が思っていたよりも早くやって来た。彼女はどんな変化もおとなしく受け入れる覚悟ができていたけれども、罪悪感のようなものはずっと捨て切れずにいた。

ビーターはいつも、自分がいなくなったら父さんはどうするだろうと気をもんでいた。自分は空想や夢に浸らない方がよかったのかもしれない、と彼女は考えた。ラーザーンを離れてテヘランに行くようなことはしない方がよかったのかも。あるいはラーザーンに戻ってこない方がよかったのかも、と。そうすれば、少なくとも人間のままでいられただろうし、父さんもいつかは娘が戻ってくると信じていられただろう。でも、このままだと彼女は二度と戻ってくることはない。ご先祖様にお願いして元の姿に戻してもらった方がいいのだろうか、と彼女は考え、三日間、心の中で呼び続けたが、祖先が現れることはなかった。こうしてついにある夜、彼女にマントを着せ、ヘッドスカーフをかぶらせ、毛布で尾びれを隠し、必要に応じて新鮮な息ができるよう横に水の入ったバケツを置いて、私たちは暗く心地いい海岸まで行き、彼女に別れを告げた。

私たちは三人とも不安で黙り込んでいた。父さんはビーターのぬるっとした頬にキスをし、慰めるように言った。「知ってたかい？　おまえは自由になれるとわかってから、さらにきれいになった。私はきれいなおまえが好きだよ」。その後、父さんはポケットから薔薇の形のネックレス――母さんのもの――を出し、ビーターの首にしっかりと巻きつけて言った。「私たちはこれをおまえの結婚式で渡すつもりだった」。ビーターは濡れた砂に腰を下ろし、水を触りながら少しためらった。海は月明かりと星に照らされて銀色に光っていた。少ししてから彼女は静かに言った。「いつかソフラーブのお墓が見つかったら、私の代わりにキスをしておいてね」。それから私たち三人は固く抱き合って泣き、互いにキスを交わした。私はビーターからヘッドスカーフとマントを脱がせて脇へ放った。ビーターは腰まで海に入った。首まで水の中に浸かると自分でタンクトップを脱ぎ、笑いながら私の方へ投げた。岸から見た姿がどれほど壮麗だったか、本人にはわかっていなかっただろう。彼女の周りの水面に月と星が反射し、長く波打った髪が胸を覆い、美しい尾びれが周囲に優しくさざ波を立てていた。彼女は初めて海――カスピ海――に入ったこととその自由さに興奮し、水の中で宙返りをして、大声で笑いながらまた水面に顔を出した。私たちもその美しい笑い声を聞いて思わずつられて笑った。彼女は別れの手を振ったが、堪《こら》えられなくなって岸に戻ってきて、また私たちは固く抱き合った。彼女は私の耳元でささやいた。「もしもイーサーが私を探しにやって来たら、私はテヘランに戻ったと伝えて」。私たちは目にいっぱい涙を溜めて互いを見つめた。二人で現代の恋愛小説もたくさん読んだのに、ビーターは今でも古風にイーサーのことを愛しているのだ、と私は思った。

ビーターはまた沖の方へ泳いでいった。波の音が私たちの間にある静寂を満たした。父さんは踵《きびす》を返そうとしたが、できなかった。そして走って海の中に入り、ビーターを胸に掻き抱くと、うろこに覆われた肩に口を当ててすすり泣いた。ビーターは父さんに残された最後の子供……父さんを生者の世界につなぎ止めてきた存在だ。父さんは彼女の髪の匂いを吸い込み、頭にキスをした。そして今回はビーターに目をやることなく、海に背を向けた。それと同時にビーターは真っ暗なカスピ海の波に包まれて、守るように先祖に言われたトランクがどうなるのかを考えることもなく、沖に泳ぎ進み、頭を水に浸けて涙の味を海水でごまかした。

その後、父さんは毎週ビーターに会うため海岸に行った——時々は私も連れて。そしてある日、私はビーターからイーサーのことを尋ねられたとき、「あの人が一度姉さんに会いに来た」と嘘をついた。彼女の頬を涙が伝った。喜びの涙なのか、苦悶の涙なのか、私にはわからなかった。その後また会いに行ったときには、他の男女の人魚も一緒に現れた。ランタンをかざすと、女の人魚はきれいな胸と長くて魅惑的な髪を持ち、男の人魚は優しそうな顔で、体はがっしりしていた。ビーターに友達ができ、新たな環境にも慣れた様子を見て父さんは喜んだ。カスピ海の人魚たちは時々岸辺まで来て、私たちの横に座り、話をした。私たちは興味を持って注意深く観察していたので、ビーターが徐々に変化していることがわかった。彼女はイーサーのことを訊かなくなっただけではなく、母さんやソフラーブの話をすることも減った。会うたびにますます陽気で屈託がなくなり、時にははしゃぐようになった。それは新しい環境の中で自由がうれしくて仕方がない——ようやく望み通り自由に泳げるという喜び——からだろう、と私たちは考えた。しかし人魚の一人が父さんと話をした日、私たちは人魚と人間との違いが外見にはとどまらないのだと悟った。

しばらく剃っていなかったせいで頭髪同様白い顎鬚が伸びていた父さんに女の人魚がこう尋ねた。「どうしてあなたはいつも悲しそうな顔をしているんですか?」。父さんが何も言わないのを見て、人魚はこう続けた。「私たちの世界では、永遠に生き延びる人魚はいません。私たちの精神は魚に似ているので、過去を振り返ることもありません。こんな調子で暮らしていると、決して悲しむことはないのです」。彼女はそう言うとおどけたように水に飛び込み、ビーターと仲間の人魚たちとともに海の向こうに消えた。そして父さんがますますビーターに会いたくなり、自由で陽気な彼女と話をしたがる一方で、会う機会は減っていった。ビーターが仲間と遊ぶのに忙しかったというわけではなく、魚のように忘れっぽくなっていったのだ。

そしてついに、ビーターが岸に近づいてはきても、水の中から出てこない日が来た。彼女は大きな岩の陰から、怪訝な顔で私たちのことを見ていた。そしていったん水に潜り、また姿を見せ、また岩の陰に隠れ、私たちの様子をうかがっていた。私はしびれを切らして水に飛び込み、そばまで近づいて言った。「どうしちゃったの?」

彼女は不安げに言った。「あなた誰?」。私が自己紹介をして、あなたが付けているネックレスは母のものだと説明すると、彼女は少し考えてからぱっと笑顔になり、こう言った。「私は用事があってここに来たのはわかってたんだけど、どんなに頑張ってもあなたのことが思い出せなかったの」

その次に父さんと私が海岸に行ったとき、私たちは明け方まで黙って待っていたけれども、ビーターは姿を見せなかった。ビーターは人魚の感覚で純粋な現在――神秘主義者の憧れる状態――を生きているのだと悟った父さんは、人気《ひとけ》のないカスピ海の岸辺に二度と近寄ることはなかった。

その翌日、父さんはすっかり気落ちして家の中を抜け、バルコニーに上がってバスルームの金魚たちを見下ろした。翌朝、夜が明けると父さんは小雨の中を外に出て、地面を掘り始めた。私は樹上小屋からその様子を見ていた。私は最初、父さんが新しい熱狂《マニア》に取り憑かれて、自分を生き埋めにしようとしているのだと思った。けれども父さんが掘っている穴がどんどん大きくなっていくのを見て、私は安心した。父さんは毎日掘り続けた。時々何かを食べ、パイプを吸ったけれども、私には何も話しかけてくれなかった。何も言う必要がなかった。私はただのさまよえる根なし草の幽霊にすぎなかったから。そして今、かつて五人いた家族のうちもはやただ一人の欠けたメンバーではなくなった私は、慰めになるというよりも煩わしい存在になっていた。父さんには他に気持ちを向けたい死者がいた。

五日目の終わり、父さんは孫たちが自由に泳げる広さのプールを完成させた。底全体に石を敷き、隙間をセメントで埋めるのにさらに三日かかった。そして最後にビニールのテーブルクロスを貼り合わせてプールの底を覆った。それからホースの先をプールに入れ、水を溜めた。二日後、虫取り網を使って金魚を一匹ずつプールに移した。私は父さんの横に行って数を数えた。四十七匹。父さんは刻んだ野菜と果物を大きな桶何杯分も放り込んで、大きな声でさようならと言い、彼らのことはそれっきり永遠に頭から追い出した。その後、父さんは庭師たちに賃金を払い、もう来る必要はないと告げた。最後に父さんは私のところに来てこう言った。「さあ、出発の時間だ。おまえもここを去れ。ソフラーブのところへ行け。ここからできるだけ遠くに行くんだ。行け。もっと高いところへ」。父さんはこう言うと、自分のスーツケースを持ち、家の扉という扉に鍵を掛け、シルバーのビュイック・スカイライトに乗り、街へとつながる森のつづら折りに消えた。しかし車を動かす前に窓から首を出し、最後に一言こう言った。「仮におまえがよそに行かないとしても、いいか、私のところに会いに来るんじゃないぞ。ビーターの言う通りだ。私たちは自分の道を自分で切り開き、生きている人間たちと一緒に生きる方法を学ばなければならない」

# 第十四章

ああ……ついにそのときが来た……私はこうして人生で初めて一人きりになった。そして樹上小屋に座り、歴史と運命について思いをめぐらせた。本を読み、生前、自分で書くことを夢見ていた小説について考えた。昔よく見たけれど今ではほとんど覚えていない夢について思い返した。それに加え、好きなことをいろいろやった。プールで泳いで、父さんの孫たちと遊んだ。木に登り、スモモの実を食べた。周囲の木を目隠しにして、木立のあちこちにクルミ、桃、スモモの苗木を植えた。私は鳥やトカゲと一緒に時間を過ごした。トンボとも時間を過ごしたが、その行動を解釈しようとはしなかった。占いなんて所詮、不可解な世界を理解しようとする人間のはかない試みでしかないからだ。

父さんがいなくなってしまうと、徐々にいろいろな幽霊が家を訪れるようになった。彼らは私が目下の状況を気に入っている——実はずっと待ち望んでいた——とは知らず、少しでも私の気持ちを楽にするためラーザーンの歴史を教えてくれた。ソフラーブのところへ行けと言った父さんの言葉に耳を傾ける余地はまったくなかった。今や時間はたっぷりあったので、私はひたすら待った。来《きた》るべき疑問に答えるため、母さんの帰宅まで家を離れるつもりはなかった。母さんが戻ってくること、そしてピーターと父さんがどうなったかを訊くことはわかっていた。母さんが家に戻り、ソフラーブの部屋に入ってたくさんの書類や本の中からソフラーブ・セペフリーの『旅人』を探し、千回目の再読をすることを、私は知っていた。実際、その通りのことが起きた。数年後、母さんが以前の様子からは考えられない身軽さと素早さで、木立につながる鉄の門を飛び越えて現れたとき、私は思った。「何、このすごい女の人！」。以前から灰色だった髪からは年齢が見て取れたし、顔には大小のしわが刻まれていたけれども、玄関の鍵を壊して堂々と家に入ってくるその様子を見て私は思った。家族の中で、生きているいちばん若いメンバーのお出ましだ――わが母、ロザーの。

日々は淡々と規則的に過ぎていった。私は他の幽霊たちと一緒に樹上小屋からラーザーンの村人たちを眺めながら、「私たち死者はみんな同じように幸せなのに、生きている人たちはそれぞれに違う形で不幸なんだ」と思った。死者にとって生者が特に魅力的で驚くべき存在に見えるのは、彼らが不幸だからではなく、その不幸が多様だからだ。このことを説明するためなら本を何千冊も書くことができるだろう。何世代にもわたって何百万回でも議論できるだろう。人々が休むことなく日々の作業を繰り返すのを私は上から眺めていた。世界で最も無意味なのは数を数えることだ。そう感じていなければ私は、太陽と月の昇った回数、沈んだ回数を数えただろう。ただ時間を潰すためだけに、晴れの日、曇りの日、霧の日を数え、月の数、季節の数を数え、日記に記録しただろう。あるいはひょっとして、この期間に村で生まれた子供の数、この数年に生まれた赤ちゃんキツネ、ジャッカル、ウサギ、ハリネズミの数を。樹上小屋の周りで何匹が交尾をし、何匹の子供を産み、何匹が死んだのか。

あるいはひょっとして、自分の孤独な日々を数えて時間を潰していたかもしれない。でもそんなことは「コヘレトの言葉」にある表現を借りるなら〝むなしく風を追うようなこと〟（旧約聖書「コヘレトの言葉」一章一四節）でしかないと私は知っていた。人は物や日時を数える代わりに、ただ一度両方の手のひらを合わせ、肌と肌が触れ合う神秘的な感触をしっかり味わえば、世界に対する理解はずっと深まるだろう。あるいは人間はたった一度でも、視覚と聴覚と嗅覚のすべてを使って花が開く様子や子羊が生まれる様子を体験し理解したならば、日々の生活の中でも今自分が置かれているその瞬間だけが数え入れる価値を持つものだと悟ることができるかもしれない。この長い孤独と不眠の歳月の間に私は、花がぱっと開く瞬間に取り憑かれていた。

早朝、日が昇る前、私はつぼみの前に座り、露の誕生を見守る。露の中に朝日が映り、露が蒸発した後、小さな空間——自然と人間の喧噪の隙間——で発せられた柔らかなつぼみのため息が聞こえる。開いたばかりの花びらに指先で触れるとその感触が伝わり、匂いを嗅ぐと、その芳香が私の体の中に広がる。

私は目をつぶって六つの感覚をすべて聴覚に集中し、花のため息に耳を傾けることを覚えた。そしてイチジクの花のため息と薔薇の花のため息が聞き分けられるようになった。薔薇のつぼみが開くときには、内気な少女が恋人の唇——愛の熱で汗ばんだ唇——に優しくキスをするときに漏れるため息の音。でもイチジクの花が開くときには、遠くにいる恋人に向けて宙に放たれるキスの音。宇宙に向けて優しく投げキスをする繊細な唇のように。

私はこの間に、最も美しいものは人間たちにはほとんど知られていないことも知った。日本のボケはめったに庭に植えられることはないけれども、その花には日本的な美と優雅さがあり、小さな丸みも帯びている。ボケが花開くときのキスは最も遠慮がちだ。桃色の着物を着た幼さの残る少女が、まだ見ぬ恋人――手を握ったことも、キスをしたこともない――を夢に見ながら白くか細い自分の腕にこっそりとしているキスのよう。ボケのキスは処女が自らの純潔に口づけるキスだ。

　こうして私はビーター、父さん、母さんに会いに行きたい気持ちに抗いながら、孤独な年月を過ごした。代わりに木立を眺め、鉛のように――眠気を催すほど――変化のないラーザーンの村を見ていた。そのラーザーンの村は古代から秘密を抱えていた。村の始まりは誰も知らなかった。あるいは最初に誰が住み着いたのかは知られていなかった。

　ラーザーンの最も年を取った世代の記憶はサブゼの芽のように固く結ばれ（イランでは昔から新年（立春）の祝いに青草の芽を結び合わせて願い事をし、それがほどけたときに叶うというならわしがある）、毎年七つのＳ《ハフト・スィーン》（新年に食卓に並べられる七つの象徴。サブゼ、リンゴ、ニンニクなど。どれもＳで始まる）とともに川に流されていたが、〝ラーザーンの聖なる炎〟と呼ばれる事件についてはまだ皆の記憶が新鮮だった。当時は、ホメイラー・ハートゥーンの家が村でいちばん古いということではみんなの意見が一致した。しかし誰が誰より年を取っているかは誰にもわからなかった。イーサーとエッファトの祖母ホメイラー・ハートゥーンは自分が村でいちばんの年寄りだと考え、村長は自分がそうだと考え、他にも少なくとも五人、そう考える者がいた。その全員が自分は百二十五歳だと思っていた。シャーの時代に識字教育隊の教員が村にやって来るまでは、紙のお金も暦も、時計も身分証明書も結婚証明書も、誰も知らなかった。遠い街には、馬やラバでなく、金属でできた車輪付きの乗り物で移動する人がいることさえ村の人は知らなかったし、食料を育てるのでなく、店で買う人がいるのも知らなかった。

その頃、ラーザーンはまだほとんど人の手が入っていなかったので、識字教育隊は丸三日間道に迷い、森や丘の未舗装道路をジープでぐるぐる回った挙げ句、その場で捕まえた半野生の馬に森の獣道を案内させて村までたどり着いたのだった。一九六四年に最初の教員たちがやって来たとき、村の人々はナイフやフォークとは何なのか、電気やテレビがどういうものかも知らなかった。一人目のまじない師の祖先が村でただ一人文字を読める人間だった頃、彼がいつも『ラーザーンの歴史』という本を持ち歩いていたことを、村の人々は親から伝え聞いていた。だから村人たちは、子供が生まれるたびに昔から家に受け継がれている本——『王書《シャー・ナーメ》』、ハーフェズの詩集、『アヴェスター』〔ゾロアスター教の聖典〕、『精神的マスナヴィー』『千一夜物語』『名高きアミール・アルサラーン』など何でも——を彼のところに持っていき、表紙の内側に子供の誕生日を書いてもらっていた。

　それから何年もが経ち、識字教育隊のおかげで村の子供の一部は自分の先祖の誕生日や先祖伝来の本が読めるようになった。すると、一人目のまじない師の偉大なる祖先はどうやら読み書きの能力がかなり限られていたらしいこと、それだけでなく一年にある三百六十五日のうち一つの日付しか書けなかったらしいことが明らかになった。読み書きができるようになった村の子供たちが集まり、文盲だった祖先や祖父母の誕生日を互いに見せ合ってみると、そこに書かれている日付はすべてが一二一二年十二月十二日（イランの暦での日付。グレゴリオ暦では一八三四年三月三日）だった。数世代にわたってだまされてきたことがわかると村では怒りが噴き出し、一人目のまじない師がすべての罪をなすりつけられた——まるで祖先のしたことまで彼の責任であるかのように。

最初は村の子供たち、次にその家族、そして最後に識字教育隊の教員たちがこの謎めいた日付についていろいろな憶測をめぐらせた。教員たちは持参した数少ない歴史の本を調べたが、手掛かりはなかった。次に村の長老たちが集まってさまざまな意見を集めたが、結局、これという答えは見つからず、失望が生まれただけだった。村人たちの祖先は百年以上もの間だまされ続けたばかりか、一人目のまじない師の祖先を村の記憶かつ書かれた歴史だと信じていたので、彼に対しては必要以上の敬意を払ってきた。そのとき村の老人たちは、一人目のまじない師の祖先が手書きの本をいつも携帯していたことを思い出した。一二一二年十二月十二日という日付について答えの出ない探求と思索を繰り返した末に、村人たちは、元々一人目のまじない師の祖先の家で今は無人になって荒れ果てた建物に押し入り、隅から隅まで――家の中に入り込んだ茨や草や灌木まで掻き分けて――捜索を行ったが、何も見つからなかった。確かに、インチキな日付が明らかになったことで人々は絶望に追いやられたが、同時にその日からラーザーンの歴史が皆にとって重要となった。誰もが自分の祖先が何者かを知りたがり、地元にいるゾロアスター教徒の幽霊と血がつながっていないかどうかを確かめたがった。なぜ祖先はこの土地に来たのか。彼らは何をしたのか。文字の読めない村人の家にこれほどたくさんの本があるのはなぜか。ひょっとして祖先は読み書きができていたのか。

村人たちは戸棚や湿った屋根裏部屋をひっくり返し、彫刻が施された二百年前の木製トランクをいくつか引っ張り出したが、出てきたのは虫に食われた布、防虫剤、トカゲとネズミの骨だけだった。彼らは文字が読めるようになった子供に傷んでいない本を渡し、そこに文字の読み書きができた祖先の痕跡がないか探らせた。しかしこの探求も、何の成果にもつながらなかった。その結果、戸棚の扉は再び閉じられ、屋根裏部屋は念入りに掃除して新しいネズミ取りの罠を仕掛けた後にまた鍵が掛けられた。祖先の歴史を明らかにしようとする熱狂的な努力が一か月繰り広げられた後、木製のトランクは再び地下室に片付けられ、歴史の中へ追いやられ、日の出とともに忘れられた。徐々に村人たちはこう考えて自分を慰めるようになった。「どうせ歴史なんて何の役にも立たないじゃないか」と。いずれにせよ、彼らには「現在」——誰にとってもいちばん重要なもの——があった。「過去は死者のものだ」と一人の村人が言った。「われわれは今から自分たちの歴史を書こう」と別の村人が言った。「もしも祖先がまともな人たちなら、価値あるものをわれわれに残してくれたはずだ」とさらに別の村人が言った。こうして最後に村人たちは罪悪感と疑問を振り払った。彼らはまるで今が天地創造の第一日で、自分たちがすべてを初めて創り、経験しているかのように、喜びにあふれていた。まるで祖父の意見と祖母の説教、そして千年にわたる輝かしい歴史という重圧から突然解放されたかのように。栄光はもはやその小さなかけらさえも、どこにも残されていなかった。

そういうわけで、村人たちが代々受け継いできた負の遺産から自由になると心密かに決断した日の朝、太陽はいつもと違う昇り方をした。まぶしく澄み切った生まれたての太陽が低く垂れ込めた霧の上に顔を出し、大地に閉じ込められていた魂みたいな蒸気が空に昇り、雲に加わった。突然、空気も新たに入れ替わった。大地が空っぽで形も定まらないところで、神の息が黒い蒸気の塊の上に現れて「光あれ！」と命じた天地創造の第一日のように。光が現れると神はそれを喜び、暗闇を光と分けた。

キツネとジャッカルは何も考えることなく、深い霧の中を幸せそうに走り回り、鶏小屋や田んぼから巣へと逃げ帰り、昼間はずっと眠ったまま、夜にまた鶏とガチョウを獲りに行くことを夢に見た。カッコーはいつもの朝と同じように永遠の恋人探しを続け、すべての生き物に「どこ《クー》？　どこ《クー》？　ど《ク》こ《ー》？」と訊き続けていた。村はまるで生まれ変わったようで、あたかも百年前の世界に移されたかのようにすべてが真新しく、新鮮に感じられた。恋人たちは恥じらいのあまり簡単な言葉さえも交わすことができず、互いの目を長く見つめることもできなかった。世界に再び信頼が戻り、相手をちらりと見ただけであっという間に狂おしい愛に落ちてしまいそうだった。思い焦がれるあまり眠れぬ夜を過ごした男の酔ったまなざしを見ただけで、若い娘は残りの生涯それを待ち続ける覚悟をした。結婚の際の持参金は数百年ないし数千年前のように簡略化され、新婦が婚資を求めることもなく、男が持参金や処女性を要求することもなかった。歴史が存在しないことを発見した人々は無垢の時代に逆戻りし、朝早いエデンの園のように野生のスモモの花が露に輝き、その芳香があたりに漂った。川は澄み、たくさんの魚が泳ぎ、人々は急に見ることが増えた夢の解釈に夢中になった。

　村人の一人は、燃える松明を持った女が自分に会いに来る夢を見た。女は村人の祖先だと名乗り、今は私たち家族のものになっている木立のある丘を指差して昔はあそこに住んでいたと言い、葬式のために白いローブを洗濯しようと思って村人の庭に来たのだと説明した。村人が「誰の葬式？　なぜ〝白い〟ローブ？」とどれだけ尋ねても、女は悲しげに「おまえが利口ならいつかわかるだろうよ」と返事をするだけだった。翌朝、その村人がいつものように目を覚まして井戸に顔を洗いに行くと、洗濯紐に白いローブが掛けられ、風にはためいていた。一人の男は八十八年にわたる天災がラーザーンを襲い、離れた牧草地や森に至るまで丸ごと滅ぼす夢を見た。それによって大地は黒く変わり――何も育たなくなって――木も黒焦げになった。五歳の子供は家族の蔵書が村の広場で燃やされる間、黒いターバンをかぶった男が笑いながら炎の周りで踊る夢を見た。

夢は最初、警告と脅しに満ちていたが、その後は徐々に楽しい夢、いい夢に変わった。夢は過去や未来についてヒントを与えているようにも思えたが、同時に、現在の要求や願望が込められているようでもあった。最初は夢を見ることを恐れていた人々も、今では一人目のまじない師に占ってもらうために夢を見たがった。しかしまもなく、夢自体がとてもリアルになり、あまりにも日常生活と似てきたので、夢の解釈には意味がなくなった。過去の歴史が消去され、快適な夢に包まれた村人たちはだんだんと食事や仕事をおろそかにし始め、酸素のみを消費するひょろひょろの植物のようになった。体がやせ細るにつれ、精神の方は肥え太り、数々のイメージが頭の中でぶつかり合い、溶け合った。しばらくすると村人たちは夢の中で互いに出会い、夢の中で一緒に食事をし、夢の中で恋に落ち、愛を交わした。

そんな状態が数日、そして数週間続いた後、一人目のまじない師が明晰な夢を見た。その中で彼は村人全員を呼び集め、目を覚まして普段の生活に戻るように命じた。しかし人々は、目覚めているときなら彼の指示をないがしろにすることは決してない――つい最近、その祖先の正直さが疑問視されたにもかかわらず――のだが、まったく言うことを聞こうとしなかった。村人たちは苦しみも責任もない夢の中の気ままな生活から抜け出せなくなっていた。夢の中では誰かが別の人に苦しみを与えることもなく、夢が始まる前の人生で感じていたような空腹を覚えることもなかった。夢を見ているときは願望通りの生活を送ることができた。二人の人が同じ人物を愛した場合でも、夢の中ならそれぞれが好きな人と、第三者に邪魔されることなく幸せに暮らせた。貧しい人も夢の中なら、クリスタルのシャンデリアや鏡張りの壁がある大きな屋敷に住み、毎日午後には牛乳と蜂蜜が流れる川で沐浴することができた。妊娠できない人も夢の中なら、夫と子供と一緒に楽しく生きていくことができた。

一人目のまじない師は自分と村人を突然襲った夢の洪水に疲れ、真っ先に目を覚まさずにはいられなかった。魔法、古代の呪文、そして超自然的なものの力も夢の中で借りて彼が目を覚ましてみると、村はひっそりと静まり返り、時間が止まっていた。皆の家を訪ねて回り、住人を起こすためにノックをした。この状態がいつまでも続けば、誰もがじきに干からびた植物みたいになり、ちょっと何かが触れただけでぼろぼろに砕けてしまうと警告しようとした。しかし誰も身動き一つしなかった。誰一人として。

一人目のまじない師は眠気と闘いながら、何かの手掛かりを探して、空き家になっている祖先の家に行った。『ラーザーンの歴史』を探すために少し前にも村人と一緒にそこに行っていたのだが、今回は何かが見つかるという予感があった。どこか目に付かないところに手掛かりか、解決法がある、と。予感は的中した。三日三晩、泥と汚れの中、生い茂った草の下、脚のないトカゲの骨と抜け殻の間を探し、地下室に置かれていた金属の箱の中で、木の板の下にその本があるのを見つけた。しかし、読むのは想像していたよりも大変だった。それは子音文字数価《アブジャド》とシャジャレとジョマルで記されていた（二十八のアラビア子音文字には数が割り当てられていて、数秘術やお守りに用いられる。シャジャレは子音文字に似た神秘的記法。ジョマルは子音文字数価を計算する方法）。

昼間はラーザーンの眠れる住人の様子を確かめ、生者から死者をより分けて埋葬する一方で、彼はシャジャレと子音文字《アブジャド》数価について勉強を始めた。そしてとうとう六週間後、本の解読が終わり、彼の祖先について村人たちが大きな勘違いをしていたことがわかった。

本を解読したまじない師は、偉大なる祖先——科学と数多《あまた》の知識を持った偉大な学者——が植物や岩の秘密を知っていたことに気づいた。祖先は何世紀も前の神秘的書物を読み、目に見えない星の経路を見つけ、人の運命を手相で予知することができた。何度かの死を経験し、よみがえり、生と死の間を行き来していたので、死を恐れることもなければ、生に浮かれることもなかった。彼は夢を解釈し、人の目を見ることで前世を覗き、今生での義務を本人に教えることができた。常に一人だったが、孤独に不満を言うことはなかった。自由だったが、自由についてあれこれ考えることはなかった。彼の人生を縛るさまざまなものは他の人にとって未知のことで、それを理解するためなら半生を投げ出してもいいと思わせるようなことばかりだった。本にはこんなことが書かれていた。〝私はラーザーンの出身だとみんなは信じているが、本当はある日ふと、森に現れたのだということを私だけが知っている。鏡の前に立ち、顔のしわと目の中の線をじっと見つめても、私は自分がどこから来たのかわからない〟。ほとんど目に見えない繊細な虹彩の線は若さを示していたけれども、彼は自分が今までに何度もの人生を生きて深い知識を得た人間だと確信していた。他の誰よりも高度な知識。遠い昔に忘れられ、その名前さえ残っていないような知識。スィーミヤーやリーミヤー（前者は死者をよみがえらせる魔術、後者は幽鬼や精霊を捕まえる魔術）、錬金術、そして今では子供の早口言葉にしか使われていないような魔法を超える知識。

まじない師はますます興奮しながら祖先の回想録を読み進め、その内容と知識に驚いたため、ラーザーンの村の眠れる住人のこともすっかり忘れていたが、最後に数行の不可解な文章に出会った。科学と数多の知識を持った偉大な学者はラーザーンの住人たちが村の歴史を忘れた後、魔法にかけられたように眠ったことを書き記していた。そして祖先はその呪縛を解いた後、未来の世代のために歴史を書き記すことを約束していた。こうして、魔法の眠りが解けた日付が一二一二年十二月十二日であることがわかった。それはまじない師の祖先のおかげで村人たちが生まれ変わった日だった。だからそれがすべての村人の誕生日として記録されているのも無理からぬことだったのだ。ラーザーンの村人が目を覚ました日だったのだから。

まじない師は本の解読で疲れていたけれども、自分はまず村人たちを魔法の眠りから救い出さなければならないと思った。そこで本を読み続けたい気持ちに抗い、本を手掛かりにして森の奥深くに分け入った。すると森の中に、大きな円の形で開けた場所があった。彼はその中心に三日三晩座って断食をした。食欲と眠気と闘いながら、本に書かれていたように「思い出す」ことに集中した。本にはこうあった。〝その価値を持たない者が近づかないよう、正しい場所は探求者の目から隠されている。深い眠りの魔物《デーモン》であるブーシャースプを真に探す者は、噂が持つ真実を知る者である。彼はその鋭い洞察力によってブーシャースプを見つけるであろう〟。こうして三日三晩の断食と忘我《トランス》の後、彼は最初に見つけた蛍の後を追った。雨や霧の中、そして月明かりの下を何日も歩いた彼は、見知らぬ森の一角で静寂に呑み込まれた。そこから見える切り立った崖の下は、真っ昼間なのに薄暗く見えた。鳥の鳴き声は聞こえず、風が木を揺らす音もなかった。地面を覆う落ち葉の上を這う蛇もいなかった。

すべては無気力な静止状態に沈んでいた。彼は本に「忘却の川」のことが書かれていたのを思い出した。耳を澄ますと一つの音が聞こえた。それはその水を一口飲むと永遠に記憶が消えてしまうという忘却の川が、優しく眠りに誘うように流れる音だった。忘却の川は眠りの魔物の住処《すみか》のそばに流れているはずだ。歩みを進める彼の心は透明な恐怖でいっぱいになった。魔物はどれほど恐ろしいだろう？　本にはどうしてこちらの身を守るための武器のことが書かれていなかったのだろう？　震えながら歩いていると、洞窟のある場所に出た。その周りには、酩酊を誘うケシとハオマ（ゾロアスター教とペルシアの神話において重要な役割を果たす植物とそれに象徴される神）が生えていた。洞窟に入ると、年を取った巨大な魔物が深い眠りに就いていた。額には二本の小さな角が生え、頭の左右には大きな白い翼があり、顎鬚と髪はすねまで伸びていた。魔物は黒い毛皮を敷いた上に寝ていた。まじない師は魔物に近づいた。見ているうちにだんだんと怖くなくなった。すべての魔物が邪悪なわけではない、と彼は最後に認めざるをえなかった。魔物が目を覚ますのを二十四時間――本の指示に従って用意した眠気払いの薬を何杯か飲みながら――待つ間、彼は洞窟の中心にある忘却の水が湧き出す小さな泉を見ていた。どれほどそれを飲みたかったことか！　しかし本の指示を思い出して誘惑に抵抗した。次に洞窟の壁に目をやると、人間の夢が溶け合い、また分かれていく謎めいた映像――鮮明だが、雑然とした映像――が見えた。彼はその中に自分が繰り返し見てきた夢を見つけた。何年も前からキスをしたいと思っていた美人の娘とキスを交わしている夢だ。

結局、彼は仕方なくハオマの枝を折り、それを老いた魔物の鼻に突っ込んだ。巨大な魔物はくしゃみをして目を覚まし、寝ぼけ眼《まなこ》でまじない師に「何の用だ？」とおっとりと訊いた。まじない師は夢の問題について説明をして、村人が元の普通の生活に戻れるよう魔物に頼んだ。眠りの魔物はまじない師が言っているのがどこの村の誰の話か思い出せない様子で言った。「わしから人間に手を出すことはない。決まって人間の方がわしを追ってくるのだ。さあ、戻れ。村人は今晩たっぷりと夢を見て、明日からはもう昼間に夢を見たいとは思わなくなるだろう」。魔物はそう言った途端、再び深い眠りに就いた。

それから三日三晩が経ち、魔物は本当に約束を守っただろうかという不安にさいなまれながらまじない師が帰り着いたとき、村はかつてないほど活気にあふれていた。人々は眠って過ごした日々の記憶を持っておらず、奇妙でよくわからない夢を見たことしか覚えていなかった。夢のことを思い出そうとしても、みんなすぐに話をやめて、「いや、違う。もっと嫌な感じだった。うまく言えないけれど」と慌てて付け加えるのだった。村人はみんな同じ夢の中にいて、はっきりした映像は思い出せないが、起きたときには誰もが頭痛と吐き気、不安と苦悩を感じていた。彼らは死んだ家族がいることを知ると同時に、鶏小屋が夜の間にキツネやジャッカルに襲われて、半分空《から》になっていることに気づいた。牛や羊は新鮮な草を探すために小屋の扉を壊し、森や野原、そして田んぼをさまよい、緑の稲を半分食べ尽くしていた。クモはいたるところに巣を張っていた。植物や花が蔓を伸ばし、部屋に入り込んでいた。ベッドは死とセックスと悪夢による汗の匂いがした。こうしてまじない師が長旅で疲れてはいてもうれしい気持ちで村に足を踏み入れたとき、村人はみんな眠っていた間の遅れを取り戻すのに大わらわで、誰も彼の方を振り向くことはなかったし、挨拶を返そうともしなかった。

# 第十五章

フーシャングが鉄の門扉の錠の中で古い鍵を回し、錆びた蝶番が哀れな音を立てたときその目の前にあったのは、以前と変わらず花に埋め尽くされた大きな庭と、彼が生まれたときからそこにある古い松とスズカケノキだった。ハナミズキの枝を格子に組んだあずまやの下では、彼の母と父と老いた祖父がサフラン茶かスミノミザクラ茶を飲んでいた――彼が物心つく前から毎日午後にそうしていたように。両親たちはまるで永遠に額に入れられた写真の中の人物のごとく、彼に向かって笑みを見せた。さまざまな悲劇、無益な苦しみや騒動を経て、彼は再び小さな天国を手に入れた。久しぶりにまたその光景を目にしても驚くことはなかった。彼らはまるで昔から台本に書かれていることみたいに――大昔から彼が現れるのを待っていたかのように――微笑みかけた。フーシャングが錆びた鍵をガージャール朝の実家の錠に挿し、ぼさぼさの白髪、血の気のない顔、切羽詰まったまなざしで現れ、「この家にはまだ私が寝る場所がありますか?」と尋ねるのを待ち構えていたかのようだった。

誰も何も訊かなかった。母のゴルダーファリードも、父のジャムシードも、祖父のマヌーチェフルも。何日もの間、フーシャングが部屋から部屋、テラスから客間、リビングから物置、書庫から地下室へとうろついても、誰も邪魔をしなかった。自分が何を探しているのか、彼自身にもわかっていなかった。戸棚を開けては中身をじっと見て、これという目的を持たない好奇心旺盛な子供のようにそれを触ってみたり、あるいは何も置かれていない謎めいた空間を凝視したり。屋根裏部屋や地下室に行き、時代物のスーツケースやたんすの鍵を開け、中に入った古く埃っぽいものをいじって何時間も過ごしたり。その様子はまるで、それらの品が言葉と歴史を超えた形で語りかけ、彼が留守の間にどんな運命を歩んだかを語り聞かせているかのようだった。彼は古い立像、ガージャール朝の絵画、キャマールッディーン・ベフザード（十五世紀から十六世紀の有名な細密画家）の絵画、ミール・エマード（十六世紀イランの書家）の書に触れた。手織りの絹の絨毯を動かし、ラーザーンで育てていた蚕のことを思い出して、その隅の処理や結び目を念入りに見た。

　本を一ページも読まずに何時間も書庫に閉じこもっていることもあった。ただページをぱらぱらと繰り、匂いを嗅いだ。余白の書き込みを見て、自分が書いたものがどれで、弟のホスロー叔父さんと父親と祖父が書いたものがどれかを推測したり、思い出そうとしたりした。蔵書印を見、すべての本を主題別に分けてアルファベット順に一覧にした大きなノートを見、自分とホスロー叔父さんの手で書かれた分類表を見た。彼が手を触れた本はどれも単なる本ではなく、記憶だった。それは彼の運命であり、郷愁《ノスタルジア》だった。

　父さんは大昔——あまりにも昔の話なので、当時の自分の姿さえ覚えていなかったが——ホスロー叔父さんと一緒に何日もかけて全部で五千七百三十二冊の本をアルファベット順に並べ、主題別に分類したことを思い出した。それがどれほど楽しかったことか！　最初は一週間程度で片付けられるだろうと思ったのだが、一日目が終わる頃にはそれが大きな勘違いだったことに気づいた。本を一冊ずつ手に取り、分類番号と文字を表紙に記入して本棚に置くだけの作業かと思いきや、いざ本を一冊手にしたが最後、それをいつになったら棚に置けるのか見当もつかなかった。二人は手に取った本に目を通し、そこに仕掛けられた漁網に絡め取られ、深い海の底まで連れて行かれた。一部は声に出して読み、二人で議論を交わした。そして突然われに返ると何時間も過ぎていて、たくさんの本がまだ床に散らばったままだった。母のゴルダーファリードが書庫まで運んでくれた夕食はすっかり冷たくなっているのに、二人はまだ朝いちばんに手にした本に没頭していた。父親と祖父が手伝いに来るようになった後も、事態はさほど改善せず、ただ本に読みふける人間の数が四人になっただけだった。彼らは手に取った本について説明し、議論し、余白に書き込みをし、最後に仕方なく一時的にそれを中断して分類作業に戻ったのだった。

父さんは唇にかすかな笑みを浮かべつつ、作業はまだ半分も終わっていないとわかっていながら、検閲の手が入っていない一族の書庫の中で本をめくり、ページの匂いを嗅いだ。二人は分類を進める一方で、それぞれが伝統に従って週に一度ナーセル・ホスロー通り——のちに〝革命《エンゲラーブ》通り〟に改名された——の書店に買い物に出かけた。もしもゴルダーファリードが折に触れて叱っていなければ、作業はいつまで経っても終わらなかったかもしれない。しかし四か月後、書庫はそれにふさわしい形で整理された。四面の壁に沿って机が一つずつ配置され、ガージャール朝の時代にカーシャーンで織られた絨毯の上に六人用のイタリア製家具が置かれ、人がくつろげる状態になった。そう、この一族で代々受け継がれてきた最初で最後の熱狂《マニア》は読書に対するものだった。

長い年月を経て久しぶりに若い頃の思い出に浸りながら屋敷の中を行ったり来たりしていると、父さんはホスロー叔父さんのことが今まで以上に恋しくなった。長年別々に暮らしてきたけれども、幸福な子供時代、青年時代はずっと日々の経験や考えを話し合っていたので、のちの人生でこれほど疎遠になるとは誰も想像していなかった。

父さんは子供のような好奇心に駆られてキッチンへ行き、古い陶器の皿や銅の鍋をじっくりと吟味し、それを使って目玉焼きを作った。ステンドグラスの窓の脇に何時間も座り、小さな埃の粒が空中でカラフルな光線に照らされるのを眺めた。ひょっとすると子供時代の思い出を探し求めていたのかもしれない……あるいは控えの間、筒形の丸天井、きれいに塗られた上げ下げ窓、そして十八の寝室を持つ多層階の大邸宅で過ごした、失われた歳月を追い求めていたのかも。あるいはひょっとすると、愛するロザーの肉体が放つ神秘的な香りと彼女が初めてその廊下を歩いたときの記憶を今なお追っていたのかもしれない。

しばらく半病人のような状態が続いた後、父さんはようやく一つの決断をして、自分の重心を見つけた。家の壁や絨毯、きれいに塗られた窓と同様にかつてのままの場所。外界の野蛮な力がまだ侵入していない場所。つまり、大きくて古い、検閲されていない書庫だ。

こんな様子で口さえ利かずにいたにもかかわらず、父さんが帰ってきたことで実家には若々しい活気が戻った。ゴルダーファリード、ジャムシード、マヌーチェフルも若返った。三人は夜明け前に目を覚ました。ジャムシードはパン屋へ行き、マヌーチェフルはバディーザーデのレコードをかけ、窓を開け、庭に水を撒き、ゴルダーファリードは朝食の用意を始めた。お茶と焼きたてのサンギャク（イランの伝統的なパンで、熱した石の上で焼く）の匂いが家の中に漂い始めると、自分たちのところに戻ってきた子供――すでに白髪の老人だったけれども――を起こし、バディーザーデの音をその神経の隅々まで染み込ませた。彼らは床に敷かれたガージャール朝の絨毯の上、あるいは中庭のデッキにテーブルクロスを広げた。みんながそこに腰を下ろし、お茶に砂糖を入れ終わる頃には、優しい「おはよう」の声が家と庭に陽気な空気を広げていた。ジャスミンとオシロイバナの香りに包まれる中、ラーザーンで過ごした数少ない幸福な日々を忘れるためにフーシャングは話し始めた。テヘランのすばらしい天気について。街で見かけた変化について。市長に奪われそうな家について。しかしラーザーンの話はしなかった。決して！　ロザーのこと、ビーターのこと、ソフラーブのこと、私のことについては一言も！

この家と庭を買いたがっている市長はさまざまな理由を付けては直々にここに来ている、と祖母と祖父は説明した。最初は賄賂を使おうとしたが、それをあきらめた後は脅迫が始まった。まず、神秘思想を抱いているという容疑でホスロー叔父さんを刑務所に放り込んだ。しかし市長の真の目的がわかった後も、ホスロー叔父さんは要求に応じることはなかった。こうして市長は再び攻撃の手段を失ったが、それでもあきらめることはなく、こうなったら家を破壊することで復讐を果たそうとしていた。新たな幹線道路敷設計画を打ち出して、家の撤去命令を送ってよこした。こうして数か月前から、美しいガージャール朝の屋敷と木立を潰すためにブルドーザーが待機して復讐のタイミングをうかがう状態になった。ところがこうした大掛かりな脅しにもかかわらず、祖母も祖父も腹を立てているわけでも落ち込んでいるわけでもなかった。庭のどの木よりも長く生きている曽祖父のマヌーチェフルも同様だった。これからどうするつもりかと父さんが不安げに尋ねると、祖父はあっさり、「やつが何をしようと知ったことではない。わしらはびくともせん」と言って、砂糖を入れたお茶を一口で飲み干した。

こうして父さんは家の中で徐々に居場所を見つけた。読書に対する渇望は相当なものだったので、ソフォクレスであろうとバートランド・ラッセルであろうと構わずに読んだ。重要なのはただ、世界的な思想家とのつながりを持ち、現代のイランを乗っ取った知的な小人たちの住む現代世界から距離を置くことだった。彼は再び自分の精神を高めたかった。しばらくすると研究は体系的なものになった。最初は古代の戯曲を読んでいたが、次にはイランとメソポタミア地域の神話、その次には古代の宗教書を読んだ。その後は政治理論、社会学、イデオロギー的な思想書。そして戦争における宗教の役割、人類の知的な厳格性について。アラブ人のイラン侵入、ササン朝ペルシア崩壊の原因に関する本を読み、それをシャーの没落とイスラーム共和国設立の原因と比較した。父さんが以前から知っていたこと、本が焼かれる前に読んでいたことはたくさんあったが、それらはまるで焚書の際、一緒に焼かれてしまったかのようだった。彼はそのとき初めて、悲しみが忘却をもたらすことに気づいた。

最後にようやくフーシャングは現代イランの歴史にたどり着いた。そこではすべての問いが底なしの深い穴に変わっていた。父さんは毎日新聞を買った。そこに真実がほとんど書かれていないことはわかっていたが、自分がいない間に世界がどうなったのかを知りたかったのだ——戦争の後、大量処刑の後、イランから知識人と金持ちが逃げ出した後のことを。父さんにはまだ家から出る勇気はなかった。街を歩いているのは、沈黙あるいは無知によって他の人間が殺されるのを看過した人々だ。父さんはいまだに彼らのことも、自分のことも許すことができなかった。

ニーチェは『善悪の彼岸』を書いていたとき、将来、まさかその本が二人の兄弟の精神的な和解につながるとは思っていなかったはずだ。もしもフーシャングがあの日その本を手に取っていなかったら、きっとホスロー叔父さんと抱き合い、一緒に子供時代を思い出すこともなかっただろう。ホスロー叔父さんはぶつぶつと独り言をつぶやきながら部屋に現れた。「何が善で何が悪か、誰一人知らないなんてどうなってるんだ！」。精神のレベルがとても高いせいで体が半分透き通っている叔父さんは、自分で巻いたビディたばこ〔刻みたばこを葉で巻き、糸で縛ったインドの安たばこ〕を吸って、かぐわしい煙を部屋に撒き散らしながら自信たっぷりに言った。「善悪の境界は昔からはっきりしているというのに」

フーシャングは当然、ホスロー叔父さんの透けた体には驚かなかった。よくあることだから。だから父さんと叔父さんは果てしない議論——生涯を越えて書物の中で続けられるであろう議論——を始めた。その議論は二人の考え方の違いをはっきりと浮き彫りにしていたが、遠い場所でまったく違う暮らしをしているにもかかわらず、いかに二人が似ているか、いかに二人が長年相手を恋しがっていたかを示してもいた。その日の夜、ゴルメサブズィーが二度冷たくなり、もはや食べられなくなった後も経験と思想をめぐる熱のこもった議論は続いていたので、二人はしまいに子供のように興奮に目を潤ませて抱き合い、キスをするに至ったのだった。

しかし翌朝になると、父さんはまた一人で研究を続けた。あれだけ壮麗で創造的なイランの文化と文明——善良な思想、善良な言葉、善良な行為（ゾロアスター教の基本的な教えの一つ）を信じていた文明——がなぜ崩壊し、こんな泥沼状態に陥ったのかをまだ知ろうとしていた。他方でホスロー叔父さんは何かを知ろうとはしていなかった。ただ汚れなき魂として宇宙意識の流れと完全なる受容の中に漂い、時折世界のどこかの図書館に姿を現しては、本を読んでいた。

　父さんは最初、ホスロー叔父さんに腹を立てていた。というのも叔父さんは、社会および一族に対して大規模な不正が行われているのを知りながら、黙って静かに姿を見せたり消したりしながら、家から図書館へ、そしてヒマラヤ山脈にある古い寺院へと移動するばかりだからだ。イランのテレビを観ようともせず、国際的なラジオ放送を聴こうともしない。父さんは思った。**この殺戮《さつりく》、失業、不況、不透明な未来、失望した人々の姿が弟の目には入らないのか？**　要するに父さんは怒っていた。自分に対して、社会に対して、世界に対して。そしてそうした答えのない疑問のすべてを弟にぶつけようとした。しかしその直前、中庭の隅にあるスズカケノキの下で子供のように静かに瞑想するホスロー叔父さんの顔にある柔らかなはっきりしたしわが目に留まった。弟を理解するためにもっと時間をかけよう、と彼は思った。昔から知っているこの弟はずっと探求者だった。インド、チベット、シベリアでシャーマン、神秘主義者、苦行者に師事し、神秘的な古代の文字を読み、精神的にも物質的にも博物館一つほどの値打ちを持つ写本を複数所有していた。ホスロー叔父さんがそれなりにつらい目に遭ってきたのも父さんは知っていた。刑務所にも入れられ、大昔には妻にも裏切られた——妻は同性愛者の権利をめぐる戦いが始まったばかりだったフランスに金持ちの女性と一緒に逃げたのだ。ホスロー叔父さんは恋愛に失敗して恒久的なダメージを受けた結果、他人との真剣な交わりに背を向けるようになったのだと、父さんは知っていた。とはいえ、叔父さんは一度インドで女性の神秘主義者――ネズミの寺院を造ろうと献身的に働いている人物――に熱烈な恋をしたのだった。叔父さんはいつも旅をしていた。誰も知らない道をどこまでも歩み、その先にある誰も知らない道を進んだ。人間関係に対する鋭い感覚は読書と瞑想で養った。

フーシャングは弟を叱責する代わりに自らの内面に目を向け、自分こそ長年何をしてきたのだろうと問うた。頭の痛い問いと気持ちの沈む答え。こうして父さんはホスロー叔父さんたちから距離を置くように書斎に閉じこもり、自己批判を始めた。自分と家族に降りかかる破局をただ眺める以外に自分は何をしただろうか？　ラーザーンに引っ越し、またテヘランに戻っても、それはただ人生のどうしようもない困難から逃げただけではないのか？　人生を左右するような物事は大体その人のいないところで起こる、と父さんは結論を下した。もしも革命が始まってバハールが殺されたときに、ラーザーンに逃げるのではなく、同じような考えを持つ人たちと小さな運動でも始めていれば、少なくとも今みたいな気分を味わうことはなかっただろう。それからモハンマド・モフターリー（左派の詩人、作家。イデオロギー的に政府に反対する勢力に対して情報省が実行した一九九〇年代の連続暗殺事件で殺害された。一連の事件の被害者は八十人を超える）、ダーリユーシュ・フォルーハルとパルヴァーネ・フォルーハル（イラン国民党を率いた夫婦。情報省のメンバーによって自宅で殺害された）、モハンマド・プーヤンデ（作家、研究者で、連続暗殺事件の被害者）のことを考えた。何年も沈黙が続いた末に、処刑されたことがニュースや新聞記事で発表されたブロガーや社会活動家のことも。イスラーム指導省と情報省による厳格な検閲にもかかわらず、一部の本や文学や社会科学関係の雑誌には今もイラン社会の現状について批判的なことが書かれている。だから彼は思った。**社会はまだ生きている。まだ息をしている。過剰に反応しているだけだ。**もしも彼らと同じように努力をし、音楽を完全にあきらめたりせず少なくとも楽団を作るくらいのことをしていれば、自分も社会に対してそれなりに貢献できたのではないか？　でも、もしも炎のような舌を抑えつけていなければ、きっと命まで奪われていただろう。そうしたらロザーはどうなったか？　ああ、ロザー……ロザー……ロザー……どこへ行ってしまったんだ?!

　次にホスロー叔父さんが父さんのところにやって来たのは最悪のタイミングだった。父さんはその朝、政治活動を行っていた数人の大学生の行方がわからなくなったという記事、犯罪者に関する二千ページの資料が消えたという記事、堕落した判事が殺人事件を裁くという記事を読んで半狂乱になっていた。彼の怒りははけ口となる相手が現れるのを待ち構えていた。だから父さんはホスロー叔父さんが手にしていた本を見たとき完全に自制が効かなくなり、弟に向かってうなり声を上げた。「現実世界で神秘主義の戯言《たわごと》なんて何の役に立つ？」。ホスロー叔父さんはその質問と声音に気圧《けお》されて何も言わなかった。その手にはＯｓｈｏ《オショー》（インドの神秘家、グル、哲学者（一九三一―一九九〇））の『大いなる挑戦――黄金の未来』が開かれていた。叔父さんは静かに本を閉じ、腰を下ろして父さんをじっと見つめ、怒りが静まるのを待った。父さんは叔父さんが黙っているのを見てさらに腹を立て、もっと大きな声で言った。「うちのソフラーブが何の理由もなく処刑されたとき、やつらがうちの娘を焼いたとき、私の妻が正気を失って家を出て行ったとき、おまえのその神秘主義の戯言がどれだけ役に立ったと言うんだ？」。ホスロー叔父さんはそれらの悲劇を改めて悲しみ、しばらく黙り込んだ。
　父さんは続けた。「何の罪もない政治犯がみんな処刑されたとき、若者たちがみんな妄想みたいな戦争で殺されとき、権利という権利が全部取り上げられたとき、おまえの好きなその神秘主義のお遊びは何の役に立った？」。ホスロー叔父さんはため息をつき、うなだれ、自分でもそれをとがめるように言った。「まったく何も！」

父さんは叫ぶような声になった。「世界は殺人、不正、苦痛に呑み込まれようとしているのに、おまえのようなお利口さんは不正や堕落と戦うのではなく、安全な寺に行って身を隠しているだけじゃないか！」。するといきなり肩が震え、父さんは大きな声を上げて泣き始めた。長年我慢してきた涙があふれ出し、あたりの本と絨毯を濡らした。温かな涙が頬を伝い、シャツを濡らす間、父さんは自分の涙の川で溺れ死ぬことだけを願っていた。生き続ける理由がわからなくなっていた。かつて持っていたすべてのもの、そして全身全霊で愛したすべてのものが最悪の仕方で奪われていた。タール、テヘランの家、ロザー、ソフラーブ、ビーター、私、そして中でも最悪なのが私たちの大いなる夢。その上、二百年前から一族のものであることを証明する書類もあるこのガージャール朝の家まで彼らは破壊しようとしている。やつらはこれ以上何を望むのか？　父さんは涙を流しながらそこに座ったまま、両腕に頭を埋《うず》め、あのとき黒い雪に埋もれてしまえばよかったと思った。

ホスロー叔父さんは立ち上がって兄の丸めた肩を抱きたかった。そして殺人、強奪、貧困、人間の不正に対して神秘主義が簡単な解決法を示せなかったことを謝りたかった。しかしそうするのはやめて、父さんが心ゆくまで泣けるよう部屋を出た。そして部屋を出る前に父さんの横で一瞬だけ立ち止まり、その肩をぎゅっとつかんだ。

その夜、ホスロー叔父さんが再び書庫に入ると、父さんはいつものように椅子に座って本を読んでいた。そこで叔父さんもいつもの椅子に座り、ようやく静かに声をかけた。「多くの人が世界を危険な場所、恐ろしい場所だと考えて、武装してそれから身を守らなければならないとか、それと戦わなければならないとか、そこから逃げなければならないと思っている。だからこそ世界が恐ろしくて、有害で、攻撃的な生き物みたいに見えるんだ。でも世界というのは、ただそれを知るだけでも一生かかる」

叔父さんは父さんがまだ黙っているのを見て、後悔したように首を横に振り、先を続けた。「世界は狂ってしまったと兄さんは言って、何ができるんだと私に訊いた。答えはこれだ。私にできるのは、ただ狂気に呑み込まれずにいることだけだ」。ホスロー叔父さんはさらに続けた。「水泳を覚えるには泳ぐしかない。愛を学ぶには愛するしかないし、瞑想は瞑想でしか学べない。他に近道はない。精神は外に向かって開かれるし、瞑想は内側へと向かう。それが兄さんの世界と私の世界の違いだ」

叔父さんは父さんがまだ話を聞いているかどうかを確かめてから、慎重に先を続けた。「兄さんが悪いわけじゃない。時は常に移ろい、私たちが愛するものはすべて滅びる。ここにあるものだってそうだ。この本、この写本、この書、照明、建築、庭、この細密画――こういうものはもう存在しない。それぞれに意味を持つ、千年前からあるモチーフの描かれたこういう絨毯の代わりに、ミッキー・マウスが描かれたラグが工場で作られて、売られている。昔はそれぞれの家の隅に一台ずつ置かれた電話が時々鳴っていたけれど、今では五歳の子供でも携帯電話を持っている。昔の庭、歴史的な家屋、古代の人工物、工芸品、国宝、数千年にわたるイランの文明、文化、思想が生み出してきたすべてのものが破壊された。あるいは今まさに破壊され、強奪されつつある。この野蛮な暴力の中で――国民がアイデンティティーや過去を失い、互いに孤立してしまっている中で――人は自分だけの力で何かができるだろうか？　ひょっとするとみんなで団結して運動をするというのが唯一の解決策かもしれない。でも、今のイラン国民が団結できるだろうか？　何かを破壊するには団結が必要だ。そして何かを作り上げるにも団結が要る」。彼は少し間《ま》を置いてから続けた。「これだけ国が破壊された今、私にできるのは、自分が信じないものに染まらずにいることだけだ。ああ、もっと多くのことができればいいのだけれど！」。父さんは本から顔を上げなかった――まるで話を聞いていなかったかのように。それはおそらく、叔父さんの言っていることは理解できても、慰めにはならなかったからだろう。歪んだ社会によって引き起こされた苦しみで、父さんは今にも破裂しそうになっていた。歴史の本を読んだり、ラジオでニュースを聴いたりしても、心の中の苦痛と怒りは減るどころか、増すばかりだった。父さんは絶望し、落胆していた。残虐行為、戦争、不正を憎むと同時に、それを目の当たりにしながら黙っている世間のことを理解できなかった。耳元では知らない人の声がこう繰り返しささやいているのが聞こえた。**再び夜が明けたというのにどうして自分たちは暗闇の中で生涯を送らなければならないのか、と未来の世代は自問するだろう。**しかし結局、彼が口にしたのは、「明日は外に出てみようと思う」という言葉だった。

　翌日、父さんは外に出た。アイロンのかかったシャツとズボンを身に付けて、ネクタイを締めるかどうかを鏡の前でしばらく考え、結局、締めることにした。濃紺のネクタイに白いシャツ、そして黒いドレスパンツという格好だ。父さんは中庭から外に出る錆びた扉をゆっくりと開き、戸口に立って、左右に伸びる道の先を見た――そこでためらう様子を父親と祖父が別々の窓から見ているとは知らずに。テヘランを逃げるように出て行って以来、彼が実家を訪れたのは必要に迫られた数回だけで、街を出歩くことは常に避けていた。律法学者《モッラー》に蔵書を奪われ、焼かれた後、骨董品を売って再び本を買い揃えようとしたときも、革命《エンゲラーブ》通りには行かなかった。その代わりに、新聞に広告を出していた個人の蔵書を買い取り、それをラーザーンに持ち帰ったのだった。

父さんは今日、イスラーム革命から数十年の時を経て初めて、街を歩いて見物する気になった。行き交う人々、新しい道路、小路、ネオンサインのある新しい店、黒いマントやマグナエ、ヘッドスカーフを身に付けて早足で歩く女性たち。かつて立派な庭園があった場所に新しく建ったというアパート群を彼は見てみたかった。テヘランとその住民が今どのような姿になっているのか、実際に見たかった。彼は思った。**私はここにいる人々や千の頭を持つ蛇のような体制と和解したいとは思わない。ただ、屍と化したイラン社会が今どうなっているかを見たいだけだ。**

タジュリーシュ広場に向かって歩いていく途中では、人をじろじろ見ないよう、意識して建物や街路に目を向けた。数百メートルも進むと首の血管が膨らみ、体が縮んだように感じ、年のせいだと自分を慰めた。そして次には、人々――そう遠くない昔に娘とタールと家を焼いた野蛮な人々――に対する恐怖を和らげようとした。

遠くまで歩けば歩くほど、通りの人も、店の数も増えた。以前王の中の王公園《シャーハンシャーヒー》――今はメッラト公園と呼ばれている――を訪れたときから何十年経ったか、思い出せなかった。大きな看板、外国の服を売る大小のブティック、歩道に沿って設置された鉄製のガードレール、クラクションを鳴らす連節バス、散歩中の人に声をかけるタクシー運転手。「奥様！　レサーラトまで乗りませんか？」「旦那！

セイイェド・ハンダーンまでどうです？」

父さんは疲れていたが、シャー・レザー通り――今の名は革命《エンゲラーブ》通り――までは歩くと決めていた。街は静かに見えた。まるで残虐行為や犯罪は刑務所の扉の向こうにひっそりとしまい込まれ、もはや行われていないかのようだった。手をつないだ若いカップルが彼の方へ歩いてきた。しかし男が通りに目を向けた瞬間、二人は顔色を変えて手を離した。父さんはその視線を追った。〝風紀警察〟（男女の身体的接触、マニキュア、体の線がわかる服、派手な色彩など、イスラーム法に反すると見なされる行動をしている人をこの警察は逮捕する）と書かれた緑色のパトカーがそこを走っていた。チャードルをまとった二人の女性と軍服を着た二人の男が乗る車は、歩行者をチェックしながら路肩をゆっくりと走っていた。風紀警察が通り過ぎると、カップルはまた手をつないだ。二人が近づいたとき父さんは間近でその顔を見た。風紀警察に対する二人の反応はまるで、それがごく日常的なこと――恐怖や服従よりももっと普通のこと――であるかのようだった。父さんはそれにひどく驚き、また否定的な思考の波に襲われた。そこはもうパフラヴィー通り――今はヴァリーアスル通り――の交差点だった。数人が肩をぶつけたのに謝りもせず通り過ぎたとき、父さんは自分の国にいながら外国人になったような――自分の国はどこにもなくなったような――気分だった。ラーザーンにいても落ち着かなかったが、テヘランでもよそ者だった。彼は物事の肯定的な面を見るように自分に言い聞かせた。テヘラン大学は今もある。市立劇場も。スズカケノキもあるし、カラスもいる。窒息しそうな恐怖の雰囲気にもかかわらず、〝彼ら〟の目が届かないところで手をつなぐ者もいる――まるで「ダーリン、心配しなくてもいい！　こんなひどい時代はいつか過ぎるから」と言っているかのように。

テヘラン大学からエスファンド月二十四日広場――今の名は革命《エンゲラーブ》広場――に向かっていると、遠くに、黒い服を着た集団が見えた。昨日のニュースではデモがあるとは言っていなかった。そうと知っていれば外出はしなかっただろう。不安になって引き返すことにしたが、周りはみんなデモを気にすることなく歩き続けていた。彼はさらに数歩歩いたが、自分が嫌になった。恐怖と不安と嫌悪で恥ずかしくなった。七千五百万人がデモや貧困、腐敗や公開処刑や逮捕を日々目撃しているのなら、自分だってそれを見ても構わないではないか？　ピーターがこの人たちと一緒に暮らし、共感できたのなら、自分にだって同じことができるのではないか？　**エスファンド月二十四日広場に向かうこのたくさんの人の中で、苦しみを味わったのが私一人なんてわけがない。もちろん殺されたのだってうちの子だけじゃない**と彼は思った。政治的信条のために殺された人は一九八〇年代だけで一万五千人にのぼるという記事を最近読んだことを思い出した。だから他にもいるのだ。悲しみと喜び、希望と絶望の間で奮闘し、生き延びる努力を続けている人は他にもいる。ひょっとしたら望みがあるのかもしれない。変化の望み、抜本的変革の望みが。

父さんは自分の足を見た。それはまだ、黒服の集団から離れようとしていた。道端にぽつんと生えたとてもきれいな薔薇の灌木が目に入った。無防備な薔薇。この騒音と煙、黒と灰色の中で孤立した、無垢なよそ者。彼は長年、美を追い求めてきた。まだ生まれていない美。百年前に去ってしまった美。新たな革命家たちの攻撃を逃れるためテヘランを脱出したとき、自分がどれだけ混乱し、おびえていたかを彼は思い出した。美と静寂を求めた結果がラーザーンの地だった。しかしやはり、〝彼ら〟も村にやって来た。**どこまで逃げても無駄。最後には必ず彼らに見つかり、引きずり下ろされる**と彼は思った。今再び自分はテヘランにいるけれども、足はまだ逃げようとしている。足がゆっくりじわじわと逃げだしつつある中、彼は頭を上げて周りの人の顔を見た。通行人、屋台の売り子、本屋の店員。古い建物の隅で眠っている薬物依存症患者。一人一人が自分だけの惑星で生きているみたいに、黒服の集団には目もくれず、背中を丸めて早足で行き来している人々。

テヘランの街自体も依存症患者のようだ、と彼は思った。煙、屈従、貧困、無気力に身をゆだねた街。少しでもしらふに戻そうとする動きがあると、慌ててパニックを起こす街。テヘランという依存症患者は依存から脱け出したいと思いながら強い意志が持てず、しらふの状態が数日続いた後でまた以前よりも強く依存し始める。それは抑圧への依存、貧困への依存、禁止と郷愁への依存だった。

父さんは黒服の集団からさらに離れたとき、昔のことを思い出した。〝一九九九年の学生運動〟あるいは〝二〇〇九年の緑の運動〟と呼ばれた出来事のことだ——父さんはそれを新聞で読んだり、ビーターから話を聞いたりしただけだったけれども。革命と戦争を永続化するのに手を貸した人々は認めたがらないだろうが、戦後数年ごとに発生した政治的な運動——〝建設の時代〟、〝改革の時代〟、〝分別の時代〟、〝イスラーム革命黄金時代への回帰〟など——は単に権力を守り安定させるための手段だったにせよ、すべて体制に対する小さな反逆から生まれたものだった。この体制はあらゆる反逆を吸収し、自分の中に取り込むことができるのだ、と父さんは悟った。

父さんは再び自分の足を見た。それはまだ自分を反対方向に連れて行こうとしていた。どうにかしなければならない。ここから逃げようとする自分をどうにかして止めなければならない。彼はCDショップの前で立ち止まった。そして理由もなく中に入り、CDの並ぶ棚を見た。自分が何をしているのかわからなかったが、正常な判断をするための時間を稼ぐ必要があった。しばらくして彼は店員の方を見てこう言った。「ここに来るのは久しぶりです。個性的な歌手を探しています。声がよくて、歌がうまくて、今までとは違う新しいメッセージを歌っている歌手を教えてもらえませんか」

若い店員は店内を見回して、怪しい客がいないことを確かめてからカウンターの下に手を伸ばし、二枚のCDを出した。「ホマーイとモフセン・ナームジュー」と彼は言ってこう付け加えた。「けど、他にもいろいろありますよ」。父さんはこのときまで、まるで街の罪で汚れるのを嫌がっているかのように両手をポケットに入れていた。今、その手を引っ張り出し、ためらいながら二枚のCDに触った。中の曲を試聴できますか、と父さんは尋ねた。すると店員は父さんを奥の部屋に案内し、ナームジューのCDをステレオに入れた。

『ゴッドファーザー』の海賊版は私たちのもの
恥ずかしい政府は私たちのもの
膨らんだファイルは私たちのもの
国旗を身にまとった負け犬は私たちのもの
建設的批判は私たちのもの
だから未来も、私たちのものになるかも

父さんは辛辣な皮肉を喜んだ。次に店員はホマーイの曲をかけた。

ワインを飲むのが駄目なんて、ここはどういう世界？
小麦を食べるのが駄目（クルアーンにある挿話への言及。イヴは小麦の穂を食べたことで楽園から追放される）なんて、ここはどういう天国？
本当のこと、本当のこと、本当のことを教えてくれ
すばらしい天国はどこにある？
ちなみに訊くけど
みんなはどこ、そして唯一神とかいう下品なお方はどこ？

父さんの目は喜びに輝いた。**そうだ！ 彼らはまだ生きて、反発し続けている**と思った彼はこう尋ねた。「女の人が歌を歌うこともありますか？」。「はい、ありますよ」と若い店員は請け合った。「すごくうまい歌手もいます。ただし活動は地下ですけど」。それからさらに秘密のコンサートを収録した二枚のCDを出して、父さんに渡した。父さんは合計四枚のCDをうれしそうに買って若い店員に礼を言い、店を出た。やはり革命《エンゲラーブ》広場まで行こう、と決意は固まっていた。父さんは小さなポリ袋に入った四枚のCDを手に、黒服の集団の方へ大股で進んでいった。近づくにつれて恐怖は薄らいでいった。デモ参加者たちは革命が始まったときみたいに拳を突き上げ、スローガンを叫んでいた。しかしその拳はかつての拳とは異なっていた――かつての拳は強く固く握られ、信念のためなら人を殺す度胸、あるいは少なくとも隣人や同僚や自分の子さえ裏切り、刑務所に入れ、処刑台に送る度胸が伴っていた。それとは対照的に今目の前にある拳は、まるで義務感で上げられたかのように弱々しく

お辞儀をしていた。この拳にはいかなる度胸も思想も宿ってはいなかった。この拳は小銭と引き換えに振り上げられていた。このみじめで窮屈で卑しむべき権力の下で少しだけうまい汁を吸おうとするささやかな努力。

参加者は少なかったが、デモは大きな道路をふさぎ、車の流れを止めていた。数はせいぜい百人。他は歩道に立つ見物人で、ひそひそ声で隣の人と話したり、無意識に心の距離を保とうとしているかのように両手を脇に挟み、大儀そうな黒服の集団を黙って見たりしていた。彼も立ち止まった。ネクタイとアイロンのかかった白いシャツが目立っていることに気づいたが、気にしなかった。デモ隊の一人が紙切れを読み上げて言った。「イギリスに死を！」。すると仲間の集団——ほとんどは鬚もまばらな若者と老人だ——が「イギリスに死を！」と繰り返した。父さんは遠巻きに見ていたが、ようやく勇気を出して近くにいた人に尋ねた。「どういうデモなんですか？」。近くの本屋を経営している中年男が答えた。「どうやらイギリスでわれらが指導者の戯画が描かれたらしくて、それに抗議しているようです」。その後、せせら笑うように、こう付け加えた。「ヒズボラのひよっこ連中は時々こういう機会を見つけてはいい格好をしようとする」

デモ参加者たちの熱意に欠けるシュプレヒコールがしばらく続いていたが、突然、数人が叫び始めた。死装束を着た男たちの集団が、アリー・ハメネイ（一九八九年からイランの最高指導者）の大きなポスターを掲げて数台の白いセダン〝ペイカーン〟〔イランの国産乗用車〕から降りてきた。死装束には〝**ハメネイ師、私はあなたに従います。私はあなたの支配と一つになり、わが命を指導者に捧げます**〟と書かれていた（「死装束集団」は革命後にできた攻撃的過激派。メンバーは体制のためなら喜んで殺し、自らの命も差し出す。死装束を着ているのは、いつ何時殺されてもいいという覚悟を示す）。彼らは憤激した数人の律法学者《モッラー》と一緒にデモ隊の前へ回った。大きな声で怒鳴り、拳で自分の頭を叩いている彼らの顔は怒りで膨れ上がっていた。「最高指導者に刃向かう者に死を!……イギリスの奴隷に死を!……アメリカの奴隷に死を!」。そして「指導者への服従が勝利を約束する!」と叫んだ。

彼らを見ようと歩道にできていた人垣はさらに密度を増していた。数軒の店は不安げにシャッターを下ろし始めた。緊張が高まった。中年男が父さんにささやいた。「この連中は危険だ。建物に入った方がいい」。しかしその瞬間、死装束を着た一人の男の目が父さんのネクタイに留まった。男は前に出てきて、父さんに飛びかかり、ネクタイを引っ張ってつばがかかるほど顔を近づけた。「おまえはイギリスの奴隷だと言いたくてネクタイを締めているのか?」と男は叫んだ。「ネクタイは愚か者がするものだ! スパイがするものだ! スパイを捕まえろ!」。男が言葉を言い終わらないうちに三人の仲間が父さんを襲った。あっという間の出来事で父さんには事態が呑み込めなかった。死装束の男たちが父さんを取り囲み、ど突き、つばをかけ、自分の方へぐいと引き寄せてこう叫んだ。「スパイ!……革命の邪魔をするのはこういうやつだ!……捕まえろ!……連行だ!」

歩道にいた数人が男たちを止めようとし、本屋も父さんの手をしっかりと握って、乱暴者たちに向かって叫んでいた。「おまえたちは恥ずかしくないのか! この人が何をしたと言うんだ? 手出しをするんじゃない!」

しかしその言葉が逆に、乱暴者たちが力をひけらかし、恐怖を広めるきっかけになった。彼らは二人を捕まえ、車に押し込み、連れ去った。通行人や見物人は目の前で起きたことを理解すると、慌てて店や小路に姿を消した。車の中ではギャングが死装束を脱ぎ、乱暴に二つに裂いて二人に目隠しをした。二人ともおびえ、さっきまで力強い声を出していた本屋は彼らを恐れながら嘆願するようにこう言っていた。「なあ、私たちが何をしたって言うんだ？　何かを言ったわけでもないだろう！」するど声が叫んだ。「黙れ！　西洋かぶれの味方をしたのがおまえの間違いだ」

「皆さん、この人は私の友達でも知り合いでもない」と父さんは声を上げた。「放してあげてくれ。この人は何もしてない」

再び罵声や怒声が響き、平手や拳がしばらく二人に降り注いだ後、急にブレーキが掛かった。扉が開かれ、本屋は外に放り出された。最後の瞬間、ギャングの一人が窓から顔を突き出して叫んだ。「失せろ、くそ野郎！　二度とあんな口の利き方をするんじゃねえぞ！」

車が走りだすと、少なくとも本屋が解放されたことで父さんはほっとした。その次に、ＣＤの入ったポリ袋が手から奪い取られるのを感じた。「はい、はい、はい！　みんな、こいつが何を持ってたと思う？　こいつはスパイだと言っただろ？　禁止された音楽を聴いてやがる！」

「それは革命《エンゲラーブ》通りで買ったものだ」と父さんは言った。「イスラーム指導省から正式な許可を得た店だ」

男は馬鹿にするようにこう答えた。「あそこにある薬局はネズミを殺す薬を売ってるぞ。買ってきて、少し飲んでみたらどうだ！」

父さんはこの種《しゅ》の皮肉にどう応じたらいいのかわからなかった。車はゆっくりと細い道を走り続けた。少しして、まだ完全に声変わりが終わっていない別の声が言った——優しい口調がかえって不気味だった。「革命からかなりの年月が経って、お国のために戦って殉教した人もたくさんいるっていうのに、あなたはあの呪われたシャーみたいにネクタイを締めて、そういうCDを聴いてるんですか?」

父さんは自分が持っていると知らなかった冷静さでこう答えた。「君が言っているのはどの革命、どの戦争、どの殉教の話なんだ? 自分の目で見たこともないだろう? 君の若さならまだ生まれてなかったはずだ」

すると別の声が予想外に興奮して返事をした。「ずいぶんと生意気だな! おまえこそ今までどこの国にいたんだ?」

父さんは一瞬、嘘を言うことを考えた——よその国にいたと言えば解放してくれるかもしれない、と期待して。しかしそれを証明するパスポートも持っていないことをすぐに思い出した。だからこう言った。「この国だ!」。すると一人が言った。「じゃあおまえはシャーの支持者で、反政府の宣伝をしてるってことだな。どのグループの仲間だ?」

父さんは何も言わず、首をかしげて目隠しの下から様子を覗いた。車は普通のアパートの地下駐車場に入っていた。二人の兵士が車に駆け寄って扉を開け、また閉じた。彼らは父さんを上階に連れて上がり、廊下に押し込み、最後に、ある部屋の椅子に座らせた。その後、背後から両手を縛り、目隠しを外した。部屋は暗かった。数分後、扉が開き、頭上の弱々しい明かりがともった。先ほど買ったCDがテーブルの上に置かれていた。父さんが顔を上げる前に、男が誰かを怒鳴りつける声が聞こえた。「こいつの手を縛ったのは誰だ? ほどけ。さっさとやれ!」。扉が開き、誰かが両手の縛りをほどき、出て行った。無精鬚を生やし、肘の上までシャツをまくり上げた中年男が向かい側に座った。

額に焼き印のような丸くて黒っぽいマークがあるのがはっきりと見えた。革命後、熱したスプーンで額に焼き印を付けるのがヒズボラの間で流行したのを父さんは知っていた。それは仲間と権力の印であると同時に、敬虔なイスラーム教徒である印象を与えるものでもあった。というのも、祈禱石《トルバ》（粘土でできた小さな石板のようなもので、祈禱の際に大地の象徴として下に置いて額をつける形で使う）に何度も額をつけたせいでたこができたように見えるからだ。今の体制において何らかの地位を持っている人には三つの共通点がある、と誰もが言い、新聞やテレビの情報もそれを裏付けていた――すなわち、手に握られた数珠、首に巻いた律法学者《モッラー》の襟、そして額に残されたスプーンの焼き印だ。

男はＣＤを調べ始めた。それから父さんの前に一枚の紙と青のボールペンを置いて言った。「書け！」

「何を書けばいい？」

男は言った。「覚えていることを何でも！」

「私くらいの年の人間なら、たくさんのことを覚えている」と父さんは言い返した。「覚えていることが多すぎて、あなただって辛抱して聞いていられないだろうし、鈍重に膨れ上がった政府だってとても付き合っていられないだろう！」

男はさらに顔をしかめて言った。「われわれの政府について知っていることがあるようじゃないか。じゃあ、それを書いたらいい」

「そんなものに特別な情報なんて必要ない」と父さんは鼻息荒く言った。「子供たちはみんな学校に入った途端に、今の政府の考え方を叩き込まれるんだから」

「それはどういう意味かな？」と男は訊いた。

「どこの学校にも、辺鄙な村のモスクやイスラーム協会にも、〝二千万人の民兵《バスィージ》〟（新たな民兵を集めるための拠点）の基地が作られている」

「おまえは神も信じてないのか」と男は叫んだ。「それに対する罰が何か知っているのか？　死刑だぞ！　おまえは風俗の攪乱者（クルアーンにある表現で、社会に対する危険分子と見なされた人に対してイスラーム法裁判所が用いる。そうした個人に対する刑罰は死刑）だ」

父さんの心はいつになく落ち着いていた。彼はにやりと笑うと、ペンと紙を男の方へ突き返して言った。「じゃあ罪状はもうはっきりしてる。頑張って何かを書く必要はない」

男が怒って勢いよく立ち上がると椅子が部屋の隅まで飛んだ。「おまえにはわかってないようだ！」と彼は叫んだ。「三十分後までにこの紙を文字で埋め尽くせ！」。男はＣＤを持って扉の方へ向かった。突然、男の顔の筋肉が緩んだ。男は背筋の凍る笑みを見せ、扉をばたんと閉める前にこう言った。

「郷愁《ノスタルジア》の赴くままに何でも書くがいい……」

父さんは部屋を見回した。背後には壁と木製の扉があるだけだった。父さんはボールペンと紙を見て笑顔になり、長年回想録を書きたいと考えていたことを思い出した。そして数分後には大きな声で「紙をくれ」と言っていた。扉の前で誰かが声を聞いていたらしく、すぐに数枚の紙が渡された。一時間後、父さんはまた大きな声で言った。「紙をくれ」。扉の背後にいた同じ兵士がさらにたくさんの紙を持ってきた。二時間後、父さんはまた言った。「紙をくれ。もっと！　それから水も！」。兵士は今回、怪訝な顔で五百枚入りの未開封のＡ４用紙を持ってきて、水差しと大きなプラスチックコップと一緒にテーブルの上に置いた。

男は出て行く前に父さんが何かを書いた紙の束をちらりと見て、能天気さを哀れむように首を横に振った。その様子はまるで、「かわいそうに。書けば書くほど尋問の材料が増えるだけだってことがわかってないらしい！」と言っているかのようだった。

しかし父さんの頭には別のことがあるようだった。自分の命よりももっと大切な、この世以外のこと。自分と家族の歴史。テヘランとラーザーンのすべての歴史。他に失うものなど何があるだろう？ 父さんはネクタイを緩め、シャツの袖のボタンを外し、袖をまくり上げた。時間の経過の感覚はなかった。ひたすら書いて書いて書きまくり、いつの間にか眠っていた。翌朝早く、父さんは向かい側の椅子に尋問者が腰を下ろす音で目を覚ました。男は紙に書かれた内容を読んでいた。「なるほど、おまえの息子は処刑されて、娘は焼き殺されて、女房は家から逃げ出したってわけか！」

父さんは何も言わなかった。口の中が気持ち悪かった。コップに残された最後の水を飲もうとすると、尋問者がさっとコップを奪い取り、父さんの顔と服に水をかけた。「ふざけたことばかり書きやがって。まともな教育を受けていないようだな」と尋問者は怒鳴った。

父さんはそれでも無言だった。男はさらに大きな声を上げた。「全部でまかせじゃないか！ おまえの妹は幽鬼《ジン》になった、娘は人魚になった、そして海に行く前に魚や貝を産んだだと⁈ 黒い雪が降って、ゾロアスター教徒の幽霊がおまえのために祈ってくれた⁈ 幽霊に宝の地図を見せてもらった⁈」。男はいらだちの混じる大きな笑い声を上げた。それからいきなり立ち上がり、テーブルに両手をついて身を乗り出して怒鳴った。「頭は白髪で顔にもしわがあるからもっとまともな話をするまともな男かと思っていたのに、夢で見たおとぎ話しかできないのか。特に、死んだ娘の幽霊と一緒に暮らしたとかいう話！　ハハハ！……おまえはここじゃなくて、精神科の病院にいるべきだな！」

男は扉の方を向いて叫んだ。「兵士！」。兵士が部屋に入ってきて敬礼をした。尋問者は目を細め、顔を父さんのすぐそばまで近づけて言った。「昨日は連中が勢いでおまえを人混みの中で捕まえてここに連れてきただけのようだったから、おまえのことはすぐに放免してやろうと思っていたんだ。だが、われわれを侮辱するような戯言《たわごと》を書くんだったらお仕置きが必要だ。しばらくみじめな生活をしてもらわないとな」。男は兵士の方を向いて言った。「こいつに冷たい水をやれ。喉が渇いているらしい！」

そして男は扉から出て行った。数秒後、二人の大柄な男が部屋に入ってきて、父さんを地下室に引きずっていった。父さんに手錠が掛けられると、尋問者がまた現れた。父さんは殴られ、口の中は血の味がした。尋問者が二人の男にこう言うのが聞こえた。「右手は使えるように残しておけ」。こうして彼らは父さんの左腕、両脚、両脇腹をシャベルの柄で限界まで痛めつけた。

意識が戻ったとき、父さんは暗い独房のセメントの床で寒さに歯を鳴らしながら横になっていた。翌日目を覚ましたときには病院のベッドにいた。左腕と脚の一本にギプスがはめられていた。これだけの苦しみと痛みに耐えるには年を取りすぎていた。体中に激痛が走ると看護師が現れて鎮痛剤を注射し、また深い眠りに落ちて、ソフラーブとビーターと私の夢を見た。私たちは同じ独房に一緒にいた。ソフラーブは涙を流しながら父さんの手を握り、口づけをした。それから天井近くにある小さな窓を指差して言った。「こういうときは空を見るんだ。時々鳥が飛ぶのが見える」。次にビーターが父さんの折れた足をさすって言った。「残りの時間は、子供の頃に聞いた話を思い出すの」。私はタールの弾き方を教えてくれるときの父さんみたいに、背後から父さんの肩を抱いて言った。「私はいつでも大丈夫」

　私が伝えたかったのは、すぐに父さんのところに行けるということだった――父さんさえ望めばいつでも。だってこんな老人を拷問者の手に任せるなんて誰にできるだろう？　そんなわけで、その次の尋問の際、幽霊が本当に存在することを証明するために娘を呼び出してもいいと父さんが言ったのだ。尋問者はそれを聞いて一瞬凍りつき、息を呑み、笑い声を上げ、恐怖を隠して言った。「じゃあ、ここに来るように言ってみろ！」。男がそう言い終わらないうちに、私はそこにいた。そして明かりを消し、男の体を引っ掻き、シャツを破った。それから顔にパンチを浴びせ、壁めがけて男を椅子もろとも投げ飛ばした。

　私は自分にそんな力があるとは思っていなかった。私に力を与えたのはきっと憎しみだろう。尋問者が恐怖で大きな声を上げると、二人の武装した護衛が飛び込んできた。しかし、明かりのスイッチは作動しなかった。ようやく懐中電灯の明かりがともると、腕と脚を一本ずつギプスで固めた父さんが椅子に座っているのが見えた。尋問者はシャツをぼろぼろに破かれ、頬と背中から血を流しながら部屋の隅でしゃがみ込んでいた。

　父さんがその尋問者を見たのはそれが最後だった。次の尋問者は四十歳くらいの肩幅の広い男で、黒い髪をとても短く刈っていた。男は初めて会ったとき、父さんの今やかなり分厚くなったファイルに目を通しながら言った。「どうやらおまえは幽霊や幽鬼《ジン》と接点があるらしい。知っての通り、魔法を使えば罰は死刑だとクルアーンには書かれている。だが、おまえの年を考えて、一度だけチャンスをやろう。ここにペンと紙がある。右手は使えるはずだ。それで自分の身を守れ。われわれがどれだけ善良な人間かこれでわかっただろう！　さあ、書け。でも今回は本当のことを書くんだ」

男はそう言って部屋を出た。ひょっとすると部屋に長居すると自分も私に攻撃されると思ったのかもしれない。父さんは書き始めた。今回も何日にもわたって書き続けた。尋問者は毎日部屋に入ってきて、父さんが前の日に書いたものを読み、それについて質問をして、メモを取り、その答えも回想録に付け加えるように父さんに言った。

父さんはまたすべてを書いた。今回は、腐った彼らの精神には理解できない部分は全部省き、あちこちをすっかり納得できる形に潤色した。黒い雪や幽霊には一切触れず、幽鬼《ジン》の仲間になったトゥーラーン叔母、ビーターとイーサーが交わるときの炎の輪のことも書かなかった。新しい回想録からは、私が教えたホメイラー・ハートゥーンの魔法の庭や井戸のことも、エッファトの黒い愛のことも、魔法の眠りのことも、ラーザーンの聖なる炎のことも抜け落ちていた。古代ゾロアスター教徒の司祭による祈りのこと、黒い雪の期間に牛や鶏が野生の鳥や動物と交わったことについても書かれていなかった。ロザーがかつてソフラーブ・セペフリーの書いた『旅人』を手に持ったままナーセル・ホスロー通りで宙に浮かんだこと、弟のホスローがみんなの目の前で姿を現したり消したりできたことも書かれていなかった。その代わりに書かれていたのは、自分が逮捕前にイランの政治システムにずっと反対していたこと、ビーターは正気を失い、自分が人魚に変身したと思い込み、今は精神科の病院にいること、妻のロザーはアルツハイマー病を患い、行方がわからなくなったこと。そして、私は革命家たちが家に放った火で焼け死に、遺体はいまだに見つかっていないということ。父さんはたくさんのことを書いた。中には自分の夢も混じっていた。何年間も鬱病に苦しみ、ずっと家にこもっていたが、ある日、家を出て、国中を旅しながら若者たちに違法な政治的書物を教えたり、手渡したりしたこと。自分は君主制主義者でも共産主義者でも、イスラーム人民戦士機構《ムジャーヒディーン・ハルグ》のメンバーでもない、ただ民主主義を望んでいるだけだ、と父さんは書いた。宗教、服装、政党、メディアは人々が自由に選ぶべきだ。自分にはもう生きている家族は一人もいない。ホスローという弟の話は単なる空想の産物でしかない。トゥーラーンという名前の妹は最初からいなかった、と。

回想録が出来上がると彼らはそれに目を通し、翌日、すぐに父さんをエヴィーン刑務所に移送した。以後は一度も尋問されることはなかったし、裁判所に足を踏み入れることもなかった。そしてそれから五年間、いつか誰かが出廷の日を告げに来るのだと思い続けて刑務所で過ごした。五年六か月と十日が経ち、高齢を理由に釈放されたときも父さんは、ようやく今から裁判所で自分の罪状が明らかにされるのだと思っていた。彼らが父さんを釈放したのは、もはや正気ではないと判断したからだった。父さんはもう遅かれ早かれ死ぬだけで、神聖なるイスラーム国家に対して何の脅威ももたらさない、という判断だった。

父さんがテヘランの実家に帰ってからかなり時間が経った頃、私は父さんが死んだ夢を自分が見ている夢を見た。かなりの年月が経っていたのでひょっとするとその時が来たのかもしれない。父さんに許可をもらう必要はもうなかった。ソフラーブがあんなふうにいなくなっていなければ、そして魚のようになってしまったビーターの精神が私たちの記憶をいまだにとどめていたなら、昔みたいにみんなで集まって火を囲み、燻製紅茶でも飲めたかもしれない。そして牛や羊の鳴く声をのんびり聞けたかも。ひょっとすると木立につながる門の錆びた錠を磨き、蝶番に油を差し、昔のように木を剪定し、土を耕し、小麦を植えることだってできたかもしれない。あるいは少なくとも、一緒にポーチに座り、ビージャン・ジャラーリーやアフマド・シャームルーの詩を読めたかも。

最終的に私は父さんに会いに行くことにした。父さんは寝室に一人きりで目を覚ましていたが、私の姿を見て驚くことはなかった。久しぶりの対面だったので父さんは喜んでいた。顔や首のしわ、今は完全に白くなった髪と口髭を見なくても、その時が近づいていることはわかった。父さんは刑務所を出てからずっと、窓辺に座り、中庭を見つめてばかりいた。髪は残り少なかった。父さんの目には私がまだ十三歳の娘に見えていることに私は困惑した。片や父さんはずいぶん年を取ったというのに。母さんはしばらく前に戻ってきたと話したとき、私は父さんが喜び勇んでラーザーンに戻ると言いだすことを期待していたのかもしれない。でも父さんは椅子に座ったまま、私が横に座っても黙っていた。父さんは跳び上がることもなく――いずれにせよ、骨がもろくなってそんなことはできなかっただろうが――荷造りを始めることもなく、私にしばらく一緒にいてほしいと言うこともなかった。そう！　父さんはただ、一緒にお茶を飲もうと誘っただけだった。

# 第十六章

母さんは家に戻り、驚いたことに、ずっと留守にしていたのが嘘みたいにまた普通に家事を始めた。最初の日、母さんはびっくりするほど機敏に、棚と本と絨毯に積もったごみと埃を掃除し、そして何年かぶりに、かすんだ記憶をよみがえらせる寝室に入った。それから灯油と石灰を混ぜた殺虫剤をアリの巣に撒き、窓を開け、あちこちに音を立てながら生え伸びている雑草を鎌でやっつけ始めた。どうやらしばらく前に、人生に真っ向から立ち向かう方法を学んだことは明らかだった。

母さんは父さんが孫たちのために造ったプールの前まで行き、魚を見た。一部はかなり大きくなって、プールの縦に近い体長にまで育っていた。数も多かったので、互いの上に重なるようにひしめき合っていた。母さんは私の姿を見て喜んだが、何も尋ねないことを自分への罰にするつもりのようだった。母さんは毎日ビーターと父さんの運命について考え、自分の顔のしわが深くなるのを見てわざと自分を苦しめた。バスルームの扉がセメントでふさがれ、屋根が取り払われ、睡蓮が壁を越えて裏庭からプールまで伸びているのを見たときも、母さんは何も訊かなかった。

母さんは苦しみの中で根本的に人が変わったのだと私は感じた。テヘランという都会出身の、かつての愛らしくて繊細な一人娘――父さんがいつも優しく語りかけた女性――の面影はなかった。今の母さんは経験豊富で、世慣れて、たくましかった。日々、心を悩ませる苦痛が降りかかっても、それで立ち止まることはなかった。今回は母さんが待つ番だった。家の片付けが一段落し、誰の手も借りずに新しいプールを造って魚を半分そこに移し、五ヘクタールの木立に生えていた雑草を抜いて燃やし、木の剪定が終わると、母さんはそこから長い時間待つ準備に入った。きれいな服に着替え、お茶を持ってポーチに座った――未来にあるたくさんの年月の中でいつか、父さんが現れ、「あなたが戻ってくるまでは死ねなかったわ、フーシャング！」と言って出迎えることができる日まで。

とても長い間待った。母さんの忍耐は限界に近づき、木立にはまた雑草が生えた。木立はまたしても不要な雑草に覆われ、枝が伸び放題となったが、それでも静かに存在し続けた――ちょうど、キッチンと寝室とポーチを往復する母さんと同じように。

母さんがラーザーンで父さんの帰りを待ち、父さんがエヴィーン刑務所とダルバンドで過ごしていた何年かの間の、霧の出たある朝――普段と変わりのない日――のことだった。母さんは木立の手入れをしたり、家の中に侵入してくる蔓やアリやトカゲを退治したりする気力と体力をかなり前に失っていた。ラーザーンの村人は戦争や黒い雪、息子や母親の不在に慣れっこになっていた。一人目のまじない師の物語、エッファトの黒い愛の話、ラーザーンの聖なる炎の物語は単に遠い昔の、想像すらできない思い出話に変わっていた。そんなとき、チェーンソーの耳障りな音が村人たちをすっかり目覚めさせた。チェーンソーの後ろにはトラックやトレーラーが続き、草や野花はぺしゃんこにされ、家のように太い幹を持つ木は――数百の夢や数千の思い出とともに――伐採され、トレーラーに載せられて街へと運び出された。

村の孤立性と処女性が一夜にして完全に奪われたとき、人々はルールの記されていないゲームの結末を案じて途方に暮れた。攻撃者と犠牲者から成るゲーム。犠牲者があっという間に攻撃者――犠牲者兼攻撃者――に変わるゲーム。村人たちは最初、チェーンソーとともにやって来たものによって強いられた変化を生き延びようとできる限りのことをした。しかしまもなく、自分たちの神話や夢、歴史や自然との調和を忘れてしまい、今度は自分自身がのこぎりを手に持って、ヒルカニアの森――先祖から託された森――に攻撃を仕掛け始めた。もはや昼も夜も、チェーンソー、トラック、トレーラーの音が聞こえない時間はなかった。彼らは恥知らずにも森の眠りを破り、数千年にわたる幽鬼《ジン》や精霊を引き裂いた。ゾロアスター教徒の祖先たちの墓を掘り返し、日用品や宝石を強奪し、それを骨董品として下っ端《ぱ》の情報員に売り飛ばした。森の奥では、街から新しく取り寄せたゴムブーツが青く光り輝く蝶を踏み潰し、バッタや蝶は鳴り響く携帯電話の呼び出し音におびえて逃げ出した。鳥たちは別の土地へ渡り、蛍の幼虫は卵の中で自殺し、蟬は地中から出てこようとしなかった。

エアコンの効いた新しい家、携帯電話、造花を挿した花瓶、ポテトチップスやペプシやガムが並んだ棚を村人たちが今までにはなかった幸福と感じている間に、ラーザーンの村はロザーの老いた足元と弱った目の前で崩壊しつつあった。そこでももしも母さんがタイミングよく知恵を働かせなかったら、私たちの家は――再び苔に覆われていたので、きっと何年も前から空き家になっていると思われて

——悪徳商人どもの餌食になっていただろう。木立の木はすべてチェーンソーで殺され、略奪されていたに違いない。

村と街の人間が何人か、チェーンソーを持ち、トラックを引き連れてやって来て、木立につながる門の錆びた鎖と錠を壊し、緑と青のトカゲと勿忘草を踏みつけ、途中で古いスモモの木を切り倒したあの日、母さんは居住まいを正して斧を手に取り、立ち上がって彼らの前まで行くと一人に強烈な平手打ちを食らわせてこう言った。「それ以上一歩でもこっちに近づいたら体が真っ二つになるよ！」。イーサーに率いられてここまで来た村人たちは、かつてテヘランから引っ越してきた家族はとうの昔に死んだか出て行ったと思っていたので、長い白髪を振り乱した老婆の姿を見て、この家と土地を守る幽霊だと勘違いして逃げ出した。一人イーサーだけがその場から動こうとしなかった。彼は一歩前に出て、地元のなまりで尋ねた。「奥様、ビーターさんが今どこにいるかご存じですか？」。母さんは日焼けしたイーサーの顔を見たことがなかったので、返事もせずに背を向け、その場を離れた。しかしイーサーはすぐに後を追った。「教えてください。僕はどうしても彼女に会わないといけないんです」と言った彼の言葉は、母さんの長いドレスの衣擦れと草を踏む音に掻き消された。

母さんが一発の平手打ちで彼らを食い止められると思っていたのは大きな間違いだった。それがまだ始まりにすぎないとは思っていなかった。百七十七日間降り続けた黒い雪の後、家と農地の再建に力を尽くした一家をそう遠くない過去には尊敬の目で見ていた子供たちが、今ではつまらぬ若者や中年男に成長し、〝よそ者〟の財産は奪い取ることができるという街の法律をそのまま取り入れていた。

そうした法律を遅ればせながらラーザーンの村にもたらしたのは、今回はチェーンソーを手にして戻ってきたホセインだった。テヘランから来た金持ちのことは〝傲慢〟あるいは〝シャーの同調者《シンパ》〟と呼んでいいし、その持ち物を奪っても構わない、とホセインは村人たちに教えた。こうして、大きな屋敷に母さんがいるという噂が広まると同時に嫌がらせが始まった。

夜になると若いならず者どもが家の周りに集まり、勾配屋根に石を投げ、窓ガラスを割り、卑猥な詩を大声で読み上げた。一度は真夜中に、たちの悪い五人の集団がポーチまでやって来て、「扉を開けろ。ばばあ、俺たちに一発犯《や》らせろ」と呼びかけた。母さんは激怒して、人生で初めて、木立に棲むゾロアスター教徒の幽霊と自分の先祖に助けを求めた。でも母さんはあまり期待はしていなかったので、実際すぐに助けが駆けつけたときには歓喜の涙を流した。最初に彼女が抱き締めたのは、長年夢にも現れていなかった母親だった。そして父親、祖父母、私、そしてゾロアスター教徒の幽霊たちが集まり、みんなで一緒にゆっくりとガラスの扉を開け、ポーチに出た。ならず者どもは私たちを見ると凍りつき、中にはズボンを濡らす者もいた。それから悲鳴を上げ、倒《こ》けつ転《まろ》びつしながら逃げていった。翌日には、あの家には幽霊が棲み着いているという噂がラーザーンに広まっていた。幽霊はあの夜、イスラーム的平等を叫んで暴徒化したラーザーンの村人による乗っ取りと強奪から家と木立を救っただけではなく、これまでにないほど最高の一夜を母さんに与えた。ならず者どもが去った後、母さんたちはワインの杯を出し、極上の料理と肉を食べながら互いの健康に乾杯し、思い出話に花を咲かせ、笑い、母さんがたんすの奥で見つけた懐しいガマルのレコードに合わせて朝まで踊ったのだった。

その夜以降、母さんはもう孤独を感じることもなくなり、年を忘れたように、丸まっていた腰を伸ばし、家のいたるところでモザイクタイルの隙間から顔を覗かせているシダやキノコや草に向かって「引っ込め」と大声で命じ、アリとトカゲを退治した。父さんが戻るまで生き続けるためなら何でもやりそうだった。母さんはいつも時間をかければ物事を思い出せたが、時々私のことがわかっていないように振る舞うことがあった。それはよくない兆候だったけれども、私は這い伸びるシダや冷たい風、トカゲや人間の攻撃から母さんを守り抜くと心に誓っていた。

とはいえ、さまざまな思い出や切望、シュルルルシュルルルと音を立てて這い伸びる植物、足で窓にくっつくアマガエルのケロケロという声から母さんを救ったのはイーサーだったと私は思う。チェーンソーを持った村人たちが木立に忌まわしい攻撃を仕掛けようとした翌日、母さんはゆっくりと規則的な動きで草を刈る鎌の音――ひょっとすると昔の焦げた輪の痕跡を探そうとしていたのかもしれない――で目を覚まし、イーサーの姿を見つけた。母さんは杖で追い払おうとしたが、行動に移る前にイーサーがこう言った。「僕は以前、ここで庭師として雇われていました。今回はおばあさんの手伝いとして、ただでやらせてもらいます」。イーサーは何か月もそこにいて、後悔、良心の呵責、遠い過去のビーターとの思い出に浸るようにゆっくりと鎌を動かして木立の手入れをしながら、大昔の名残をとどめた黒く焦げた石が茨やアザミや草の下で見つかることを期待していた。

母さんはイーサーの存在に慣れ、時にはお茶や食事も出したが、一度も口は利かず、しつこい質問にも答えなかった。質問に答えなかったのは、母さん自身も答えを知らなかったからだ。そして「ビーターは本当のところ、どこにいるの？」と私に訊くことは母さんのプライドが許さなかった。

母さんはいつものようにポーチに座り、いつものようにハエにそのしわだらけの肌の上を歩かせたが、決して心臓には近寄らせないように注意していた。手には小さなメモ用紙の束を握り、そこに書かれた言葉をじっと見ていた。それは家の中で見つからなかったもののリストだった。愛、夢、キス、思慕、思い出、悲しみ、孤独、恐怖、逃亡、不実、憧れ、求愛、希望、苦悩、絶望、死、神。

家の中のものには、残された記憶を頼りにラベルが貼られていた。母さんはどんなものにもテープで名前を貼った。花瓶、テーブル、本、冷蔵庫、絵、紙。〝愛〟というラベルも忘れないようどこかに貼ろうとしたが、どこにすべきか数日間悩んだ。ベッドに〝愛〟を貼るという考えを思いついたときには笑ってしまった。**これほど馬鹿げた考えはない**、と彼女は思った。そして初めて、語順というものにわずかな疑念が生じた。ひょっとして、〝馬鹿ほど考えたこれはない！〟の方が正しいんじゃないかしら。母さんは手の中の紙切れを見た。これはどう。思慕。〝思慕〟は何に貼ろう？　しかしそのすぐ後に、問題は記憶力――単語や名前――だけではなく、文章を作り上げる能力も衰えていることだと気づいた。仮にフーシャングが帰ってきたとしても、思慕の気持ちを伝えられるだろうか？「あなたがいなくて寂しかった私は」あるいは「私がいなくてあなたは寂しかった」と言えばいいのか？　それとも「寂しかった」だけで充分なのか。手に持った紙切れで遊んでいると、哲学的な悟性が頭の中の言葉を疑い始めた。母さんは思った。**私は今まで何十年も、なんて馬鹿げた言葉の規則に対処してきたのだろうか**、と。そしてそれを言葉にした途端に、違う言葉が聞こえてきたことに驚いた。「馬鹿げた私は今まで何十年も規則の言葉に対処してきた」

母さんは立ち上がって家に入り、針と糸を持って戻ってきて、いつもの椅子にまた腰を下ろした。そして周りを見て、私がそばにいないことを確かめた。それから落ち着き払って、紙切れを一枚ずつゆっくりと黒いドレスに縫い付けた。それが終わると深呼吸をした。残っていた記憶は熱い太陽の日射しの中に吐き出され、空へと昇っていった。ドレスの胸の上には〝愛〟、〝思慕〟、〝求愛〟、〝悲しみ〟、〝神〟、そして〝希望〟が縫い付けられていた。

しかし、秘密と野茨とサクラソウの芳香に包まれたその美しく晴れた日、熱い日射しの中に座って言葉と戯れ、頭の中で憂鬱《メランコリー》をもてあそび、睡眠と覚醒、意識と忘却の波に揺られていた母さんは、その数分後に年老いた父さんが震えながら息を切らして目の前に姿を現すとはまだ知らなかった。

# 第十七章

離れたところに立って動画を撮影していた男たちの一人が叫んだ。「犯《や》っちゃえ！　すげえ。俺が動画をアップしてみんなに見せる！」

無力な人魚のビーターにキスをしようとした若い男は手を止めた。男がズボンのジッパーを下げる間、仲間の三人が手を貸すために近づき、ビーターの腕をしっかりと押さえつけた。若い男は片手で美しいうろこ――半月のように銀色に輝いていた――の隙間に膣を探し、反対の手で大きく勃起したペニスを引っ張り出した。しかしどれだけあちこちまさぐっても、指で押してみても何も見つからなかった。好奇心といらだちを掻き立てられた若い男はビーターの上に座り、体を隈なく触って調べ始めた。そして最後に跳び上がって大声を上げた。「こいつ、穴がないぜ！」

この二時間、地元の人々がビーターを取り囲み、「人魚を殺せ、殺してしまえ！」と叫んでいた。この数年、日ごとに若返り、美しさを増していた人魚のビーターはむき出しの胸を両腕と長い髪で隠して縮こまり、獣のように貪欲なまなざしを見返しながら恐怖に震えていた。周囲は完全に男たちに囲まれていたので、逃げることはできなかった。その中の一人――革命防衛隊の制服を着て、黒くて長い口髭と顎鬚を生やしていた――が彼女に銃を向け、顔をしかめていた。

年老いた漁師が茶色いミミズを刺した釣り針をビーターの頭の上にぶら下げて、虫歯だらけの歯を見せながら笑って言った。「ほら、食え！」。漁師は針とミミズをビーターの口元にこすりつけて笑った。ビーターは嫌悪感で顔を背け、襲撃者、オレンジ売り、漁師、米屋たちの汗ばんだ体の隙間から海を見た。海はすぐそこにあった。一つジャンプできれば、それだけでこの悪夢はおしまいになる。もしも海に戻ることができたら、二度と陸に上がろうなんて思わない、家族に会う努力は金輪際しないと誓ってもいい。ああ、前の晩に見た夢を追ったのは大きな間違いだった。こんなことになるなんて。私たちの記憶は魚みたいなビーターの頭にはまったく残されていなかった。けれども、その呪われた夢のせいで突然すべての思い出がよみがえり、久方ぶりに私たち家族の誰かに会いたくなって海岸に来たのだった。

叫び声がまた大きくなった。人垣が一回り大きくなった。男たちが人魚を一目見ようと、いろいろな乗り物で集まってきた――トラクター、バイク、オレンジや魚や米を積んだトラック。黙っている人たち――おそらく人魚を殺すことには反対の人たち――も携帯電話を取り出し、労働者らしいたこだらけの手で動画や写真を撮り始めた。好奇心から少し離れたところで見物していた数少ない女たちは、「これは女が見るものじゃない」と男たちに言われてそそくさと家に戻った。残りの男たちは声をそろえて叫んだ。「殺せ！　殺せ！　これは最後の日が近づいた証拠だ」。騒ぎの中で何人かが口論を始めていた。一人が言った。「どうして殺さなきゃならない？　かわいそうだろ。何をしたって言るんだ？」

「見ろ、裸だぞ?!」

「他のやつに対する見せしめとして殺さなきゃ駄目だ。やつらが束になってやって来たらどうする？」

すると反対意見を言っていた男が聞き返した。「〝他のやつ〟って？」

「他の仲間……神話的な生き物さ！」

反対意見の男が言った。「この女は現実の存在だ……〝神話的〟ってどういう意味？……おまえの目にはこの女が見えてないのか？」

「じゃあ、こいつは今日までどこにいたんだ？　何者だ？　魔物《デーモン》も幽鬼《ジン》も妖精も現実の存在だって言うのか！」

しかし反対意見の男は譲らなかった。「いや、待て！　この女は誰も傷つけてない。ちゃんと話を聞こうじゃないか」

すると男は動画を撮り続けたまま、他の者たちを脇へ押しやって人魚の横にひざまずき、おびえているビーターに言った。「ここで何をしてる？」

ビーターは男の目に同情を見て取り、泣きながら訴えた。「私は母さんと父さんに会いに来た。ただそれだけ。逃がしてくれたらもう二度とここへは来ません。誓います！」

男たちには何もわからなかった。彼女には人間の言葉が難なくわかったけれども、人間にとって彼女の言葉はイルカの声のように聞こえた。誰かが笑って言った。「その声、笑えるな」。彼女を殺すのに反対していた男にも言葉の意味はわからなかったが、哀れみから、わかっているふりをした。だから男は続けてこう言った。「他の連中も来るのか？　つまり……他の神話的な生き物も？」

ビーターは驚いて言った。「神話的な生き物？　そんなことは知らない。私は家族に会いに来ただけ。お願い、許して！　私を海に帰して！」

やはりそこにいる人々の耳に聞こえたのはイルカのような鳴き声だけだったが、男はまた尋ねた。「彼らの名前は？　それを教えれば、海に帰してやる」

ビーターは苦悶に涙を流し、頬に爪を立てて叫んだ。「そんなの知るわけないでしょう？　私が知っているのは魚と人魚の仲間だけ。住んでいる場所もここからは遠い。ずっと向こうの方」。彼女はカスピ海の対岸を指すように腕を振った。

青年はその方角に目をやり、こう言った。「カスピ海の向こう側から仲間が来ると言おうとしているらしい」

男たちは恐怖を覚え、ざわついた。しかしそれでも青年はみんなの方を向いて言った。「こいつは逃がしてやろう。何もしてないんだから」

一人が言った。「どこに逃がす？　ここに逃がしたら仲間を呼びに行くだけじゃないか？」

別の一人が言った。「おい、考えてみろ。いつか目を覚ましたら、海や森から人魚や幽鬼《ジン》や精霊が一斉にやって来るんだぞ。ああ、恐ろしい！」

また別の一人が言った。「最近はセキュリティーが甘すぎる！　神のご加護を」

ビーターは困り果てて男たちの口元を見ていた。つかの間、自分は解放されるのではないかと希望を抱いたが、次の瞬間には絶望的な気持ちになり、疲れ、汚れ、血に覆われた体で泣いていた。全身に痛みを感じた。自分のことは放っておいてほしい、そうすれば思い切り泣いて自分で死んでもいい、と思った。昼日中に海岸に来て家族を待とうと思うなんて、私はなんて愚かだったのだろう！と。

男たちが忙しくしゃべっている間に、ブーツとブーツの隙間から海が少しだけ見えた。一回だけジャンプすれば充分だ。彼女は残された体力のすべてを使ってジャンプし、砂の上を這って泥だらけのブーツの間をくぐり、海に向かった。しかし男たちはそれを見て彼女の腕と肩と尾びれをつかみ、元の場所に投げて戻した。

男たちは処刑に反対していた男を後ろに押し返し、人魚に近づいた。そして携帯を使って、張りのあるビーターの白い胸をアップで撮影し、さらに背中ときれいに波を打つ尾びれを撮った。一人が撮影する脇で、若い男が横に立つ男に言った。「すげえ！　きれいだな！」

もう一人が言った「この髪を見ろ。尻もぷりぷりだ。ここも撮っとけよ！」

皆がさらに近づき、人の輪が狭まった。そうしているうちに誰かがもっと近寄ってビーターの肩に手を触れた。手が濡れてねばっとするのを感じた男は大きな声で笑って言った。「まじか！　魚みたいだぞ！」。それから手の匂いを嗅いで言った。「匂いも魚。死んだ魚だ！」

他の男たちもどっと笑い、急に大胆になった。そして髪や肩、尻や胸を触ったり、握ったりした。彼らが笑うとヤニの付着した黄色い歯と口髭が目立った。もう、「人魚を殺せ！」と叫ぶ者はいなかった。徐々に男たちの手は貪欲になり、攻撃的に変わった。ビーターは悲鳴を上げ、泣き、そのしつこい手をどかそうとした。やがて一人の若者が彼女の両手首をつかんで地面に押さえつけ、体の上に馬乗りになった。

ビーターは叫び、泣きわめいた。そして大声で助けを求めた。しかしその声は彼らには理解できなかった。男たちは笑いながら言った。「イルカみたいな声だな。すげえ！　今撮ってるのか？　動画を撮れよ！」

ビーターに馬乗りになっている男は乳房を口にくわえ、しゃぶり、貪欲に嚙みついたが急に顔をしかめ、つばを吐いて言った。「おえ……ヘドロと藻の匂いがする！」。しかし男はそれでもビーターを解放しなかった。自分の顔と胸をビーターの張りのあるむき出しの胸にこすりつけ、下腹部を押しつけた。口と口でキスをして唇を吸おうとしたが、彼女は嘆願するように声を上げ、首を振って抵抗した。

男はようやくあきらめ、彼女から離れながら吐き捨てるように言った。「こいつ、穴がないぜ！」。もう一人の男が驚いて言った。「え？　そんなわけないだろ？　じゃあ、どうやって赤ん坊を作るんだよ？」

別の男が言った。「もう一回調べてみろ。穴はきっとある」。数人が手を貸し、顔も人魚らしい長く美しい黒髪も砂と泥にまみれたビーターは左右に転がされ、尻を触られたり、魚のように繊細な肌を指で乱暴につつかれたりした。穴は見つからなかったが、男どもの指や爪でいじられた彼女の体は傷だらけになった。出血。悲鳴。懇願。若い男はふてくされたように立ち上がり、ズボンのジッパーを上げ、ビーターの脇腹を蹴って言った。「じゃあ、こいつらは何の役にも立たないな」。それから銃を持っている革命防衛隊員の方を向いて大きな声で言った。「何をもたもたしてる?!　さっさと殺せ！」

処刑に反対していた青年は動画を撮り続けながら、悲しげに首を横に振った。みんなを止めたい、あるいは少なくとも何かを言ってやりたい、とは思ったが、一人一人の顔を眺めると、そんなことをしても無駄だということがわかった。青年はそこに集まった男たちを全員知っていたし、彼らの方も青年のことを知っていた。何人かには借金があるし、別の一人は自分の雇い主だし、また別の一人は結婚を考えている娘の父親だ。一人は母の弟で、もう一人は父方のおじ。何千年も前から人が一緒に暮らしてきたようなこういう小さな村では、誰もが何かの形で結びついていた。秘密も口コミで広まり、誰かが小さな声で何かをささやけば、あっという間にそれは別のパーティーで話題になる。携帯で一人一人の顔――遠い近いの違いはあっても全員が親戚だ――をしっかり撮影しながら青年は思った。この人たちには喧嘩っ早さ、職業、噂など外面的な違いはあるし、みんなが自分は他の連中よりましな人間だと思っているが、実際には、体は別々でも魂は一つなんだ、と。青年は自分のことを考え、携帯のカメラを自分に向けた。じゃあ、自分はどうなのか？　自分も彼らの子供の一人にすぎない。そして将来は、同じような子供の父親だ。そう考えると彼は悲しくなり、手が震えたが、撮影をやめることはできなかった。

青年はカメラを水平に動かして革命防衛隊員の顔に向け、ズームインした。革命防衛隊員はためらいがちに一人一人の顔を見た。青年は自分が高校に通っていた頃その隊員が宗教の教員だったこと、そしておばの夫の家の近所に住んでいることを思い出した。誰も何も言わなかったが、全員の目の光が同意を示していた。何人かは笑みを浮かべていた。やがて誰かが声を上げた。「おい、何をもたもたしてるんだ！」。すると他の男たちも集団催眠から覚めたように一斉に叫び始めた。「殺せ！　人魚を殺せ！」

　数秒後、銃声が響いた。その直前には青年の心で希望の種が芽吹いていた。この世ならぬものが彼女を助けに現れるのではないかと漠然としたむなしい期待を抱いていた。しかしそのわずか数秒後には、数十人が見守る中、四十五口径のコルト拳銃でビーター――美しい人魚――が殺されるのを、青年は信じられないという顔で見ていた。手を下した革命防衛隊員は勝ち誇った笑みを浮かべてその場にいる一人一人の顔を見てから、まだ銃身から煙が上がっている拳銃をベルトのホルスターに戻した。ビーターの赤い血が漁師とオレンジ売りと米屋の手足に飛び散っていた。まだ撮影を続けていた男たちは悲しそうに首を横に振り、撮影をやめて、何かをささやきながら立ち去った。彼らはバイクにまたがり、あるいは車に乗り、誰が最初にインスタグラム、ユーチューブ、フェイスブックに動画をアップするかを競うようにアクセルを思い切り踏んで離れていった。

　そこに立っていた二人か三人が車からシャベルを持ち出して、その場の砂と泥に穴を掘り、悪態をつきながらビーターの遺骸を蹴落とした。「あばずれめ！　殺されて当然だ！　こうなるからには何かをやらかしたに違いない！」

　彼女を殺すことに反対していた青年を含め、撮影をやめていなかった数人も、彼女の胸の弾痕と砂に残された血痕――血は海まで流れ、カスピ海の塩水と混じっていた――をアップで撮った後、携帯の電源を切り、悲しそうに首を横に振りながら去った。

　その後にまだ残っていた者たちは彼女の墓を砂と貝殻で覆い、そこに遺骸が埋められていないように見せた。日が沈むと、海岸線を歩いていた最後の人々は家に帰り、興奮しながら妻に土産話を聞かせた――妻はその数時間前に、すべてを見ていた子供からすでに話を聞いているとも知らずに。
女たちはその前に一度集まり、悲劇について話をし、絶望的な気持ちで数時間過ごしていた。女たちは夫や兄弟、そして父親を罵り、非難した。しかしあたりが暗くなり始めると、コンロにかけたままの鍋のこと、そしてまだ終わっていない子供の宿題のことを思い出した。時間には家に戻っていないと夫が腹を立て、怒鳴るだろう。夫が帰ってくるまでにテーブルクロスを広げておかなければならない。夫が土産話をできるよう、まだ誰からも何も聞いていないふりをしなければならない。そうすれば夫はすっかり気を良くして話をし、しばらく前に二人の間から消えていた親密さや睦まじさを再び味わうことができる。そして二人で熱いお茶を飲み、一緒にベッドに入るのだ。

# 第十八章

　父さんはラーザーンに戻った。でも、私に言われて戻ったわけではない。父さんは市長が自らブルドーザーを率いて実家を訪れ、賄賂を持ちかけ、脅しをかけるまでテヘランで待った。何をやっても翻意させられないと見た市長は必然的な結末を覚悟しながらおじいちゃんに訊いた。「どうして屋敷を私に譲らないんだ、譲れば破壊しなくてすむというのに？」。おじいちゃんはあっさり答えた。「おまえの存在が破壊そのものだからだ」。市長が怒り狂って取り壊し命令を下すと、作業員たちはその命令に盲従したが、まず手始めに、驚愕している私たちの目の前で屋敷の中のものを強奪し、ごく小さなものまで自分の車やトラックに積み込み、運び去った。年齢を合計すると数百歳になるおじいちゃん、おばあちゃん、ひいおじいちゃんの三人はポーチに座り、絨毯、敷物、絵画、立像、本、シャンデリア、古い蝶番、彩色を施した磁器、歴史的な水晶細工、千の思い出が詰め込まれた銅や陶器の入れ物が盗まれるのを目にした。作業員たちが乱暴に本を扱い、古い花瓶や額や皿を持ち去る際に不注意で割ったり壊したりするのをおじいちゃんたちは見た。彼らの足がどかどかと絨毯を踏みつけ、二百年前から庭に咲く野茨の格子垣を車のタイヤが押し潰すのを見た。おじいちゃんたちはすべてを見て、しかし何も言わなかった。破壊は徹底していたので、それに抗う力は残されていなかった。いったん家の中が空っぽになると、作業員たちは彫刻の施された古い窓や扉に標的を変えて、それらを壁から外した。そして最後の作業員が乱暴におじいちゃんたちを抱え上げ、座っていた椅子も奪った。おじいちゃんたちが彼らに奪わせなかったものが一つだけあった。偉大なる祖先ザカリヤー・ラーズィーから受け継いだあの古いトランクだ。その後、計画していた通りに父さん、おじいちゃん、おばあちゃん、ひいおじいちゃんは抱き合い、キスをした。そしておじいちゃん、おばあちゃん、ひいおじいちゃんの三人は、唖然とする作業員と市長を尻目に、屋根付きのバルコニーに入り、互いにしわの寄った手をつないでセメントの床に腰を下ろした。

　ショベルカーが家屋を壊し、おばあちゃん、おじいちゃん、ひいおじいちゃんが生きたまま自分たちの家の下敷きになるのを父さんが見届けることはなかった。父さんは古いトランクを車に載せ、ずっと泣きながらラーザーンまで戻った。

# 第十九章

こうして、偉大なる祖先ザカリヤー・ラーズィーの予言でさえ外れ、ビーターはトランクと古い蔵書を守るところまで長生きすることはなかった。こんなとどめの一撃に、人は何度耐えられるだろう。おじいちゃんたちの死は世界が父さんのみじめな人生に与えた四つ目のとどめだった。ビーターの残忍な死が最後だった。彼女の死とともに、母さんと父さんも死ぬときが来た。私は二人をビーターが埋められている場所に案内した。私たちは夜の間に砂の中から彼女を掘り出して木立に連れて帰り、泣きながら古いオークの木の下に墓を掘った。墓を掘り終わり、驚くべき尾びれ、長い髪、いまだに曙光に輝くうろこを持った美しく繊細な体をそこに横たえたとき、私たちはその手にバレエシューズを持たせ、体の横には、千百年前から受け継がれる一族のトランク——中にはザカリヤー・ラーズィーの書いた二冊の本『預言者の使ういかさま』と『宗教の侵害』が入っていた——を置いた。私たちはそこに土をかぶせ、雪を待った。

数秒後に雪が降りだしたとき、ソフラーブとビーターが輝く白い雪片に包まれて姿を現した。私たちは互いに抱き合い、微笑みを交わした。そしてそこに立ったまま、雪が墓の上に降るのをじっと見ていた。雪は墓を覆い、思い出を覆い、家を覆った。私たちはそこに立ったまま、今までに起きたすべてのことを雪が覆うのを見た。

私たち五人は今、久しぶりに顔を合わせた。互いに手をつなぐと一瞬、その五ヘクタールの木立の未来が見えた。未来の家は廃墟となり、シダ、木、草の中に隠されていた。プールの魚は数が増えすぎて共食いを始めていた。この先何世紀も、木立にあるいちばん大きなオークの木に木造の樹上小屋をまた造る人はいなかった。スモモの木で啓示を得る人も二度と現れなかった。壊れた拝火神殿を見て興奮する者も、古代ゾロアスター教徒の骨を見つけて喜ぶ者ももういない。数世紀が経ってビータ——みじめな人魚——の墓が見つかったときには、「かつて人魚は実在した」と雑誌や新聞が書き立てていた。しかし彼らには決して理解できないだろう。どうしてその人魚の手にピンクのバレエシューズが一足握られているのか、そして二冊のザカリヤー・ラーズィーの手書きの本が入った古びたトランクがなぜ脇に置かれているのかを。

時が来た。しんしんと降る柔らかい雪の中、無益な奮闘と苦痛を経験してきた母さんと父さんの人生に敬意を表して、木と草、シダとスイカズラの蔓がもつれ合い、身を寄せ合い、丈を伸ばしたので、しまいに木立全体が緑の屋根に覆われて、周囲から見えなくなった。私たち三人きょうだいは幸せだった子供の頃のように手をつなぎ、寝室に入る母さんと父さんに付き添った。二人はそこで死ぬつもりだったが、私たちの想像以上になかなか死ぬことはできなかった。

母さんと父さんは私たちに静かにそっとキスをし、並んでベッドに横になると、手をつないで目をつぶった。死ぬ前に母さんは言った。「もうすぐあっちの世界で会えるわね」一時間後、二人はまだ死んでいなかった。父さんは微笑みながら目を開けて言った。「死ぬにはまだまだ時間がかかる。おまえたち三人は自分の用事をしてなさい」。こうして二人は静かに昏睡に入った。

私たちは両親から離れ、一緒に別の部屋で待機した。でも待つのも簡単ではなかった。死のことを考えると今でも私たちの心は素朴な恐怖と不安でいっぱいになり、いろいろな記憶がよみがえった。私たちはもしも今生きていたら何をするか、もしも違う時代や場所に生まれていたら何をしていたかを話した。「私は絶対バレリーナになって、芸術家と恋に落ちて、結婚したかった」とビーターは言った。「僕はジャーナリストになって、一年中あちこちの国を旅していろんな記事を書きたかった」とソフラーブは言った。「私は作家になりたかった」と私は言った。しかしそんな空想をめぐらせていたにもかかわらず、死の恐怖がなおも私たちの言葉や記憶や夢の隙間に入り込み、私たちの気持ちを沈ませた。ビーターが突然泣きだして言った。「母さんも父さんももっといい人生を送れたはずなのに。どうやって私たち三人の子供に先立たれるという苦痛に耐えたんだろう？」

ソフラーブはたばこに火を点けて言った。「あの二人の人生は二つの文で要約できる。二人は恋に落ちた。そして美しい人生を築こうとしたけれども、子供たちの幸福な未来を見る代わりに死と混乱と苦痛を目にして、最後は自分たちも死んだ」。私は言った。「私たちきょうだいには子供ができなかったけど、私はそれでよかったと思う！　この世は危険だから、生まれてきた子供がかわいそう」

私たちの不安は一秒ごとに増し、思い出話――内容は徐々にひどいものになる――をする間にますます募る怒りが霧散することはなかった。一日、二日、三日が過ぎても、私たちの苦悩は消えなかった。まるで痛みと苦しみが私たちの頭上にのしかかっているかのようだった。そして三日目の夕暮れ時、大きな袋を肩に掛け、悲しげな目をした一人の疲れた埃まみれの旅人が、木立の木や藪やもつれる蔓を掻き分けて家までやって来た。男は挨拶もなしに家に入ってきて、まるで自分の家のようにまっすぐ母さんと父さんの寝室まで行き、大きな声で命令した。「こっちへ来なさい！」。私たち三人は寝室に入った。若いのに白髪の目立つ悲しげな目の旅人は言った。「私はご両親からのメッセージを持ってきた。おまえたちが泣いたり嘆いたりするのをやめないとご両親は死ねないそうだ」

「あなたの言葉が本当だという証拠はどこにあるの？」と私は言った。男は静かな表情のまま、まだ昏睡状態にある母さんと父さんの方を向いて言った。「起きろ！」。すると母さんと父さんがまるで機械仕掛けのように上半身を起こした――首はかしげたままだった。男は私たち三人の方を見てみんなが納得したとわかると、再び二人を寝かせた。

男は私たちと一緒にポーチに出て、こう言った。「おまえたちの怒りと苦悩が収まれば、その三十分後にはご両親は自由にこの世を去って、会いに来ることができる」。男はそう言うと、やって来たときと同様に、木と藪の中に消えていった。

こうしてある年、寒い冬の最中《さなか》の晩に母さんと父さんは死に、中庭で火を囲んでいた私たちのところにやって来た。翌朝、最後の燃えさしが消え、太陽が昇るのと同時に母さんは黙って立ち上がり、森に向かって歩きだした。私たちはどこへ向かうのか知らないまま、その後に続いた。私たちはどこまでも歩き続け、一本のスモモの木のところまで来て立ち止まった。枝にはまだスモモの実が残っていた。私たちはそのいくつかをもいで食べた。それは私たちがこの世界で最後に楽しむ味だった。

「変だわ、この木を見るのは今が初めて」と母さんは答えて、木に登り始めた。「それはこれがただの木だから。他の木とそっくりだからよ」と私は言った。四人が後に続いた。木はそれほど大きくなかったので、五人分の重さに耐えられるとは思えなかった。でもしばらくすると、私たちが登るにつれて木がさらに高く、さらに頑丈になっていることに気がついた。数メートル登って止まると、木の生長も止まった。私たちはどこまでも登った。雲を越えると、眼下に地球という惑星が見えた。私たちは一瞬そこで止まり、木の生長も止まった。見下ろすと、はるか下には地球の森、海、山、雲が見えた。国、国境、人間、愛、憎悪、殺人、略奪があふれる地球。私たちは互いに顔を見合わせ、今や地球を離れることがいかに容易かを悟った。そしてまた木を登り続け、てっぺんに達した。いちばん先を登っていた母さんが振り向いて一人一人の顔を見て微笑んだかと思うと、いきなり樹皮に吸い込まれて姿を消した。次は父さん、次はソフラーブ、ビーター、そして最後に私。それでおしまい。

## 謝辞

私は文学の世界で自由に羽ばたくことを教えてくれた父に感謝したい。また今この自由なオーストラリアの国に暮らし、検閲なしに文章を書くことができるのは母のおかげであり、感謝しなければならない。

この安全で民主的な国に私を受け入れてくれたオーストラリアの国民にも深く感謝申し上げる。私はこの国で、母国イランでは与えられなかった自由を使ってこの本を書くことができた。

# 訳者あとがき

本書はShokoofeh Azar, *The Enlightenment of the Greengage Tree* (Europa Editions, 2020) の全訳（元のペルシア語からではなく、英語版からの訳）だが、原著の刊行の経緯については少し詳しい説明が必要かもしれない。

著者のショクーフェ・アーザルは一九七二年イラン生まれの女性である。イランでジャーナリストとして活躍し、『ペルシア文学百科事典』の編著、シルクロードの踏破本などを発表していたが、二〇一一年に政治難民としてオーストラリアに移住し、現在はパースに暮らしている。創作はペルシア語で行っており、本書も元々はペルシア語で書かれた。二〇一七年に英訳版がオーストラリアで出版されてステラ文学賞最終候補にもなり、大きな話題を呼んだ。そして二〇二〇年に英米を含む広い地域で発売になり、国際ブッカー賞と全米図書賞翻訳部門という輝かしい二つの翻訳文学賞の最終候補に残った（惜しくも受賞は逃した。同じ年に日本の小川洋子『密やかな結晶』の英語訳が前者の最終候補、柳美里『JR上野駅公園口』の英語訳が後者の受賞作となった）。

本書はこうして世界的に大きな注目が集まったペルシア語から英語への翻訳作品なのだが、そこで注目を浴びてもいいはずの英訳者については「安全上の理由および本人からの要請によって匿名」とされている。英語圏では翻訳者の役割が日本と比べるとかなり軽く見られているので場合によっては英訳者の名前が本に記されていないこともあるが、「安全上の理由」で匿名というのはかなり異例だ。それが何を意味するかは、本書をお読みになれば理解していただけると思う。要はイラン革命とホメイニー師に対するかなり辛辣な記述が含まれているということである。同じ理由で、ペルシア語版はイランで非公式な形でしか手に入らない。この作品は奇しくもそれゆえに、国境と文化を越える文学作品の重要性を私たちに見せつけると同時に、現代における翻訳の重要性を示すことになった。

これに関連してどうしても思い起こさずにいられないのは、一九八八年にサルマン・ラシュディの『悪魔の詩』が刊行された際、その内容が冒瀆的であるという理由で当時のイランの最高指導者ホメイニー師が著者に対して死刑を宣告するファトワー（宗教令）を発令した出来事だ。幸いラシュディは今日まで存命だが、同書を日本語に翻訳した筑波大学助教授の五十嵐一氏は一九九一年に何者かに殺害されている（犯人はいまだに捕まっていない）。この機会に五十嵐氏のご冥福を改めて祈りたい。

なお、英訳にはいくつかの語句に脚注が添えられている。ここでは原書にある注は丸括弧（……）でくくって割注とし、日本語訳で新たに加えた注は亀甲括弧〔……〕で記したが、原注の中には本文に組み込むなどの形で処理したものもある。

さて本書の内容だが、短くまとめるなら、「イラン・イスラーム革命に翻弄される一家の姿を魔術的リアリズムの手法で印象的に描く傑作」ということになるだろう。ガブリエル・ガルシア＝マルケスやサルマン・ラシュディでおなじみの魔術的リアリズムに『千一夜物語（アラビアン・ナイト）』的な宝探しの物語や死者、幽霊、幽鬼《ジン》などが加わり（奇想天外で多彩な物語の代名詞でもある『千一夜物語』の起源はアラビアではなく、イランであることも思い起こそう）、時代背景としてのイラン・イスラーム革命（一九七九年）の悲惨な側面や、スマートフォン、ＳＮＳなどが小説世界で融合している様は壮観で新鮮だ。生者と死者、歴史と現在、野蛮と崇高を織り交ぜるその語りは間違いなく、私たちが小説や物語を愛する理由を改めて思い出させてくれるだろう。

語り手となる主人公は十三歳の少女バハール。父フーシャング、母ロザー、兄ソフラーブ、姉ビーターと首都テヘランに暮らしていた五人の家族は一九七九年に起きたイラン・イスラーム革命で恐ろしい悲劇に巻き込まれ、北の僻地にあるラーザーンという村に移り住む。ところがやがて村にも革命勢力の手が迫り、一家はさらにじわじわと追い詰められていく。しかしこの小説はいたるところで人々の立ち直る力や希望も垣間見せてくれる。

本書の魅力は魔術的な幻想性ばかりではない。語られるエピソードの一つ一つにはゾロアスター教的な文化や中東圏の風味が感じられ、それぞれに興味深い。物語の中心舞台はイスラーム革命期前後のテヘランと僻地なので、イランの現代史と地方に残るペルシア文化が生き生きと描かれている。タイトルにある「スモモ」もペルシア文化に深く根付いた果物だし、ところどころに登場する燻製紅茶や独特の料理などからはエキゾチックな匂いが立ち上る。

物語の中では登場人物たちが身の上話を語る場面が多い。そこには、シェヘラザードが毎晩、王に聞かせた物語のような由緒正しき口承文学の面影がある。

『スモモの木の啓示』に〝書かれていること〟ばかりではなくその〝書かれ方〟にも独特な個性が現れている。ぐるぐると同じところに戻ってくるような話の進め方、前もって少しだけ言及があった出来事が後ろの方で詳しく語られたり、章の変わり目で巧妙に物語をつないだりする手法など、語りはよくある単線的な小説とは違う進み方をし、ほどよく緩急や転換が加えられている。それは言葉で描いた一種のアラベスク模様のようでもある。

実際、語りの時間が揺れているばかりでなく、時に「雪は百七十七日間降り続けた」という妙に具体的な記述があったかと思うと、別の場所では逆に漠然と「何年かのち」と書かれていたりして、物理的な時間の経過まで伸び縮みしているように感じられる不思議な文体だ。

現代イランの政治と人々の幻想的な暮らしぶりを描く本作は空間的に限定された特定地域の現実を浮き彫りにしているのみならず、現代を生きる私たち皆の生がそれと深いところで通じ合っている。それは深く読み込めばその共通点が見えてくるという意味ではなく、地理的にも文化的にも遠いところの話のようでいて、読んでいるととても身近にさえ感じられる。本書はそうした独特な個性を放つとともに、時と場所を換えてやはり同じように政治や歴史、そして時には幻想に翻弄されて生きる私たち読者にも深い感動を与える。

蛇足ながらもう一点付け加えるなら、この作品のいくつかの章では少し実験的な語りの技法やメタフィクション的な仕掛けが用意されていたり、第五章冒頭では思わぬ事実が突然明かされたりするので、そういった一種の〝味変《あじへん》〟も楽しんでいただければ幸いである。

なお、現在活躍しているイラン系の作家と言ってすぐに誰かが思い浮かぶ読者はあまり多くないかもしれないが、実力派のイラン系作家たちがあちこちで生まれつつあることは確かだ。比較的最近、二〇〇〇年以降に翻訳・紹介された現代の作品を邦訳刊行順に挙げるなら、サーデグ・ヘダーヤト『生埋め——ある狂人の手記より』（石井啓一郎訳、国書刊行会、二〇〇〇年）、マルジャン・サトラピの描いた人気グラフィック・ノベル『ペルセポリス』（園田恵子訳、バジリコ、二〇〇五年）、アーザル・ナフィーシー『テヘランでロリータを読む』（市川恵里訳、白水社、二〇〇六年／現在は河出文庫所収）、マーシャ・メヘラーン『柘榴のスープ』（渡辺佐智江訳、白水社、二〇〇六年）、オテッサ・モシュフェグ『アイリーンはもういない』（岩瀬徳子訳、早川書房、二〇一八年）、アザリーン・ヴァンデアフリートオルーミ『私はゼブラ』（木原善彦訳、白水社、二〇二〇年）などがある。一九七九年テヘランに生まれ、日本に在住している女性小説家シリン・ネザマフィは、母語はペルシア語だが、日本語で小説を執筆している。今後もますますこうしたイラン系作家の活躍が見られるだろう。

二〇二一年冬現在、ショクーフェ・アーザルは次の作品を執筆中で、まもなく完成すると伝えられている。魔法にさらに磨きのかかった作家の筆致に期待したい。

二〇二一年十一月

訳者識

装 丁
緒方修一

装 画
磯良一

〈エクス・リブリス〉
スモモの木の啓示

二〇二二年一月一五日 印刷
二〇二二年二月一〇日 発行

著者 ショクーフェ・アーザル
訳者 © 堤《つつみ》 幸《みゆき》
発行者 及川直志
印刷所 株式会社三陽社
発行所 株式会社白水社

東京都千代田区神田小川町三の二四
電話 営業部〇三（三二九一）七八一一
　　 編集部〇三（三二九一）七八二一
振替 〇〇一九〇-五-三三二二八
　　 郵便番号 一〇一-〇〇五二
www.hakusuisha.co.jp

乱丁・落丁本は、送料小社負担にてお取り替えいたします。

誠製本株式会社

ISBN978-4-560-09071-8

Printed in Japan

# エクス・リブリス
EXLIBRIS

## 眠りの航路
■呉明益 著　倉本知明 訳

睡眠に異常を来した「ぼく」の意識は、太平洋戦争末期に少年工として神奈川県の海軍工廠に従事した父・三郎の記憶へ漕ぎ出す——。

## 行く、行った、行ってしまった
■ジェニー・エルペンベック 著　浅井晶子 訳

引退した大学教授リヒャルトはドイツに辿り着いたアフリカ難民たちに関心を抱く。東ドイツの記憶と現代の難民問題を重ね合わせ、それぞれの生を繊細に描き出す。ドイツの実力派による〈トーマス・マン賞〉受賞作。

## 断絶
■リン・マー 著　藤井光 訳

中国発の熱病が世界を襲い、NYは無人となり、感染者はゾンビ化する……生存をかけた旅路の果ては？　中国系作家によるパンデミック小説。

## もう死んでいる十二人の女たちと
■パク・ソルメ 著　斎藤真理子 訳

光州事件や女性殺人事件などが起きた〈場所〉とそこに流れる〈時間〉と自身との〈距離〉を慎重に推し量りながら、独創的で幻想的な物語を紡ぐ全八篇。待望の日本オリジナル短篇集。

## 恥さらし
■パウリーナ・フローレス 著　松本健二 訳

一九九〇年代から現在までのチリを舞台に、社会の片隅で生きる女性や子どもの思いを切実に描き出す。チリの新星によるデビュー短篇集。

## よそ者たちの愛
■テレツィア・モーラ 著　鈴木仁子 訳

この世界になじめずに都市の片隅で不器用に生きる人びと。どこにでも、誰のなかにも存在する〈よそ者〉たちの様々な思いを描く短篇集。